柏　慧

张炜◎著

中国言实出版社

图书在版编目(CIP)数据

柏慧 / 张炜著 . -- 北京：中国言实出版社，
2021.2
ISBN 978-7-5171-3762-7

Ⅰ.①柏… Ⅱ.①张… Ⅲ.①长篇小说 – 中国 – 当代
Ⅳ.①I247.5

中国版本图书馆 CIP 数据核字（2021）第 018672 号

出 版 人　王昕朋
责任编辑　张　丽
责任校对　代青霞

出版发行　中国言实出版社
　　　　　地　　址：北京市朝阳区北苑路 180 号加利大厦 5 号楼 105 室
　　　　　邮　　编：100101
　　　　　编辑部：北京市海淀区花园路 6 号院 B 座 6 层
　　　　　邮　　编：100088
　　　　　电　　话：64924853（总编室）　64924716（发行部）
　　　　　网　　址：www.zgyscbs.cn
　　　　　E-mail：zgyscbs@263.net
经　　销　新华书店
印　　刷　北京中科印刷有限公司
版　　次　2021 年 3 月第 1 版　　2021 年 3 月第 1 次印刷
规　　格　710 毫米 ×1000 毫米　1/16　16.5 印张
字　　数　265 千字
定　　价　78.00 元　　ISBN 978-7-5171-3762-7

张炜，山东龙口人，原籍栖霞。当代作家，中国作家协会副主席，山东省作家协会主席。1975年开始发表作品，共计一千三百余万字，被译成英、日、法、韩、德等多种文字。在国内及海外出版《张炜文集》等单行本三百多部，获奖六十余次。

主要作品有长篇小说《古船》《九月寓言》《外省书》《柏慧》《能不忆蜀葵》《丑行或浪漫》《刺猬歌》及《你在高原》等；散文《融入野地》《夜思》《芳心似火》；文论《精神的背景》《当代文学的精神走向》《午夜来獾》等。作品获茅盾文学奖、中国出版政府奖、中国好书奖等。

目录

第一章　柏慧　　　　　　　　／ 1

第二章　老胡师　　　　　　　／ 126

第三章　柏慧　　　　　　　　／ 181

夜　思　　　　　　　　　　　／ 236

第一章
―

柏慧

1

……

已经太久了，我们竟然在这么长的时间内没有互通讯息。也许过去交谈得足够多了。时隔十年之后，回头再看那些日子，产生了如此特殊的心情。

……

午夜的回忆像潮水般涌来……我用呓语压迫着它，只倾听自己不倦的诉说。

十年的时间里我们只是匆匆见过一面。那一次我甚至没有来得及仔细看看你。我肯定让你越来越失望了——失望了吗？每个人最后都会让人失望，好在这只是别人的事儿。十几年前大学校园里那个瘦削的男生长成了今天这副模样，真没有准备。人一晃就到了中年。原来总以为中年是别人的。

你说，你永远也不会理解我现在的处境。你不明白一个人到了这把年纪，正该是好好安定自己的时候，却突然去了穷乡僻壤。这真是一种无聊的消磨，大概会很痛苦的。

其实对比起我生活过的那座城市，这儿要好上不知多少倍。它起码不那么嘈杂，早晨一睁眼看到的不再是浩浩的人流、拙劣的建筑。我待在自己的葡萄园里，葡萄园当中有座小茅屋；我们四周的篱笆上爬满了豆角蔓子。园子里有一眼汪汪的水井，水的味道像矿泉。我就守着这眼井过了这么多年，用它的水沏茶。平常干些园子里的活儿，我有几个最好的帮手。这样过下来，我并不太想城里。

我盼望梅子与我有个同样的抉择，也盼望在这儿迎接我的一些朋友。

从地理位置上看，这儿可不能说是穷乡僻壤。它处于有名的登州海角，而这个海角从古到今都值得好好记叙。比如说秦始皇三次东巡都到过这里，那个为他采长生不老药的方士徐芾（福）就是这儿的人。海角上至今仍有不少东巡遗迹，有无数传说。

我就在这样一个地方住下来，一待就是好几年。我感受着我的海角——我从来没有这样强烈地认为它是我的，或我是它的。我开始能够好好地、从头至尾地想想我自己和我所经历所感到的一切了。

我在这期间想得最多的就是你，以及与你连在一起的那所地质学院。它是我的母校，我的另一个出发地，我的一个港。你们今生都无法从我的记忆中抹掉。

在这个午夜里，我仿佛听到了你的询问：从头开始吗？我感激你遥远的注视，从心里感激。

从头开始——开始吗？

我一时无法回答，只是充满了感激。我好像已经开始了。

初来这儿时，我对梅子说：我正在从头开始。梅子对此并不支持，但认为可以试一下。她默默承受了。她知道人已经到了中年，再不试一下就来不及了。我因此而感谢着她。

你现在是独自一人了。那位小提琴手使你失望了。但他的确是个天才，我这么想。

保重自己吧，柏慧。

不要忘记春天，那个丁香花一齐开放的春天……

2

这个夜晚大海的潮声可真大。我们的葡萄园离海岸只有两公里远。睡得太晚了，半夜又被潮声弄醒，就索性起来做点别的。

　　一连几天涂抹，转眼写满了又一个本子。我记下的都是自己隐秘的声音，我把只有自己才能够识别和捕捉的声息尽收其中。你过去曾嘲笑我一心想成个"行吟诗人"——那时我大言不惭地领受了这个称号，骄傲着它所赋予的一切意义；而今我有点胆怯了。我懂得那顶桂冠可不能随便往头上戴。我只配称作歌手——更多的时候是一个自言自语的"歌手"，一个倾诉不停、用歌声迎送时光的人，一个足踏大地的流浪者，这样总可以了吧？

　　你，还有很多朋友，常常埋怨我背叛了自己的专业，背叛了地质学。我只有在埋怨中不吭一声。不是我同意了这些指摘，而是我在它所包含的那份沉重面前只有缄默了。

　　大概他们没有想到"背叛"这个词儿有多么重的分量。你的小嘴儿一动一动也吐出了这个词儿，挺刺人的。可能你不知道，我一生都在警惕着背叛——我看到、我经受的背叛太多了。生活有时简直是由背叛织成的！我在长夜独守的时刻，在轻声吟哦的时刻，心中常常涌动着那么多的憎恨与温情，泛起着无法推开的自谴……好了，这样会越说越远的。让我谈点别的吧。

　　今天我在剪葡萄藤蔓时，看到一串串米粒似的小花束，一下就想到了丁香花绽开之前的形象。我坐在树荫下好久。一个满脸胡茬的人有多少机会享受这种由痛楚和怀念、温柔和决绝组合而成的幸福时光？只有你才能体会我那一刻的心情。

　　我怎么会忘记那所地质学院？它出现在我生命的转折点上，而且我一辈子也不会有那样奇特的境遇了。回顾这些的时候，我对你的怀念和感谢超过了一切，再也没有了当年的冲动和激愤。我甚至在设法原谅你的父亲，试了试，很难。他当时差点儿废了我的学籍，一家伙把我赶回那片大山。

　　你的父亲比所有的父亲都要严厉，虽然他后来穿上了背带裤子，越来越像个学者了。

　　你对他还像过去那样害怕和畏惧吗？你现在离开了他，搬到别处住，这未必是件坏事。可是你将来还应该回到他的身边，他以后大概需要别人的照顾。过去我把他当成了那一类人：骄横了一辈子，一辈子都要骑在别人头上。现在看他也很可怜。

　　一个人长大了一点很重要，这样他才会冷静一些，好好地瞧瞧自己，也瞧瞧以前的敌人。

　　我梦中老出现一个叼着黑色大烟斗的人，他笑眯眯地叉开腿站在前方。因为他挡在那儿，我就不由得要一次次悄悄地退回……这条路就通向我的地质学。我曾那么热爱自己的专业！柏慧，你知道，你的叼着大黑烟斗的父亲阻挡了我，伤害了我。我是在他的面前退却的。

　　毕业了——总算熬到了毕业，让人松了口气。我有幸被分在那个著名的〇三所里，巍峨森严的一座大楼让我屏住了呼吸……可是命中注定似的，在这儿我又遇到了一位像柏老差不多的人。我怕极了。我竭尽全力躲着他、他们。可这是躲不开的。我最终还是在心里做了个痛苦的决定：干脆放弃地质学吧。

　　就这样我来到了一家杂志社。

　　结果你知道，这同样是一次很不成功的逃亡，我后来还是不得不狼狈地离开。恰好这时赶上了辞职风，我就辞掉了公职——背上背囊，沿着黄河向东，再从黄河入海口继续走下去……我翻过了那片从童年起就让我入迷的大山，一直走到了我的出生地：登州海角。

　　在一片葡萄园里，我把背囊卸了下来。

　　这之前我总是寻找着区别——区别于那座地质学院、那座城市的地方……然而没有区别。到处都一样。

　　只有在这片原野上，我的双眼突然一亮。我又看到了辽阔的海滩、大海、稀稀疏疏的人流。这儿再也没有那么多灰色的楼房，到处都绿蓬蓬的，一片生机。这就是我母亲般的原野……

　　落脚之后，第一个念头就是把家搬过来，但我失败了。梅子不干，因为她出生在那座城市，她与我不同。而我就出生在这片原野上的海滨小城，出生在登州海角。我与她从一开始就是不同的。

　　于是我一个人，赢得了静思的机会。

　　人哪，人的一生总是苦于没有这样的机会。

　　你是否走入了自己的静思？让一片喧嚣从耳畔退开，一个人安静下来，度过一天又一天、一夜又一夜？你的居所附近没有大海，于是你听到的不是海潮，而是如海潮般细琐无边的市声……

3

这片葡萄园啊，它是我的什么？它如此地让我心甘情愿地操劳，让我绞尽脑汁。不用说，几年来我都在当它的忠实仆人，照料它，安慰它，有时像哄一个孩子。它越来越娇气，动不动就生病。我在这年夏天几次给累倒，那些好帮手也给弄得精疲力竭。不过我们都没有一点怨言。

你该熟悉一下拐子四哥夫妇了，还有小姑娘鼓额。四哥是很早以前从一座兵工厂回来的，六十多岁了。他的左腿因公受伤，我从认识他的那天起，他走路就是一拐一拐。我从小就记住了海滩上这个一拐一拐的身影，并亲近着他。这一回他与我一起待弄这片园子真是再好也没有了。他的老婆叫响铃，胖胖的，小他二十岁，一天到晚只知道笑，几乎不懂得忧愁。他们夫妇没有儿女，待我像亲人一样，我在这儿真的有家庭的幸福——我想起了早已去世的亲人，我的父亲、母亲，还有外祖母……很难说不是他们在冥冥中把我召唤到这里。我待在这片原野上，感到心和身都离他们近了。

鼓额是四哥从远处的村子里雇来的民工。她刚来时只有十七岁，可看上去连十五岁也不到，瘦瘦的，只突出了那个鼓鼓的额头和一对又黑又大的眼睛。她显然没有发育好。我去过她的家，真是穷得令人难以想象。这只是平原上的普通人家。

我有时必须把全部精力都贡献给这片园子。你如果亲眼看到我的这些朋友是怎么对待它的，就会像我一样去做。他们从来都把它看成是自己的——连小鼓额也不例外。这个长了黑红色皮肤的小姑娘内向极了，有时一天不说一句话。她只在默默地做活。不过她的那双眼睛可以表达一切。太阳下她都不戴一顶草帽，整个夏天都是这样。这会儿她给烤成了一块小红薯。

这儿还有四哥带来的一只护园狗，叫斑虎。它栗色皮毛，灰蓝色的眼睛，长了长长的金色眼睫毛。谁都不会怀疑它的聪慧，它只是操着特殊的语言而已。我有时长时间地注视它，看着它善良而纯洁的面容，忍不住一阵阵羞愧。

真的，从品质上而言，我们许多许多人都不如一条狗。它那么憨厚，忠诚，当然也很勇敢。它们身上只是缺少某种东西，比如轻信而无独立性——这很致命。这种缺失使它们处于了人类的永远奴役之下。

我们最焦急的就是葡萄的销路。现在就到了关键时刻，不然秋天就要哭鼻子了。我们特别倚仗东部小城的葡萄酒厂。

你现在愉快些了吧？多么想念你。

我常常记起你不愉快时的样子——不要不愉快，因为忧愁从来没有用处。

4

你大概常常见到那位大胡子老师吧？你知道在校时我们关系非常密切，到后来无话不谈。在我当年最苦恼的时候，就是他好好安慰了我。我们十年里都保持着联系。他现在把信寄到了葡萄园，还许诺有机会来这儿看看。真想念他！我平时只称他为"老胡师"。

老胡师有些地方像你，对我离开那个著名的〇三所深表遗憾。他在那儿有个同学，还有两个学生，并且关系不坏。他们常因业务关系到学院去，讲了很多所里的事情，多少给他造成了误解。他听得多了，并不认为讲那些话的人品行不端，反而真的一度对我有些生气。

我们那一段来往信件都是唇枪舌剑。因为我被看成了一个不够安分守己的人；不仅如此，而且还有些骄傲，有些其他的毛病……我可能在激动中忘记了自己"学生"的身份，冒犯了他。我后来向他补写了一句话，那是苏格拉底的吧——"我爱我师，但我更爱真理"。

好一段没有听到他的消息了。我担心他生病。你能否了解一下他的近况？请转告他：我非常想他。

请不要给我什么了——我收到的已经够多了；我是说你给予我的，足够我一辈子使用的了。

5

梅子来住了一段时间。她这次大概喜欢上了葡萄园，对一切都入迷。她甚至与斑虎也结下了深深的友谊，走时彼此恋恋不舍。

她提议邀请你来这儿。我知道她想结识你。她真心地想邀请你。关于你，她总是十分关切。她听说了你的近况，特别是得知了你与小提琴手暂时分手的消息后，流下了眼泪。

你竟迟迟没有回答是否来这儿相聚。

她还没有下决心来此定居。一个人要告别一种生活是需要勇气的。但我看得出，这一次对她的触动很大。她亲眼看到了我在做些什么，想些什么。她当然会把今天的生活对照昨天，那时她为我的穷于应付、焦头烂额而苦恼。

她的个子比你矮得多，走在田垄里，看着朝阳勾勒出的那个小小的剪影，心里一阵痛怜。她为我分担的忧愁太多了，而我又不能更多地照顾她，保护她。她大概离不开城里的父母——我的岳父是个老同志，生活上照料她很好。虽然她现在不太需要这些了。

她好比一株青苗，我正设法把她移栽到另一块土地上。移栽的时候要连根掘起很大的一方泥土，不然的话她就会枯萎。

夜间我们一起走出园子，一直往北，向着海边走去。天乌黑乌黑，可是我们一点也不害怕。后来斑虎追了上来，不断用身子蹭我们的腿。这一下就更好了。天没有多少风，可是海浪依然很大。噗噗的浪涛在梅子看来新奇极了，有一阵她是跑着走的。她想亲眼看一看这水头是怎样扑到沙岸上并发出这样的巨响。海浪绽开一道道起伏的白练，在夜色中泛着银光。天上是又大又亮的星星，它们垂得如此之低。这在那座城市无论如何是看不到的。

后来我们依偎在沙滩上，偶尔有水沫飞到身上。她并没有忘记询问你的情况——关于你的一切她都感兴趣。

你过去很爱她，是吧？

是的。

她那么好，是吧？

是的。

我知道她不止一次从我的相册中端详过你。她说你比她好看——实际上你们是不同的。她的赞扬是真实的，由衷的。她说你们没有走到一起，而我们却走到了一起，这二者究竟哪一个才是误会呢？

我向她介绍了事情的全部经过，当然不能不一次次谈到你的父亲柏老。在那个冷肃时代刚刚结束的年头，人们遵循的逻辑与今天有多么不同。今天再没有人理解那样的故事了，尽管它刚刚过去十几年。我告诉梅子：因为那时我父亲的案子还没有个结论，我曾经一个人在大山里流浪——当时父母给我在大山里找了个义父；我害怕去见义父，很恐惧，就半路上一个人溜了，从来也没有见过他……入学时我彻底隐去了真实的父亲，而只承认是山里人的后代……就这样我才得以走进地质学院的大门。后来就是我们的热恋，再后来就是我不小心倾吐了秘密，差点招灾惹祸——这都是自然而然的。

我被出卖了。你把这一切都报告了你的父亲，他当时是院长！

梅子说这不是"出卖"，而只是做女儿的对父亲不自觉的一种流露。

我说是的。不过这就足够了。当时柏老暴怒起来，让政工处好好忙了一场。结果我受了处分，只差一点就被赶跑。

那场打击的滋味别人是体味不到的。它碰到了我最深处的伤疤，让我浑身战栗。因为我长期以来想都不敢想一下的、好不容易摆脱的父亲的形象，又紧紧地缠住了我。

我永远也忘不了父亲第二次从囚禁地回来时的模样：黄瘦，目光呆滞，脚步飘忽，紧紧咬着下唇……从此我们全家都陷入了一场噩梦。妈妈为了把唯一的儿子搭救出来，就不断地催促我：孩子，跑吧，跑吧，你一个人快逃……我就这样逃进了大山，渐渐变成山中的一只野物。我含辛茹苦！

据说当年能进这所学院柏老是说了好话的。因为按我的分数只能上二类大学，是柏老碰巧注意上了我的名字。对此我一直感激着。直到遇上了你，我才明白：一切仿佛都是天意。

这些不该再一次提起。

我只想说，梅子心中从来也没有怪罪过你。她似乎比我更有道理。我是一个特殊的生命，身上创痕累累，像一只被追赶了半生的动物。我侥幸待在了你的身边，只是把满心警觉和惊悸掩藏起来……请原谅我的敏感和苛求吧。

我对你的伤害——不，我们彼此的伤害，都是非常非常深的。于是我们今天的友谊才有了分量，才让我们无比珍惜。

因为我那时爱着你，所以才头脑昏昏说出了不该说出的秘密；也因为我那么爱你，你的"背叛"才让我万念俱灰。你大概想不到当时我有多么绝望……我只跟你讲了很少很少一点儿：关于我的家世，我的过去。出于恐惧和警觉，即便在你的面前我也没有说得太多。今天则不同了，今天我有必要对你说出一切，因为我觉得你应该倾听一个家族的故事了——虽然这有点太晚太晚了……

这种诉说是必要的吗？我一直在犹豫。

在这沉寂的夜晚，在我的葡萄园中，我总是不断地回忆，追溯。我实在有些忍不住。

分手后的十几年中，我经历了很多。我慢慢才搞明白了我从属于哪一个家族，有着什么样的血脉——我、我们——而"我们"到底又是谁……

"我们"为什么总是有着同样的命运？

柏慧，我昨天因为爱而过早地倾诉过，你今天能够细细地倾听并且回答吗？

这时外面的海潮又加大了——我想是大海深处涌起了风暴。窗外静静的，没有风……

6

秋后这一段时间，葡萄全送到榨汁厂了，我们终于可以清闲一点了。大家都做自己最喜欢做的，四哥捣弄他的猎枪，领上斑虎到看渔铺子的老人那里玩了。他老婆响铃和小鼓额采野果，做一种蜜膏——这是平原上的人最独到的发明，记得外祖母在世时我就常常吃到这样的蜜膏。它可绝不同于今天的果子酱。

我一连多少天都在一些极有意思的地方转，像东莱子古国遗址、徐芾东渡启航港遗址、乾山遗址等，我已经不止一次去看过了。这儿的民间传说中，关于秦始皇东巡、召见徐芾的故事很多，几乎每个村庄的老人都能说出一串。而且这里徐姓村落非常之多，有七十多处。关于徐芾的出生地，近来史学界争论不休，这极大地引发了我的兴趣，因为它是关于我的故地的啊！

在这种兴趣的牵动下，我找来了一堆堆史料，包括人类学著作，翻了起来。我想象那个很神秘的人物徐芾，十有八九与东莱古国的血脉有些联系。当时的东莱人最早发明了炼铁术，他们当时有个很大的冶炼基地，现在是一个镇子；辽东半岛与登州海角如今隔海相望，在当年却是相连的一片大陆，那时候老铁海峡还没有发生陆沉，他们丰富的铁矿资源当然就来自老铁海峡。这个了不起的氏族祖居地就是登州海角。除了冶炼技术，还有当时最为发达的丝织业、渔盐业。他们几乎个个擅长骑射，英勇剽悍。他们的势力在相当于夏代的时候已经非常强盛，居住地域相当辽阔：北到渤海海岸，向南延伸到龙山文化中心的益都一带。可以断言，它和龙山文化有着某种血缘的联系。

它是东方最古老的土著部族，最早应是一支在此定居的游牧民族。直到先殷时期，由于殷人入侵，这一部族才穿过尚未陆沉的老铁海峡北上。因为他们不可能绕过大半个渤海湾经大沽、秦皇岛而北移，肯定走了海道。这次氏族大迁徙是必须注意的。因为至今还可以从辽东半岛，甚至是贝加尔湖南畔和斯塔诺夫山脉以东地区找到他们的隐踪。

口口相传的故事、古歌，有时真是让人怦然心动。我相信《史记》上记载的那个"齐人徐芾（福）"就是东莱夷族的后人，是留在祖居地的一线血脉。这种氏族大迁徙后来肯定还发生过，不过极有可能是逆向的了。

这就说到了徐芾东渡采长生不老药一去不归的故事。这个传奇在中国大概妇孺皆知。我觉得这是个被世俗化了的重大历史事件。它的本来面目还有待于重新探究。

我仿佛听到了海潮中传出的隐秘的历史之声……

7

有人多次从徐姓村落里发现一份所谓的"徐芾家谱"。两千多年的流转抄袭，今天看已不可靠，没有任何证据可以证明它的真实。我觉得这极有可能是伪托，其目的当然是出于维护家族荣誉。不过这期间我倒有了一些发现：关于秦王东巡和徐芾东渡的古歌、民谣。

我先是稍稍抑制了一下心中的惊喜，细细探察。我认为这些古歌比起那份纸页发黄的"家谱"有意义得多，也真实得多。它没有写在纸上——那样是极易损坏的；它只刻在了人民心头，这就可以大致不朽。

能咏唱古歌的都是一些老人，他们记忆力不好，吐字不清，而且不同的人转述相同的片断时差异甚大。几乎没有一个人能吟诵全篇，这倒也正常。我准备把不同的片断连缀起来，去伪存真，充分比较之后再来一番筛选整理。这是非常花费功夫的一件事，有时为了订正鉴别一个音就要花去半天时间。不过我觉得这是再有意义不过的一件事了。

在做这些的时候，我不由得想起了在学院时的两个假期——我们一起去野外勘察的情景。那时你的父亲可真宽容，竟然同意了。他误以为我们随大队人马一块儿走，想不到我们会半路"掉队"。那一次我们看了华东最有名的一条大断裂带，你回去向父亲描述时露馅了，他深深地看了你一眼。从此以后我们每到了隐瞒什么的时候总是有些胆怯，也总不成功。他没有阻止，但我隐约觉得他在寻找一个机会。后来那个机会出现了——我认为他的暴怒除了更深刻的原因之外，也还有其他的……

这一次在莱夷故地我相信会有收获。你若亲耳听听那些缺牙少齿的老人吟诵古歌多好啊！我搞了录音，其中有整理好的片断我会给你寄去的。

8

……我因为居于此地，听到来自各个方面的指责和抨击已经太多了。来自其他方面的且不去管，但有些话出自我的挚友和爱人口中，不免让我稍稍痛苦。可怕的误解已无须辩驳，因为这要付出一吨的言辞。言辞对于我是非常珍贵的。我多少有些疲惫了。

老胡师又给我来信了。他信中暂时没有了那些责备——再不因我在〇三所的行为而喋喋不休……我一想起那些就有些痛心和焦躁，当时真想迎着他大喊一声：我在〇三所到底干了什么坏事？我当时只是一个三十岁左右的年轻人，犯下了什么罪过？

我真不愿向你提起他的那些话。我很难过。字里行间再没有了信任，他甚至从人格上审视我，怀疑我。而这种侮辱是在我最需要援助的时刻出现的，它竟来自我的挚友和师长！

我在〇三所干什么？我勤奋工作，出色地完成了交付于我的专业项目，连续三年获得成果奖——这在毕业不久的一茬人中并不多见，连那个所长也同样承认这个基本事实。不幸的是我在这儿遇上了一个和柏老一样的人——请原谅吧。柏慧，我不得不又一次提到了你父亲，因为不借助这个比喻就讲不明白。我是说这个人像你的父亲一样含蓄而霸道，是这儿的一位"老族长"。几十年来他一直是这个大楼中一个不可动摇的人物，这点也很像你的父亲。他成了一个地方莫名其妙的权威，却又毫无真实货色。说起来也许令人不信，他大部分时间连一些专业上的基本概念都搞不明白，可荒唐的是上上下下都知道他是这儿最重要的专家之一。

就靠了这些，他成为那些呕心沥血的学者头上的一块顽石。他成了"牧羊人"，一天到晚挥动鞭子，不管那些羔羊怎样惨叫，怎样鲜血淋淋。我也是一只羔羊，不过我没有仅仅捂住自己的伤口而已。

我最后终于搞明白了他是什么人。原来他们由来已久，从来都把我们视为"异类"！

在长达几年的时间里我才弄清了他的历史。

……他的最重要的所谓著作粗陋不堪，而且其中的绝大部分又出自别人之手。那些精神的苦役犯在特殊的年代里为了生存，不得不违心劳作。他们被迫写下了不属于自己的文字，在双重的折磨之下，或者倒毙或者苟活。而其中的一大批人这之后永远被剥夺了工作的权力，他们面临的只有不幸、屈辱和死亡……

我可以开列一串长长的名单。有一天我会一个一个讲述他们的故事。这是掠夺与被掠夺，是魔鬼的毒计与被蹂躏者的故事。这个故事其实你是不该陌生的。

当看着这一串长长的名单时，我震惊了。

当时我只有三十多岁，身上的血流滚烫滚烫，我不能忍受。在〇三所，有幸的是一位地质学家——同时也是一位诗人——后来成了我最好的兄长和导师。他长得黑瘦黑瘦，脸上没有一点光泽，当时谁也不知道他正害着一种可怕的疾病。他只是没命地工作，大概只有他自己知道时间不多了。整整两年时间我因一个项目与他日夜在一起，这才有机会靠近他的心灵。我敢说他从根上影响了我这个人，使我懂得了怎样才算一个真正的歌手。

谁也想不到他经受了那么多磨难：两次被监禁，两次进入劳改农场。而他当年的老师是最著名的大学者，称得上学界泰斗，命运比他惨多了，终于没有挨过来，很早以前就去世了。我认识他时，他有一多半时间在整理自己老师的遗著。奇怪的是他直到最后仍然不愿提起这些往事，谈的只是手头正忙的事情，是年轻时野外勘察经历的美好故事，是心中涌动的诗情……可即便这时，那个外号叫"瓷眼"的所长也没有停止对他的围剿。那一伙使用了一切善良人所无法想象的卑劣手段，甚至非法审讯了他身边所有的朋友……

那时这位可爱的兄长身上潜伏的癌症开始剧烈地折磨他，等他不得不住院治疗时，已经到了晚期，入院仅仅一个月的时间他就去世了。他是吐血而死的，就死在我的怀中。

一个最好的导师死在我的怀里。一个被侮辱与被损害者，一个真正的兄长。

我想大声告诉老胡师，我的老师，告诉他有人是怎样死亡的——他们或死在我的怀中，或倒在我们看不见的其他一些地方，那儿的蜀葵花静静地开放……

这就是我在那个〇三所的大致经历。这就是我要说的简单的事实。我已经没有眼泪，因为一个长满了胡茬的男人是不该哭泣的。

离开〇三所后，老胡师在来信中先是叹息，接着又是赞扬，说我虽然可惜地离开了自己的专业，有点"遁世"的消极，但谢天谢地总算从激烈的、无谓的争斗中解脱了——这也值得庆幸啊……

读着这些信，一时无语。我想他大概再也不会明白我了。很可惜——这才真的算可惜呢。我的那位兄长和导师本该是他的同类，他应该自觉地站到这一边。我的兄长最后吐出的殷红的血应该溅到他的身上才好，也许这样才会让他记住什么。我感到更加愤慨的是，他正在不自觉地践踏什么，而它是我心中最可宝贵的东西……还有，他认为我退却了，逃遁了——我会吗？

退却的年代已经过去了。退却的机会再也没有留给我。我命中注定了要迎上去，要承受，要承受这一切。我说过我从属于一个特殊的家族，当我慢慢辨认出这一点时，我就明白了该做些什么。我只有一种结局，就是迎上去，奔向那个我应该去的地方。这是非常光荣的。

我离开了那些嘈杂，只是为了更好地检视。还有，我要舔一舔创痛。我要从头地整理浑浑的思绪，把爱和恨的贮备从头咀嚼一遍。我会珍惜生命中的每一分钟。

柏慧，今天该是个时候了，有机会我将好好地谈谈你的父亲。

9

……失去了当面向你叙说这些的机会，大约是一生的遗憾。好在我仍然能够叙说；而且我们都是过来人，有了另一种达观与平静。在学院时，在你面前，我是一个燃烧着的山里毛头小伙子，惊悸未消，说不出一句连贯的话语——特别是牵涉到我的家庭、我的身世的时候。我好紧张。我只记得母亲在分手时对我的告诫：永远也不要对别人提起你的父亲……

由于那个春天的丁香花开得太茂盛，浓烈的气味让我整个人都眩晕了。在一阵恍惚迷离中，我忘记了母亲的告诫。于是报应接踵而来。

　　我出生在登州海角的一个小城里。这儿在民国初年有过一阵畸形的繁荣，倚仗了一个天然良港，海上贸易使它日益发达。小城的人见多识广，他们有幸不断地在这儿迎接一些非常有意思的人物。那些在中国近代史上被写过一两笔的人，当年就有几双脚板叩响了小城青砖铺起的街道。一些新兴工业主、大商人，纷纷来到这个小城，拓展他们的一份事业。我的外祖父一家来得更早一些，当地人记得从一开始这儿就有这么一支望族。他们的主要产业不在这儿，这儿只是他们一个惬意的居住地。蓝蓝的海湾，密密的树林连接着洁白的沙滩，一年中有一多半时间风和日丽。而且这儿交通方便，风气开化，又免除了大都市的拥挤和喧哗。

　　外祖父的前几代都是经营实业物产的，最早还出过一个清代官吏，作为第一批钦定的"金矿督办"，到登州海角来"发凿山谷"。我相信当年的"督办"是一个肥缺，整个家族的兴盛显然有迹可循。反正到了外祖父这一代，已经没人能说得清他们有多少资产了。外祖父走的也是当时大多数名门子弟的道路：在大城市读书，寻机会到国外深造——如果不是因为意想不到的一桩婚姻，外祖父一定会在他二十岁左右出洋。

　　他当时完全是疯迷了，为了外祖母不顾一切。外祖母只是他们府中一个身材瘦小的使女，他们竟然难舍难分，后来一起从海港上逃走了。在外流浪的几年中，外祖父结识了一些革命党，最后跟上一位荷兰籍医生学医，去了欧洲。归来时他的父母都去世了，外祖父和外祖母双双回到这座小城。这儿处于战略要地，由于有一个港口，又临近一个国内最大的金矿，几派政治力量都在这儿集结，较量。外祖父回来做的最重要的一件事，就是开办了当地第一所中西医院，并亲自担任院长。

　　他在多大程度上参与了当地的政治纷争，我无法从外祖母和母亲口中知道得太多。我出生时外祖父已经不在人世了。

　　从他那场奋不顾身的恋爱我就明白了，外祖父是一个心怀热烈理想、追求完美的人。他本来可以任意享用祖上的遗产，无忧无虑地度过一生。但他宁可让这一辈子波澜迭起、险象丛生，而不愿重复一种陈腐老旧的生活。他勇敢地投入了自己只遭逢一次的时代，做了一个男人该干的事情。

　　这样的人往往不得善终。

　　一个人心中燃烧着希望，就不能害怕牺牲。牺牲对他而言是经常的事情。

　　我的父亲从小就在他叔伯爷爷——一个官僚商贾身边生活。因为叔伯爷爷没有儿子，就对父亲格外器重。可是这并没有阻碍他成长为一个职业革命者——他二十多岁的时候已经是一位颇有名气的人物，后来甚至担任过一支部队的副政委。再后来由于斗争的需要，他才不得不脱下军装。

　　父亲就在担任副政委的前后结识了外祖父一家。外祖母后来说，他来到那个大院，看到那几棵高大茂盛的白玉兰树，顿时双眼一亮。那是一个春天……父亲频频来往于小城和另外几个大城市之间。而今，他所做过的一切都掩入了历史的尘烟之中。他的事迹没有被写入教科书，没有被记录下来，我只能从外祖母和母亲的只言片语中得知一点，留在脑海里连缀编织。

　　大约是父亲和母亲结婚的第二年，外祖父遇难了。他多少年来都是当地丑恶势力的眼中钉，敌人已经不止一次扬言要"除掉他"。他们知道外祖父的分量，完全懂得要实现自己的阴谋，就必须消除小城中这个巨大的、难以动摇的存在。

　　母亲说那是一个秋天的下午，天气闷热异常。全家人都没有午睡，不知为什么不安地走来走去。父亲出发到外地去了，大院里只有母女俩和一两个常住院内的帮工，他们好像都同时在挂念着什么。"老爷"还没有回来——"老爷"开会去了……天到了半下午。很快，太阳红了，红得像血。一阵风吹得树叶乱响，像有马队从墙外驰过。就在这时，大院的正门被什么撞开了——所有人都看到了外祖父的大红马走了进来，马背上没有人！

　　马背上有湿湿的一片，母亲伸手摸了一下，是红色的。外祖母迎着红马叫了一声，红马扭头就跑。全家人紧紧随上。

　　大红马跑，跑，一直跑了好久，来到了城郊，那儿是一片矮矮的松林……外祖父就在这儿遭了埋伏。他静静地躺在那儿，身下的白沙和一层松针都被染红了。

　　这就是外祖父的死。它离我的出生还有近十年的时间。那一场巨大的不幸，难以想象的悲恸，完全被排除在我的视野之外，却不可避免地在我心中结下了永难消除的疤痕。因为我们的生活到处打下了他的印记——我识字以后读到的每一本有趣的书，问一下都是他遗下的；还有那些精美的小器具，比如一件漆器、一个八音盒子、一台西洋钟，都是他留下来的。更多的是故事，外祖母在夜深人静时忍不住就要回忆那些美好的或是担惊受怕的年代。外祖父在我这儿成了一个神秘的、英俊的、殉道的男人。

他没有迎来小城的解放，虽然他为之奋斗了一生。这对于他不知是不是一件幸事。父亲的经历多少可以给人一点启迪，因为他们走了相同的道路，用来互为参照也并非毫无意义。

外祖父遇害的第二年小城解放了。作为胜利者，父亲接受了人们的献花，受到了好多人的欢呼……但他没有陶醉，很快就投入了更为繁忙的工作，几乎不怎么沾家——母亲说他已经完全忘记了自己，简直化为了革命躯体上的一个器官。那时候有多少事情要做，他的心情时而沉重时而欢乐，两眼常常闪烁着动人的光。

这种光用不了多久就要熄灭了。奇怪的是他毫无预感。因为一个人如果被理想烧灼着，心中存有不灭的希望，那么生命就不属于自己了。他甚至在新中国成立前夕做了一件事——我相信这件事会长久地折磨着他，特别是他生命接近终点的时候。

我前面说过，他从小就跟在叔伯爷爷身边，他曾是大山里的一个穷孩子。叔伯爷爷是省城的一个大官僚，把他从山里领走，洗去了他身上的泥土，又送他上学，直到把他养育成人。那个老人和他的夫人都在父亲身上花费了不少心血，他们是他无可争议的恩人。后来父亲从他们身边飞开了。听人说，当平原地区的战争到了决定关头时，叔伯爷爷亲自策划了几次大的行动，使革命力量蒙受了巨大损失。也是一种宿命，那个老人在一次回乡途中竟然被俘了。这在当时是一件大事，父亲受命参与了对自己叔伯爷爷的审判。

结果可想而知。叔伯爷爷被处决了。据母亲说，行刑前夕爷儿俩谈了一次话，两个人看上去都还平静……其实谁都明白，整个平原上也许只有一个人能够挽救这个老人的生命，他就是我的父亲。可他没有那样做。

这就是一个处于特殊时刻的人：纯洁而残酷。他深深地爱着，恨着，走到了一个极端。

可是他想不到，小城解放的第二年，他自己也被捕了。这个事件惊动了全城的人，因为这太突然太出乎意料了。他搅进了一个永远无法查清的案件中，据说这个案件水落石出那天就可以解释一切：黑暗年代里一个又一个革命者的失踪，斗争的失利，计划的破产……这是不可能的，因为逮捕父亲大半只是出于臆测，或出于更大的阴谋。反正我相信母亲的话，她当时就认为父亲是无辜的。父亲永远不会背叛。是他的忠贞使他逼近了这样一个结局。

从此我们家走入了恐怖时期。大院里没有一天是安宁的，不断拥进一些奇奇怪怪的人，他们大半都是我们不认识的人。母亲日夜哭泣，后来又病倒了，是外祖母劝导她，安慰她，请医生为她诊治……今天我想，外祖母可以说是天底下最不幸的女人了，失去了丈夫，又守着一个失去了男人的女儿，这是她唯一的女儿啊！

母亲告诉我，她当时后悔的是没有听从别人的劝告，尽快地离开这个大院，也没有把父亲的东西转移出去。不久一些人驾着马车来了，不由分说就把几代人积存的东西往车上装。外祖母疯了一样奔跑，伸手拦他们，说这是先生的东西，你们没有权利拿走。领头的冷笑说：先生算什么？

"先生"就是我的外祖父，因为那时已经不能叫"老爷"了。天哪，一个为小城的解放忙碌一生、流尽了最后一滴血的人，在胜利者看来已不算什么了。外祖母坐在了院里的方砖地上，不吱一声。她似乎明白了，胜利者即幸存者，他们要背叛和遗忘都是非常容易的。他们想干多少坏事就干多少坏事，只要他们有个借口。

现在他们的借口就是这个大院里出了一个"敌人"，这个人刚刚被捕，因而这里要全面清查……我们一家是献出了生命和鲜血、献出了全部热情的人，可怜的我们直到最后才明白：我们不是胜利者。

那一次马车究竟拉走了我们多少东西，已经无法统计了。有人说整整拉了十二车，有人说更多。反正当时都害怕、愤怒、惊愕，顾不上其他了。东西都拉到了新成立的一个管委会，大部分堆在一个大砖屋中，后来可能又转移到别的地方一部分。

妈妈的病好了。奇怪的是她在更为严酷的时候反而挺住了。她安顿好自己的母亲，一个人去见城里的司令官。司令官对她还算礼貌，耐心听了她的陈述。妈妈主要指出自己的父亲属于为革命献身的先烈，我们既然胜利了，就应该尊重他和他的一切，而不是掠夺他的遗物。司令官觉得有道理，但又认为我父亲的东西（它们有可能是罪证）与外祖父的东西并非一下子可以分得清，所以暂且一并收起——归还的日子吗，指日可待。

妈妈抱着一线希望归来了。

结果过了很长时间才传回话来，让去人认领东西。外祖母和母亲都去了，领回的都是一些外祖父穿过的旧衣服和不太值钱的老式家具。要知道外祖父当年是非常简朴的，他的全部积蓄都用在了新医院的创立上。当时的药品和医疗器械非常贵，有不少需要进口。妈妈说这些药品的一大部分都在暗中运给了革命队伍……令人欣喜的是几乎所有书籍都拉回来了，这一点让妈妈高兴。她说，从那时起她就明白了，掠夺者是些不读书的人。

我知道外祖父、父亲，还有那个同样不幸的"反动政客"——据说是心慈面软的父亲的叔伯爷爷，都是些读书的人。他们不停地读。我那时觉得母亲在把人划分成"读书的人"和"不读书的人"，而不仅仅是分成"好人"和"坏人"。直到长大了我才明白，划分人的方法还有许多，比如说"善良的人"和"凶狠的人"，"单纯的人"和"复杂的人"，"纯洁的人"和"污浊的人"，"卑劣的人"和"崇高的人"……要划分起来真是没完没了。

这个大院从那时起就不适合居住了，尤其是只剩下一些女人的时候。这儿有着太多的往昔的气味，令人心疼的怀念和追忆日夜噬咬人心。外祖母和母亲都盘算着怎样离开这里。这显然是个非常痛苦的决定。

不久，上面又来了新指示，说要没收（也说是征用）这个大院的一部分，实际上是三分之二的房子。从实用方面说，这时人口少得可怜，已经不需要那么多的房子了；但这只是另一个问题。无缘无故地掠夺，而且是对待那样一位老人的遗产，真让人气愤。妈妈这一次又挺身而出了。

经过妈妈出面反复交涉，有关的机构正式回答我们，这只是暂时"征用"，它的所有权仍属于我们——"你们要那么多房子干什么？现在胜利了……"回答母亲问题的那个人在正式宣布了决定之后又这样不解地追问一句。

妈妈无言以对。是啊，要那么多房子干什么？那的确是无用的。至于说"胜利了"，妈妈是颇不同意的，就随口说了一句："是你们胜利了，我们没有……"

是的，从一开始我们就被排除在胜利之外。好像历史不断地说明：有的人只是为了胜利而付出一切，包括生命，但胜利是与他们无关的。这有多么奇特啊，这种怪异的道理直到现在还让我费尽琢磨。

我们全家被赶在剩下的几幢房子里；为了与之有个区别，他们就在房屋之间垒了一道墙，原来的后院小角门就成了我们一家的大门了。新的时代开始了。

父亲被捕不久，常住我们家的那些人就先后离开了。严格讲他们在此之前也不算什么仆人。因为外祖父是不容许有主仆之分的。他在主持了大院事务之后做的第一件事，就是给他们分发钱币和东西，让他们各自拥有自己的一份生活。后来只有两个人没有走：一个是本家的婶婶，另一个是外祖父搭救的孤女。她们都没有家。外祖父的遇害除了使外祖母和母亲痛不欲生之外，受到致命打击的就是本家那位婶婶。她说"我要随先生去了"，几天之后就服毒自杀了。

这位婶婶叫淑嫂，我当然没有见过。听外祖母和母亲讲，她是一位无比温和宽厚的女人，善良到了极点。她的男人从很早起就消失在东北，她一直守寡。她长得极为白皙，个子高高的，头发墨一样，一双眼睛像两汪水。母亲一提起她来就流泪，外祖母则叹息：我的这位姊妹啊，命也真苦。

两个女人长期厮守在这里绝不算明智。但她们要在这里等那个男人——我的父亲。

这期间风声越来越紧，母亲为父亲的事奔跑了许久，后来终于明白已经没有什么希望。据说父亲未经审判就给押到一座大山里了，在那里服苦役。母亲去探望了一次，没有见到。

各种各样的骚扰不断出现。一个经历了两次劫难的大院绝不会再享有安宁了。母亲开始寻找一个地方，她指望有个地方可以安安静静地待下来，等待我的父亲。那时母亲还很年轻，外祖母已经七十多岁了。她要服侍自己的母亲，要等待。有一段母亲的眼睛突然失明了——当后来她告诉我时，语气里还有那么多的惊恐。她说医生来看了，说是得了"火蒙"，就是说一阵急火攻心，眼睛被什么东西蒙住了。那时她知道新的灾难又降临了。不知费了多少时间，吃了多少药，她的眼睛总算重见光明。她哭了。外祖母流着泪说："我女儿，我男人，我们一家，都没干过坏事，神灵会保佑我孩子的眼睛的。"

今天我想，如果当时母亲的眼睛再也不能复明，那是多么可怕的事啊！世界上谁的眼睛比母亲的眼睛更明亮更美丽？我这样讲不是因为她是我的母亲，而是我最真切的认识。我的母亲的眼睛又复明了，这是我一生珍念的最大幸福，也是我们一家人不幸中的万幸。

她从那以后就刻意保护自己的眼睛了，因为她要用它遥望未来的道路——自己的男人要踏着它归来，然后再走上未知之路……

这段时间，她了解到了很早以前外祖父身边那个男仆的下落。那个人高高瘦瘦，当年是最忠实的一个仆人，是上一辈留下来的，年纪比外祖父只小一岁。当年他口口声声叫着"老爷"，怎么也不愿离开。外祖父给了他很多钱，强令他自立。他哭着离开了大院。他后来走到了一片荒野，垦荒种地，又经营了一片果园，搭起了一幢小茅屋，就在那里独自一人过下来。当母亲费尽周折找到他时，他见到母亲一下子就跪了，母亲赶紧把他拉起来。他打听老爷，打听一家人，后来哭得在地上滚动……他说：我真不该离开老爷！

他误以为自己跟在主人身边，主人就不会身遭不测了。

从那时起，母女俩有一多半时间住在荒野中的茅屋里。这儿离小城有几十公里。她们在小城时与邻里之间都断绝了来往，别人也害怕沾上什么，都躲着这两个不洁不祥的人。来了荒野，母亲又担心突然之间男人回来找不到家，那样他会多么伤心——自己的女人没有等他！就因为这个担心，母亲又回到了城里。

她艰难地等待着。

大约过了五年时间，父亲归来了。后来，我就出生了。然而还没等我记住父亲的模样，父亲又离开了。

这一回父亲是被押到一个水利工地上去的，那儿也是一座座大山。这一次被说成是"出伏"，实际上是第二次囚禁，因为不允许他探家，也不允许家里人去住。

父亲离开不久，我们真正的迁徙就开始了。母亲雇来一辆马车，把所有可以搬走的东西都拉到了那个荒原茅屋…… 我们从此就住到了这个人烟稀少、离大海很近的地方开始了一种与前几代人截然不同的生活。也从这时起，母亲和外祖母开始了第二次等待。

我慢慢长大了。我也开始了等待。我想象着父亲的样子，不停地询问过去、过去的过去，还有那些神秘的关于我们一家人的传说……

这时荒原上渐渐有了一些新的村落，还有了一个国有园艺场和林场。我明白了每一寸土地最终都会找到它的主人。那些村落离我们不远不近，我们小茅屋四周的小果园就归属了园艺场。我们自己只被保留了很小一片土地和几棵树木。而原来四周这些土地、这些树木，都是老爷爷——外祖父的男仆一个人一点点开垦和种植的啊！

我们开始了异常艰难的、新奇的生活。母亲去园艺场做临时工，养活外祖母和我。我更多的时间是和外祖母在一起，听她讲各种各样的故事。家里的所有杂事和沉重的活计，差不多都让老爷爷包了。他不停地劳作，不吭一声。我发现他在外祖母和母亲面前出奇的拘谨，说话时总是微微垂头，两手也垂着。母亲叫他"大叔"，他听了有些慌。秋天他担了一些果子到外面去，换回一些粮食。天渐渐凉了，他又在杂树林子里拣干柴，有时还要挖出一个个大树的桩子，劈了做烧柴。

我记得每年冬闲时，大雪封地的日子里，母亲就要和外祖母一起，围坐在小炕桌上描花。直到今天，那些绚丽新鲜的颜色、各种花卉鸟雀人物的形象，我一闭眼睛就能想得出来。那盛颜色的碟子也是从城里带来的，上面有好多格子，每一个格子里都是一种颜色。天冷，桌上放了一个大火盆，里面燃的是老爷爷秋后制作的木炭。

每年深秋看老爷爷做木炭是极为有趣的。他先挖一个火坑，然后就分批地把劈好的木头放上去烧——他紧盯住烧成红色的炭火，认为到了时候就取出来，一刻不停埋到一边的土里。这样烧出的木炭不老不嫩，既耐用又不生烟气。外祖母说，在大院时，我们每年都要备下很多木炭。最好的木炭当然是老爷爷烧制的，那时他还年轻，心灵手巧，不言不语就学会了一切。老爷爷在小茅屋里进进出出，这很容易让外祖母和母亲想起很早以前的岁月。那是怎样的年代啊！那时候的世界对我是那样的陌生和神奇。战乱，暗杀，走私，军火，营救……这一切都好像是一部传奇中写下的；令我难以置信的是，我的上一辈人恰恰又置身其中。

我这时的世界走入了另一种奇特和丰富。比如假使我一个人逃进林子里，就立刻会沉醉其间。这片无边的茫野啊，给了我一生的安慰和向往的茫野啊，那时对我而言真是应有尽有了。全部的感激和好奇都从此滋生。春夏秋冬，一年四季对于我都是节日。我可以眼盯着春天是怎样一步一步走来，我能一丝不差地分辨出它的脚步声。它踏在积存的雪粉上、凉凉的沙子上，都会发出声音。有时它踢翻了一片干树叶，干树叶在地上滑动滚落了一下，我都一阵惊喜。夜间如果醒了，我就含笑闭眼，想象着它在原野上蹑手蹑脚走路的样子。春天是一个有形无形的生灵，悄悄地、犹犹豫豫地逼近了。这个生灵虽然心细得不可思议，但有时也不免莽撞，比如说要过一条刚刚开始融化的河，嘎啦一声踩碎了河冰……

那一丛丛的沙地河柳一齐萌出叶芽、长出小毛茸茸球的时刻，是任何人看了也不会无动于衷的。那时候空气中有一种鲜芹菜叶的气味，那些拇指般大的小柳莺就是被这气味引来的。它们在柳条间小心地跳动，发出一些无法模拟的细琐之声。大朵大朵的彩蝶翩飞舞动，跟上热闹的还有蜂子——大的、小的，黄色的、黑黑的，甚至还有红色的。一种像少女一样羞涩的、腰儿细长的蜂子每一次落在枝叶上都格外小心，我目光的重量压迫得它总是欲留又去……沙地小虫、小蚂蚱，都接二连三地出动了——春天到此为止全面降临了。

我在春天的茫野上一个人走来走去，欢乐和沮丧交替涌现在心中。我为了感受热乎乎的沙土，就脱下鞋子提了，把脚插进沙子中，一耸一耸地走。没有人声喧哗，没有别的影子。我有时踏上高高的沙岗，向南遥望——那一溜蓝蓝的山影在水汽中跳动，像有生命有脉搏似的。那座大山多么美丽，就像母亲夜间为我读的童话一样。它会那么残酷地折磨一个人——我的父亲吗？

父亲据说就在远方的这座大山里。

他被我想象成一个巨人，日夜不停地开凿石头。当这个巨人被释放的时候，我们这儿的一切都焕然一新。那时候我的思念像北方涌动的潮水一样，一浪高过一浪，在我的心岸发出了噗噗的声响。父亲！我不记得您的模样了，您在我一岁多一点时就走开了，走开了。

春天在想象和思念中度过。每一次思念都是被老爷爷或外祖母的呼喊声打断的。他们最放心不下的就是我了——这时的茫野上已经没有了野狼或其他凶猛的动物，他们到底怕个什么？他们的喊声里总是充满了惊慌，这使我都觉得好笑。但我不敢耽搁，飞快地从藏身之处跑出，奔向他们。

夏天我到海边上看打鱼的人。那是附近村子里的，他们在海里撒上了大网，然后在两端排成两个长队，吆喝着把大网拉上来。我每一次都要看着网上岸，尽管这常常是漫长的一个过程。当网漂子的弧线越来越短时，它围住的那一片水面就沸腾起来。我甚至听到了鱼的叫声，急急的，尖尖的，都是求生的尖叫。它们有时会猛地一个蹿跳，半空里闪一道白光，再啪一下落进水中。它想跳出围网，虽然没有成功，但它多么英勇，最后还是要奋力一搏——我想如果自己是一条鱼，这时候大概也会这么做的！

大片的鱼给大网围堵到沙岸上了。我一生都忘不了它们在离水那一刻的情景。它们都给吓坏了，在网扣上拧动、呼喊，相互撕咬。一些不知名的、从未见过的水族让我大吃一惊，它们的模样怪极了。我就是那时才认出了乌贼、水母……

拉网的人都赤身裸体——成年人的赤裸让我目瞪口呆。我那时一想到将来自己也要长成这副粗糙而丑陋的模样时，心里就感到一阵可怕。长久地站立在海边，结果身上很快就被沙子和太阳烤红了，发出阵阵灼痛。

火一样的夏天哪，我感到整个原野都在喷吐着绿色的火焰。长长的荻草和芦苇在风的撩动下伸出火舌，打破碗花花的蔓子则在低处慢慢燃烧。白色的沙土不敢赤脚去踩了，知了的鸣叫通宵达旦。夜间外祖母叫上母亲、老爷爷和我，携着干艾草和草垫子，找一片白沙子躺下。头顶是一棵大树，树隙中闪出星星。风微微吹起，吹过来一片小虫的鸣唱。老爷爷在远处的一棵树下躺了，他替我们点燃了干艾叶，这样蚊虫就躲开了我们。

我缠着外祖母讲故事，直到我自己困了，一合眼皮睡过去。醒来时只剩下我一个人，淡淡的朝阳把光辉印在脸上，痒痒的。大概怕我孤单，老爷爷离开时把狗牵到了我的身边，链子系在树桩上。它略显忧愁地看着醒来的我，卷了卷舌头，又开始打哈欠。它的时间表与人是不一样的，在它那儿，白天恰是睡觉的时候。

我不能忘记这条狗。它的名字叫大青，英武而俊俏。它有一双外国人才有的蓝色眼睛；脸庞长了些，这与所有狗都是一样的；它的鼻梁硬邦邦的，我常用手指去敲击。我看着它，当我们俩在一起，再没别的人时，有时我心中会涌出可怕的、猛烈的激情——我不能抑制自己，就紧紧地扳起它的脸，让我们的脸庞紧贴一起。它一动不动，它知道这对于我们都是一个重要的时刻。这样很久很久，我等待着心中的什么过去……后来，我们一起抬起头来。它注视了我一下，幸福地、不好意思地把脸转开了。

大青的沉默给我留下了永难忘却的印象。我至今闭上眼睛，仍能想起它默然的表情。它那多情的双眼看看南方——它会望到那一溜蓝色的山影吗？当再一次转过脸来时，它就垂下头，若有所思。它的一颗沉重的心时常能够感染我，让我与之一起走入安静。那时我看着它的后脑，常常想，它在琢磨什么？它有非常不快的往事吗？它的长长的后顾之忧在折磨它吗？那时我发誓一定要永远地爱护它保卫它，谁敢欺凌它，那么好吧，我会跟他拼命……

很久以后回忆起来，才明白我当时那种种想法多么可贵，同时又是多么不自量力啊。一个生命原来在大多数情况下是无力保卫另一个生命的，尽管他有强烈的愿望。

大青的死亡——非正常死亡——同样不可避免。对这样的结局，我永远也不要去触及吧。那是不久之后的事情……

这年的秋天就像以往任何一个秋天。我跟上老爷爷去林子里捡干柴、采蘑菇，还捎回外祖母喜欢的大把大把的红色浆果。林子里到了一年中最富庶的时刻，不仅有一片片的野果子，还有没来得及衰败的花朵和恰恰需要在秋天才盛开的鲜花。那真是绚丽多姿，真是一个令人眼花缭乱的世界。

老爷爷一遍遍叮嘱我不要一个人走开，他怕我迷路。我却总是寻找一切机会跑到远处去。结果林子里总是响彻着他的呼叫……我小心地绕到他的身后，走近了，猛地把他抱住。

那些四蹄动物不断被我们惊动出来。我不止一次看到黄鼬和草獾，还有狐狸。它们都十分美丽，都让我去亲近，只是一个个无一例外地怕人。一只黄鼬叼着一只很大的老鼠从我们面前跑过，这已经不能引起我的惊讶了；可是有一次我亲眼看到了一只黄色的獾一样大的陌生动物，嘴里叼着一颗很大的青果走过去，并且毫不惊慌地瞥了我一眼，隐入了林中。这多么有趣啊！

秋天，一切生灵都在奔忙，很愉快也很疲劳。我们小茅屋里的生活只是一个小小的角落，是秋天忙着贮藏的一场劳碌。这有多么愉快，我一年里最盼望的就是个富足的秋天——如果不是这一个特别的秋天，如果不是这一个下午，我还会沉迷多久啊！

这天下午父亲回来了！

他原来很早就赶到了茫野上，只是在那里徘徊了差不多一天——也许是他迷路了？反正他一直等到太阳快要沉落、茫野上一片火红的时候，才磨磨蹭蹭蹭靠近小茅屋。

当时老爷爷和他的大青都不在，只有外祖母在小院里摆弄干菜。她听到脚步声，一抬头看见了一个干瘦干瘦、脸色蜡黄、一双眼睛死死盯过来的男人——这个男人有五十还是六十岁，谁也说不准。天快凉了，这个男人还穿着补丁叠补丁的半长黑布短裤，短裤下边露出的一截腿就像枯木。外祖母问他要干什么？她大概把来人当成了来林子里采药、顺路讨水喝的人了。不过她一句话刚咽下去就喊了一声，弓着腰拍打起膝盖。她跑开了……一会儿她把母亲找了回来。

从此我有了父亲。

父亲赶走了秋天。这个可怕的、令我大惊失色的男人一出现，茫野上所有的浆果就一齐垂落了，无数的鲜花一块儿闭合了。整个原野再没有了颜色，没有了声音。我从茅屋逃出，一口气跑到了茫野深处，无论母亲怎么喊叫，我也不答一声。父亲对我而言像个陌生人，也实在是个陌生人。我做梦都没有想到他是这样一个人。我发现老爷爷战战兢兢看着新来的人，贴紧在他腿上的大青也迷惑地仰脸看看，又沉重地垂下头颅。

那一天我在一棵橡树下待到了黑夜。大青在远处一声声呼唤，我才不得不走出来。我怕极了，怕见到那个男人。我一步步走近茅屋，后来发现屋子旁边有个背枪的人，就站住了。夜色中我看出那是个中年人，肩上的枪黑黑的。他也发现了我，立刻"哞"了一声。这声音像牛的长叹。我强烈地一抖。

怔了一会儿，见他再未注意我，就溜进了小院。天哪，又一个背枪的人站在院里，还有一个乌黑脸、尖下巴的人坐在一块木头上，凶凶地盯住那个男人——我的父亲……他蹲在那儿就像一个十足的罪犯。我不由得仔细看了一眼：他的一双手包了一层茧壳，手腕上也是老茧，还有疤痕——很久之后我才知道那是被铁铐和绳索弄成的……他们低沉又严厉地问他，他答一句，他们就在小本上记几下。这时的外祖母和母亲、老爷爷，都缩在屋里。

从此父亲就经常被背枪的人押解出去。他有时一连好几天不沾家，母亲急了就出去找。我不止一次看到母亲扶着他走回家来，身上沾满泥巴，有时还有磕伤、有血痕。小茅屋充满了呻吟、哭泣和诅咒，小茅屋有了盛不下的哀伤。

老爷爷自从父亲回来就陷入了莫名的惊恐。他先是把自己那间屋子空出来，牵上大青到一边的草棚里住下，然后又一个人生火做饭。外祖母和母亲无论怎么劝阻他都不听，后来外祖母呵斥了一声，他才把灶里的火熄了。

"老爷回来了，老爷……"他咕哝着。

母亲愤愤地说："咱家里没有'老爷'！……"

老爷爷立刻改口说："先生……先生……"

母亲流出了眼泪，喃喃着："咱家里也没有'先生'！"

父亲每天都要到附近的村子里去做活，如果哪天实在累了，身上疼得起不了床，就必须由母亲去为他请假。他不准到远处去，只要离开茅屋到外面几公里远的地方，就要找背枪的人请示——原来他只是给移动了一下囚禁的地方，这一辈子都要在囚禁中度过了。与过去不同的是，他把灾难携回了茅屋，茅屋变成了囚室，我们一家人都是囚徒……我那时毫不费力地感到了一种绝望，就用这样的目光去看母亲——可母亲的目光总在追逐父亲，只要父亲在屋里，她的目光就有一多半时间盯在他的身上。

那个毫无生气的躯体让我厌恶。我想世上最为可怕的东西就是父亲了。外祖母一改往日的习惯：她平时多么乐于谈论往事，那些故事中时不时地就要出现两个男人——外祖父和父亲，他们的一生与传奇连在一起，做的都是惊天动地的事儿，现在她缄口不语了。因为她的那个主人公如今就蜷在小茅屋中，悲伤屈辱，衣衫不整。

我为母亲而悲伤，也为自己而悲伤。

我不止一次摸到那张不可思议的黑白照片。那是一个中年男子的照片，英俊极了。世上原来还有这样棒的男子汉！他穿了西装，系了领带，一双眼睛温厚地看着我。他那时就知道自己是别人的父亲吗？我一直把它当成珍宝一样放在一个地方，秘不示人。我从很早起记住了父亲的形象，只承认这个人才是父亲，而这时绝不敢把他与眼前蜷着的这个男人联系起来。

我们家里从此再没出现过笑声——好像真的没有。当他带着一身的汗渍和伤痕睡去时，大概就是一家人最幸福的时刻了。因为这时我们再也不必听那些呻吟和斥骂，不必胆战心惊了。只要他醒着，他在屋里走动，我就立刻敛声敛迹。有时他大声喊我，我走过去，他又不理我了。他注视我的目光是世上最为奇特的，那眼睛往往半睁半闭——一会儿就紧紧地闭了。他用力搓自己的眼睛。当我试图离开时，他又重新注视我了。

让我一个人咀嚼外祖母讲过的那些故事吧，从中寻找关于父亲的梦想……

也就在短短的时间内，老爷爷突然衰老了。他一时一刻离不开他的狗。我发现他与父亲简直不能说一句话，他们好像在互相回避。

我最怕的是父亲犯心口疼，他从南山带回这种可怕的怪病，不一定什么时候就要犯。那时他脸色焦黄，一会儿又发青，整个人疼得在地上滚动，身子蜷成一球。他急不可耐地寻找一个土坎，把肚子压紧到土坎上，以此抵挡剧痛。当一场心口疼过去之后，双手已经深深地插进了土中。母亲为他请过医生，他也吃过药，结果总也无济于事。

　　有一次他在附近小村做活时又犯了心口疼，身边没有一个人可以帮他，他便在刚长了一寸高的麦田上滚动，身体压坏了一片麦子。村头儿发现了，叫来一些背枪的人，把他绑起来，又关到了一个地方。全家人都不知道父亲哪儿去了，直到三天之后他被人从一间小黑屋子领出来。那时父亲已经昏厥过三次了。

　　父亲就这样把我们一家人领进了严冬。

　　大雪一连下了三天三夜，茫野被厚厚的白幕包裹了。天怎么这么冷啊？我仿佛第一次遇到了冬天。过去呼着白气踩着积雪到林子深处的情景犹在眼前，那时费力地掏开一个雪窟窿，就为了找到一颗暗红色的冻枣。全家人都不吭一声看着窗外，像专心等候一个不祥。太阳就要出来了，父亲开始动身。他已被告知：凡是雪天都要赶到附近的村里扫雪。可是厚厚的积雪啊，他怎么走进那个小村？妈妈扶着他往前，两人一边铲雪一边移动，半个时辰过去了，他们还困在离茅屋不远的那片雪地里……

　　我们家再也没有了暖融融红嫣嫣的炭火。那些炭就埋在屋后的土中，老爷爷咳着抠出来，可是刚刚装到火盆中又被外祖母阻止了。我们现在宁可贴紧在一起也不愿生上火盆。

　　父亲这时大概正在那个小村里奋力扫雪。

　　他与那个小村子有什么关系？他欠下了他们什么？他也许命中注定要为一个陌生的村庄服务。我不敢去那儿看一眼，因为我怕被他发现。有一次我冒险去了一趟，发现那个小村里的人嘻嘻笑着站在街口上看——整个的街头只有一个瘦弱不堪的父亲在奋力推开厚厚的雪，冻得五官都挤到了一起，难看极了。他那时一定难受得无法言说。

　　小村里的人如果这时吆喝一声站出来，一齐动手扫掉街头的积雪有多好啊。可他们只是看着，心满意足。我恨他们。

　　冬天里人烦躁得要命，父亲的呻吟声更大了。他有时火气大极了，一脚就把桌子踢翻。这时候全家人都不敢吭声，只悄悄交换着眼色。大青每逢这时就贴紧了老爷爷或我，一直盯着那个人。有一次他睡在那儿，它不知为什么要走过去，我们要阻止也晚了——它轻轻地吻了吻父亲垂下来的一只手。父亲被弄痒了，霍地跳起，摸起一根棍子就打。大青躲过了第一棍，吼着跑开。老爷爷愤愤地叫了一声："老爷！"父亲扔了棍子，尖利的目光硬硬地扫了老爷爷一眼。老爷爷躲进他的屋子里去了。

我说不定什么时候就要挨一场暴打。他比铁还要硬的大脚踩着我的后背、胳膊，有时甚至就踩在我的头上。我想这个人是快死了，再不也要疯了——我会忍受下来，可是我的仇恨正因忍受而成倍增加。

小茅屋里有了我哀哀的哭声。可是有一天这声音猛地止住。从那以后大概再没人听到小茅屋里有这样的哭泣了。

——那天我哭着，怎么也没法停止。外祖母走出去，一会儿又转回来。她贴在母亲耳朵上说了几句，母亲就过来牵了我的手。我们一丝丝挪到门外，沿着院墙转到拐角那儿——我和母亲都看到了，屋后站了一个背枪的人。他正在听着什么呢。

无论我走到哪里都会有人认出我，而这以前是从未有过的。他们伸手指点着，说这就是那个人的儿子，他住在一座小茅屋里……不知多少人看到了被绳子拴起的父亲，如今只要有集会，只要是人多的地方，比如十几里之外有一个大集市，也一定有人前来押走父亲。

老爷爷和外祖母、母亲，只要到人多的地方去，也一定有人大声地议论他们。

这年冬天，老爷爷病倒了。他痊愈得很慢，后来身体衰弱得几乎不能再做什么。我记得清楚，一天早晨老爷爷在院角的一棵桃树下奋力刨着，身旁是转来转去的大青。妈妈和外祖母都发现了，只是一声不吭地看。父亲被什么惊醒了，也从窗上看。没有一个人去阻止他，都觉得这事很怪。土还冻着，老爷爷刨了好长时间，又伏下身子掏。我终于忍不住，过去帮他。他弓着的长长躯体把小小的土坑遮住了，我什么也看不见。

老爷爷掏啊掏啊，掏出了一个油布包。那包轻轻一扯就碎了，露出了一个瓦罐。大青如释重负地抿着嘴巴。

老爷爷把瓦罐抱到自己屋里，我跟了进去。瓦罐被蜡封了口，打开，是一些花花绿绿的钱币，其中还有少量硬币。我惊喜地叫了一声，老爷爷捂了一下我的嘴巴。

他把数了又数的钱币包上，交给外祖母说，这是当年老爷给他的，他知道日后会用得着，只花掉了很少一点点，其余的都在这里了……外祖母愣得半天不吱一声，泪水哗哗落进了衣襟。她说："你多么傻，多么傻，这钱放到今天已经用不上了，朝代换了……你该一直把它埋在桃树下啊……"

老爷爷不解地睁大了眼睛："新铿铿的钱票吗，咋就不能用咯？"

外祖母哭过了就把钱收起来，再不说什么。

老爷爷突然说："我要走了——回老家去了……"

谁以前听说他还有个老家？谁都把这事儿忘了，只知道他是一个孤儿，没有亲人。外祖母一遍一遍挽留，他还是说走：家里男人回来了，我就该走了，落叶归根哩……

外祖母发了脾气，这样他就再不说离开的话了。

这个场景我是亲眼看到的，今天想起来还历历在目。

那以后老爷爷再未提离开的事。我当时听了心怦怦跳，无论如何也难以想象这儿失去老爷爷会是什么样。他若离开，那么大青也会跟了去，从此小茅屋将变得更为可怕。我在心里祈祷：你可永远永远不要离开这个可怜的茅屋啊！

可是一天早晨，我起来后发现全家都有些慌。老爷爷和大青都不见了！外祖母和妈妈急得嘴唇发紫，就连父亲也急急寻找。妈妈喊起来，没有一点回应。我跑到老爷爷屋里，发现到处都擦洗得干干净净，只有他那些杂七杂八的东西不见了。我哭出了声音。妈妈给我揩了揩脸。

父亲领着我们全家到荒野上去了。

我们想他一定是在夜深人静时，悄悄地领着自己的狗离开的。

从一大早找到了太阳升空，又找到了黄昏。

到处没有他的踪迹。妈妈问外祖母：老人的老家在什么方向？外祖母也摇头。我们失望地穿过大片茫野，背向着落日的方向走去。后来父亲突然听到了一阵哀号——我们也都听到了——那是大青的声音吗？

大家迎着那声音跑去。越来越近，真的看到了大青。它也看到了我们，疯扑过来，跳跃着哀号着赶在前边，领我们飞跑……

接着我看到了一辈子也无法忘怀的悲惨场景：一丛橡棵下，老爷爷躺在了那儿，后背还背着一捆布卷。他停止了呼吸。

我们就这样永远失去了一个老爷爷。

这是我当时心中装下的最为可怕的故事了。我每想一次这个故事，心上就要增添一道深皱。可是我怎么能够遗忘？

我在园艺场子弟小学的日子也越来越难过了。这是附近唯一的一所学校，林场和村子的孩子都在这儿上学，他们几乎没有一个不认得我这个倒霉的伙伴。我的厄运不断降临，无缘无故的欺辱、躲也躲不开的歧视，都让我无法忍受下去。我哀求妈妈：让我回家来吧，我会在自己家里学得比他们好……妈妈不同意，父亲也不同意。

有一阵学校里还模仿外边的大人，像对待父亲那样对待我。我不止一次带着遍身创伤回到家里，外祖母就一整夜搂着我哭……我在那样的夜晚只想一个问题：人怎样才能早早地、比较不太吃力地死去？

也就在这期间，我的母亲险些离开了我们——她先一步尝试了我考虑过的问题，只是没有成功。我不要去回想那些可怕的场景吧，我暂且把这一事件忘记吧……因为小茅屋里的不幸太多了，太多了，我相信只要我和外祖母，甚至还有父亲——只要我们还在熬着，母亲就不会离开我们……

大约就是在母亲出事的第二年深秋，外祖母去世了。

这又是一个难以接受的事实。想想看吧，我竟然可以失去了老爷爷又失去了外祖母！

她是绝望悲痛而死的。这之前她经历了老爷爷的死、母亲的事情，还有……她太倦了，已经无力再等待了。许多年前，她曾经忍受了外祖父遇害后的巨大痛苦……

我今天闭上眼睛，就能想起外祖母最后躺在床上的样子——那时她已经不会呼吸了……她的模样我记得清清楚楚。那时她多么瘦小。她静静地仰躺着，身上盖了一条陈旧的素花布单……

我知道有什么正在完结。这儿有什么正在走向结束——无可挽回的一种结局。是什么，我不明白。但我知道老爷爷倒在荒原上，外祖母也离开了，这里该有什么真的要结束了。

我暗暗等待，掩饰着心中的惊慌忐忑。

我发现母亲常常一个人掩面哭泣，背着我和父亲。这是以往极少有的情况。父亲有一些日子没有发火了，他只是拼命做活，或安静地蹲在自己的角落。

一个陌生人来到我们家，他与家里人嘀咕一会儿走了；隔了几天，那个人又出现了。

就在陌生人消失一个星期之后，母亲突然把我叫住了——我正要背上书包上学。"你不要去了。"妈妈的脸看着窗户。我觉得心上一紧。"妈妈！"我喊了一声，僵在了那儿。

妈妈转过脸来，我一眼就发现她耳旁的头发白了大半。这真奇怪，我昨天还什么都没看到——那是一夜间白的吗？"孩子，你过来，你听妈妈告诉你……"她这样说着，却自己走过来，一手搂住我，一手抚摸起我的头发。

她的这个动作一下使我想起了外祖母。我哭起来，越哭声音越大。我突然明白了，自从外祖母去世到现在，我还没有好好地哭过。这一回妈妈没有阻止我，她让我痛快地哭了一场……"妈妈！妈妈妈妈！"

"你去南山吧，家里给你在那里找了个父亲——你从今以后就有了新父亲……再也不能待在茅屋，你大了，自己找条出路吧……"

我挣脱了，盯着她。

"别这样看我……"

这是真的。天哪，我瞥一眼就明白了这是真的。家里没有父亲，他或者是因为害怕，或者是起早到附近的小村做活去了，反正家里当时只有我们母子俩。我觉得脸上的皮肤有些发紧，就像人在寒冷的冬夜，冻得舌头都不好使了，"我想……留在……"

"去吧孩子，哪儿都比家里好……你快从子弟学校毕业了，然后就得出伕，再不就是去别的地方。好不容易才给你找了这么个好人家，他是一个人，年纪大了，会待你好，像待亲儿子一样……今天傍黑，就有人来领你……"

"我不我不我不！"

妈妈的脸贴到了我的脸上。我不忍心再挣脱。她耳旁的白发罩在我的眼前。这时橘红色的阳光透过窗棂射进来，四周一片寂静。

好像只是一瞬间，我懂得了什么。是的，我必须离开这个小茅屋了，尽管它连着我的血肉。

……

10

因为小鼓额一直没有回来，我不得不去她家里一趟。我真担心她返回的路上出事——拐子四哥每次都要送她一程，可她的自尊心又太强，总是早早把他赶回来。她认为自己是个大人了，不需要别人看护。她大概并不知道自己有多么弱小可怜。

她不太愿意回家，那个环境令她窒息。但她又特别牵挂自己的父母，这多么奇怪啊——没到那样一个地方去亲眼看一看，是不会明白其中的缘故的。

还好，她只是因为身体不舒服才留下的。我已经是第二次到她家去了，但她一家人对我的到来还是有些慌促。她用埋怨的目光看着父亲和母亲，因为他们一会儿喊我"东家"，一会儿又喊我"大官人"。这是多么古旧陌生的叫法啊，这种叫法让我心酸。我简直不敢注视两位老人。

他们刚刚五十多岁，可看上去至少有六十多了。

这个平原上大部分人家都睡土炕，我们葡萄园的茅屋也有一个很大的土炕。鼓额自己住在东间屋里，她的父母住西间；中间是两个土坯做成的灶台，好像已经使用了好几代。这幢泥屋很矮小，仰脸看看，屋顶的高粱秸被烟火熏得焦黑，从上面垂下一串串尘网——这儿的人对于打扫屋子顶棚的灰挂是极为慎重的，他们将其视为"钱串子"。

屋内几乎没有一件木制家具，只有三两个泥巴捏成的箱子，用来盛粮食和衣物被子。我在中间屋里看到了一个风箱——唯有它是木头制成的。尽管我对这儿比较熟悉，可仍然对这种贫穷感到一阵阵惊讶。这是真正的贫穷。

你能想象富裕的登州海角还有这样的人家吗？

整整一条村街都是这样矮小的泥屋。我相信每一个小屋内的生活都大同小异。

鼓额母亲身体不太好，眼睛好像有毛病，不断地流泪，她就不断地揉搓，使眼病越来越厉害。她坐在炕上，穿了厚厚的过了时令的棉衣，上面已被油灰遮得不辨丝纹。她因为我的到来而感激，羞愧，并有着深深的不安，差不多一直在拍打膝盖，"了不得了，东家来哩！俺家个毛孩儿有天大福分不？让东家好饭喂着大钱花着，还进门看望哩。我跟她爹、跟毛孩儿说了：来世变驴变马报答吧！天底下也找不着东家这么好的人哩！……"

我险些在她面前流下泪来。

我一直觉得有愧的，就是不能给予雇工更优厚的待遇。因为我们的园子没有那么多的钱，它刚刚复苏……可是眼前的老人却充满了感激。

鼓额一遍又一遍制止母亲说话，母亲就呵斥孩子："毛孩儿知道个什么？还不快些为大官人端个茶盅儿？"

一句话提醒了鼓额，她开始为我倒水。她把一个瓷碗洗了又洗，这才盛来一碗白水。家里没有茶，也没有茶盅儿。

鼓额的父亲也穿了一件大襟棉衣，腰上扎了一根布絮。在我的印象中，大襟衣服只有女人才穿，所以我对这种打扮觉得奇怪。他很瘦，灰尘像是深深地嵌在了皱纹中，已经没法洗去。他总是笑，又有着无法掩饰的惊慌。这惊慌只有在他转脸呵斥鼓额时才消失。

"东家啊，在家吃饭吧，如今不比过去，吃物多哩，你看看咱家里……只要东家不嫌弃就好……唉，毛孩儿家小小年纪，不懂事，拖累人哩，东家多调教、多担待些是哩……"

他颤颤的声音流露着无法描述的感激，像是深深亏欠于我——他欠下了什么？他知道我站在这个屋顶之下，心里正想什么吗？

我不止一次在心里决定：再也不到这儿来了。我第一次来这儿就这样想过。可是我做不到。这儿有一股奇怪的磁力吸住了我——那就是一个平原的真实。我不想来，是因为我像所有人一样，总是害怕一个真实。但我终于明白，真实是无法遮掩的。我强烈地感到了一份赤裸裸的真实。我是属于这份真实的……

这大半就是我离开又归来的真正原因吧。

我心灵深处有个声音，它催促我走向平原。在这儿，我才会面对着它，羞愧不已。我是平原上出生的儿子，我因此而羞愧。我是一个人，我因此而羞愧。

我在他"吃物多哩"的提醒下仔细看了看，这才发现屋角堆着一些红薯，墙上悬了束起的一撮高粱穗子，风箱旁还有卵石似的马铃薯。一股秋天的清香气驱除了另一种气息，一个季节的安慰全装进这座小泥屋了。

鼓额从一旁提来一个口袋，打开，里面是刚摘下不久的花生。花生果还湿漉漉的，果壳儿雪白雪白。她捧起它们，捧到我的面前。我剥开果壳儿……甘甜的浆汁在口中弥漫，这就是我所熟悉的平原的果实。

鼓额还多少有点发烧，我让她在家歇着。可是鼓额非要跟我一块儿回葡萄园不可。她那时竟这样执拗。使我不解的是两位家长也一声声说："捎上她哩！"我只得同意了。

归来时我们雇了一辆马车。赶车的是一位上年纪的人。马车在秋天的平原上不疾不徐地行进，让人有一种很特殊的感受。这种马车在这儿仍然是重要的交通运输工具，它是机动车辆很难取代的。鼓额手里挽个花布包袱，垂头坐着，头发梳理得真光洁。她眼下像个羞涩的从娘家回来的小媳妇。我注意到，她现在比刚来葡萄园时健壮丰满多了。她那被太阳晒得红红的脸庞、又黑又圆的大眼睛，有着一种历久不衰的美。这种美很内在。

车老板根本不把车上的乘客当回事，看来他已经非常习惯于这种生活了。一路上他不停地哼唱，因为声音小，而且嗓音又不清，所以我一开始并未在意。后来的几个词儿钻进我的耳膜，使我立刻一震。他在哼唱关于徐芾和秦王东巡的古歌！

我请他大声唱唱，他瞥了我一眼，不高兴地放大了声音。

真的是那首古歌。可见在登州海角这一带，这古歌已经掺进了流动不息的海风之中。我只要安下心来，只要屏息静气，就会听到它在隐隐奏响……我一动不动地倾听，凝住了。鼓额的手在轻轻推我，我一低头，看到了她手里攥着一把洁白的花生果。

11

又是一个长夜。这儿满满地灌入了海潮。一种生冷活鲜的气息从茫茫无边的地域吹来，越发让我难以入睡。由于时过境迁，你将无法领受我在这个长夜的感受和我的心情。

一个人在这样的夜晚会有无穷无尽的、烦琐的追询。我常常发现，时光流逝得多么快啊，一转眼已是十年、二十年。可十余年前的一切宛若眼前。我在这匆匆的迎接和告别中也做不到镇定自若，一些过失常常令我心疼。过失——让人尴尬的场景一再重复，而人又不能从头开始。人无法挽留珍贵的友谊和爱情，有时就眼睁睁着它们衰老、褪色和变质。

我时而想有力地抑制它——对生命造成腐蚀和损伤的隐秘之力。为了捕捉它，我紧绷心弦。多么难啊！你常常有这种感觉吗？发现那种力量是不难的，难的是扼制它，注视它，不让它靠近自己。显然做不到。因为这太累了，一松弛，一天又过去了。而生命正是一天天组合起来的，我们就是这样丢失了生命。我怀念那些生命放射璀璨光焰的日子和时刻，充分地、一再地咀嚼和感念。我常常一个人在这午夜里强忍着什么……

柏慧，如今能像你和我一样坦然交谈、不断回忆的人，世上还有多少？

我们已经放弃了对彼此的苛求，只是真诚地交谈。

海潮徐徐漫过，它把小茅屋、葡萄园，把整个大地都覆盖了……我们偶尔想起已经消失和必将消失的一切，对这无法诠释的神秘就会泛起恐怖，睁大一双求助的眼睛。我看着你，深知：这目光与十年前是多么不同啊！我一遍遍地想象你现在的样子，想不出。

你好吗？愉快吗？你一定……

12

……我承认那个小提琴手与你分开之后，我有一阵真是高兴。以前我听到你夸他是"天才"，心里总是觉得别扭。他的假头套、凸起的肚子，我看了都有些气愤。现在你又是你自己了。可现在你正是让人特别担心的时候。

我甚至想劝你回到柏老身边，但那同样是一种折磨。你会孤独的，无论是你自己还是与他们在一起。既然如此，那么你就自己吧。

记得小提琴手是你初中时的同学。记得过去我忍不住就要说他几句坏话。当时他的小腹还没有凸起，只是那眼睛双得太厉害。这样的眼睛据你说是美的，而在我看来空空洞洞，没有什么内容。这双眼睛转向你时有一层浮起的光亮，让人想起一种鱼；而转向我就立刻尖利利的。

他难得一笑，无能而又自负。这就是我过去的印象。

可现在呢？我多么怀念一起坐在剧场里的那份感觉。我既担心你，又为他难过。他的痛苦可想而知。你是绝对好的一个人……你多么美丽。我仅仅因为你的美丽也要充满了尊敬。美丽是神灵赐予的，它多少也算是一种品质。在那座乱哄哄的城市里，你自顾自地美丽着……

小提琴手这会儿像我们所有孤单的男人一样。谁来帮帮他呢？

没有爱，没有慰藉，还会有什么？我知道他是深深依恋你的。你们结婚后我曾经看过一次他的演出，突然发现他大为长进了，真正是沉入其中，如醉如痴。他像换了一个人。我一下就明白这是你给他的。帮助男人找回不知丢失在何方的激情，从来都是一个女人最了不起的地方。

你是具有这种能力的。

可是你一下就消失在人海里了。

你是无可奈何的。我知道你有多么善良。我想都不敢想过去。那时我太年轻，有那么多独特而深刻的愤怒。我那样做，是想向你解释一生——不仅仅是关于你，而是关于这个世界、关于所有人的委屈……我这会儿想说的太多了，我由对小提琴手的悲叹想起了很多很多。难道人活得还不够苦吗？我们——所有的人——有什么理由再去背弃、离异、伤害？谁又理解一个人长长的委屈？

谁知道我为什么愤怒？我怒不可遏。我那时曾深深地爱过你，可是我怒不可遏。在我请求谅解的今天，我又很容易想起十年前的激愤，想起我当时由于愤怒而浑身颤抖……

我很牵挂你，也牵挂小提琴手。这个不让人喘息一下的时代啊，对于好人，它的心肠是硬的。

我极想再去我的命运转折之地——你所在的那座城市——走一次。我想好好地看一看那里的楼房和街道，还有我过去的老师和朋友。可是我迟迟动不了身。是什么让我如此踌躇，如此地心灰意冷？

见到老胡师了吧？我近来总是想念他。我似乎有很多话要跟他说……

13

我跟你说过，徐芾这个人物很让我着迷。我不愿与其他人更多地谈论他，仿佛这只是我个人的，或某几个人的隐秘似的。其实关于徐芾为秦始皇采长生不老药，带三千童男童女东渡日本一去不归的故事，几乎无人不晓。大概也正因为这个传说的广泛流传，才使这个人物潜隐在了历史和真实的深处。

我有时是怀着极大的好奇心来探寻这个人物的。我差不多已沿着秦王三次东巡所经过的不同路线走了一遍，到了他杀死几百人的琅琊台、他射杀大海鲛的成山头、他祭过的莱山月主祠……《史记》作为最为可靠的正史，也记载过"齐人徐芾（福）"。这个人以及他的航海事迹看来是确凿无疑的。有人把他作为一个伟大的使者、航海家去看待，并将哥伦布与之相比。这并非牵强。但我觉得还绝不仅仅如此。

我想弄懂他的诞生地——或者说他长期流连生活过的这座城市——士乡城——是怎样的一个地方……

你对这座古城会感兴趣的。它处于登州海角，从地图上看，这是一片大陆的边缘地带，小得不能再小，是插进大海的一个犄角。它在秦灭齐以前属于齐国，秦灭齐之后则属于东夷边城。早在老铁海峡没有发生陆沉的时候，这儿的文化已经相当发达，处于东莱古国的中心地区，有最兴盛的渔盐业、炼铁术。到了齐国末期，随着当时的稷下学派著名人物的东移，士乡城已经成为国内著名学士的汇聚地。一些最重要的人物都在这儿访问、讲学，历史上有过记载的就有邹衍、韩非、淳于髡、荀子……

他们为什么要到登州海角来？

稷下学派又是一些什么人物？

在秦王统一中国之前，齐国为"五霸之首"。当时的文化中心，春秋时代在曲阜，战国时代就在齐都临淄。齐国都城临淄超过今天的临淄城二十多倍，《战国策》曾记载道：

> 临淄之中七万户，臣窃度之，下户三男子，三七二十一万，不待发于远县，而临淄之卒，固已二十一万矣。临淄甚富而实，其民无不吹竽鼓瑟、击筑弹琴、斗鸡走犬、六博踏鞠者。临淄之途，车毂击，人肩摩，连衽成帷，举袂成幕，挥汗成雨，家敦而富，志高而扬。

就在这样一座繁荣的都城中，齐桓公田午在西门稷下建立了学宫，尔后发展到学士千余人。他们当中有著名的军事家、政治家、哲学家和艺术家，如宋钘、孟子、荀子、孙武、孙膑……当时的儒学大师孔子也在稷下讲学。著名的"百家争鸣"之说，就源于稷下学派。

秦始皇由西往东统一中国，在咸阳焚书坑儒，一些逃亡的学士先是汇于齐都，随着秦军东移，齐都灭亡，他们又先后到达登州海角。这曾是秦国武力唯一不及的小小疆土，地形复杂，有隐于海雾的群山，有连陆岛。但秦始皇不会轻易放过这里的渔盐之利，更重要的当然还有政治上的安定。

登州海角的学士于是没有了退路。

他们设法隐于民间。

秦始皇焚书坑儒时注意保护了"技"和"匠"，未曾烧过医书之类。他特别喜好长生不老之术，迷于巫医。

当时的登州海角恰恰是专于神仙之术的"方士"盛行之地，于是稷下学士们渐渐与"方士"融为一体，言必称神仙。徐芾大概只是他们当中的一个。

秦始皇一次次东巡，当然是为了牢固控制这块边地。他对齐国东部沿海，对登州海角，一直有一种神秘和恐惧之感——这大概并非臆测。

你到过西安——看过秦王陪葬墓发掘出的兵马俑吗？那么大一片陶俑，表情肃穆……他们面向何方？东方！

他们迷茫地仰望着、注视着东方。

我想秦始皇至死都对登州海角一带感到了迷茫。我仿佛听到了他永久的叹息。

就在秦始皇最后一次去登州海角的归途中，他死于沙丘。

在历史上大书特书的秦始皇东巡，对于士乡城的人文历史当是至关重要的。东巡之前这儿是秉承稷下学官遗风的，成为当时唯一的一座"百花齐放之城"，有民谣称，"西有'士乡城'，夜夜朗朗读书声"，就相当生动地描述了当年盛况。随着秦始皇一次次东巡，秦兵压境，影响覆盖边地，士乡城朗朗读书之声想必是消失了，而代之为求仙访神的祈祷之声。

徐芾就是在这样一个时刻里登场的。

他至少从许多方面悉心研究了秦国、秦始皇本人以及他身边的文臣武士。对于秦王身边最重要的一个人物李斯，他当然不会感到陌生。

李斯是稷下学派分裂出去的一个人物。

徐芾感到头疼的可能主要是李斯丞相，而不是秦始皇。但刚刚统一六国、心气高远的嬴政，却使徐芾有了一展宏图的可能性。他懂得眼前这个不可一世的人物最害怕什么。任何无所不能的"巨人"面前都横亘着无法超越的阻障：时光。沉默无声的时光是至今为止人类所知的最可怕最强大的对手。秦始皇害怕的正是死亡。

在秦王的巨大恐惧面前，李斯的明晰与思辨都失去了力量。

徐芾巧舌如簧，大谈虚无缥缈的"三神山""长生不老药"，谈海中的妖怪、巨鲛……他提出要楼船战舰上百艘、要大量的五谷百工、弓弩手，还要三千童男童女……真是狮子大开口。

秦王在征战六国、宫廷政变之中经历了多少惊险事变，最终能化险为夷，成为唯一的胜利者，真可谓大心智之人。但他在时光的进逼之下，面对着一个多少有些可笑的骗局，竟然失去了起码的判断力。

"好！徐芾，朕命你率船队携百工弓弩手，访蓬莱、方丈、瀛洲……"

就这样徐芾一行经过了周详的准备，终于从黄河入海口处的黄河营港起航，永远地脱离了秦王。

从稷下学派东迁到船队启航，这是一个多么漫长的准备过程，真算得上是卧薪尝胆，在心理和精神上非有一场真正的砥砺不可。他们最清楚不过，仅仅是一场神仙术还不足以护佑自己，弄到最后，他们的结局仍可以想见，那就是咸阳儒生的下场。

如今保留在登州海角一带的民间传说多如牛毛，关于徐芾和秦王的歌谣也大都是说那次东渡的。不过我以前说过，最令我惊奇的还是那首古歌。它的精神气质不同于一般的传奇，这使我不得不慎重起来了。我已经搜集整理出一些片断，但不敢妄自连缀，只需尽可能地保留它们的原生性质。

现在关于徐芾东渡的一些资料我仅仅重视如下几个方面：一是典籍记载，如中国的《史记》《三国志》《后汉书》《齐乘》，以及日本的《神皇正统记》《异称日本传》《续风土记》等；二是考古；三就是这首有待于发掘的古歌了。我认为我无可推卸地成为发掘这首古歌的第一人（？），而且自信具有这个能力——这不仅指我本身是一个写歌子的人，而且还有其他更为重要的条件……

我目前为这个耗费精力很多，整个闲散季节都在干这个。待有了新的进展时，我会及时报告你的。你大概将是较早欣赏到这首古歌的人，同时也会知道我这些年都干了些什么……

14

又是下雨。这不大不小的雨已经断断续续下了三天。半夜我推窗看了看，发现雨还没停。半岛地区气候湿润，一到了雨水多的时候就有些闷。

拐子四哥的伤腿在这样的天气里很不好受。他又开始一下下捶打那条腿了。响铃的情绪完全受男人影响，每逢这时就不吭一声。连斑虎也要垂头丧气。我试图引四哥讲讲他在兵工厂那时候的故事——那时他可是个英俊小生，曾经为一位老军人厂长当过警卫员，据说很能博得厂内姑娘的喜欢……四哥大口吸烟，笑一笑，不愿开口。

响铃在伙食上下着功夫。她去海边弄来几条大鱼熬汤，又提着围裙进杂树林子采来蘑菇、金针菜，到园子四周的篱笆上摘回大把的豆角……她还用干槐花浸一浸，加上面粉和油盐，做成平原上才有的美味：槐花饼。据说这种饼是久居大海滩上的一只狐狸发明的——它是雌性，平时闪化成一个辫子油黑粗长的美丽姑娘。她无比地喜欢那些到大海上采药和打鱼的小伙子，就用这种饼引他们到茅窝去，过上一天两天。吃过她的饼的人永远也不会忘记那种甜美的滋味，于是就回家仿做，从而把这种饼流传了下来。平原上的人对槐花饼还有另一种叫法——狐狸饼。

我想，如今的葡萄园够温馨的了，大家围坐在桌旁就是真正的一大家子，斑虎卧在一旁，一边吃着它那一份，一边抿抿嘴巴，抬头看看我们。米饭的香味与窗外鸡的啼叫混在一起，有一种说不出的安逸……梅子上次来度假显然深深感到了这一点，但一旦回城，又很快被那里的节奏给迷住了。她很难挣脱。

雨不停止，也就无法到园子里干活儿。还是讲个故事吧。谁来讲？他们想让我说说很早以前的故事——我一阵沉默。

我有时一个人默对着窗外雨丝，不禁想起了秋雨连绵时节我在山间奔跑的情景。那时我刚刚十几岁，真正是一个人……

就是那年秋天的一个黑夜，我跟上那个中年人走了。先是让他扯着我的手，弓着腰在树下蹿，一直蹿到了最西南角的一棵桃树下。听了听没有一点声音，就往南匆匆走去了。穿过杂树棵子、一片高粱地、花生田，又跨过一条浅浅的水沟，再往西走了一会儿，又折向南。我们是去南山啊，去认那个"义父"……中年人不吭声，我也紧闭嘴巴。他手里提着妈妈交给的一个包裹，那里面有一双鞋子、一点钱、几件换洗的衣服，最主要的是有几块锅饼。

那个夜晚冰凉的秋风使我发抖。我穿了一件灰绿色的旧衣服，袖子有些短。这件衣服曾经多么新啊，它是妈妈亲手为我做的，是外祖母割的布料。我穿了新衣服上学，让那帮人好嫉妒。他们说，什么人家就有什么衣服——"他们家古怪东西就是多！"我有一次提了一个书包上学，这书包有精制的木头提手，这大概是外祖父用过的，那式样立刻引起了老师和同学的好奇。他们又惊喜又厌恶地盘问了我好久……我相信是老师把我们小茅屋的情况说出去的，他们的态度影响了同学，大家开始用异样的目光看我了。我被视为不祥的异类。

小学校只有一个女教师对我好一点。她好像也那么孤单。她美丽又羞涩，不说话。她只用眼睛说话。

我们家东边长了些菊花，我采了最大最艳丽的给了她。她插在清水瓶中。

我上学时要穿过一片杂树林子，小路旁边有各种野花，我有时折一大束，几乎是怀抱着，一口气跑到她面前——我发现她那么喜欢鲜花……

这个夜晚的露水真盛，我的鞋子全湿了。庄稼叶子上的水也弄湿了我的衣襟，风一吹身上凉得直抖。中年人仰脸看看天空，"俦"一声，扯紧了我的手。他希望我们再加快些步子。我们要在天亮时赶进山里，站到"义父"的面前。

我不敢想象那时的情景。那时我会死死地盯住那个苍老的面孔，看得他发抖。

我竟然给一个毫不相关的男人做起了儿子。我不愿意。

可是从此我的小茅屋、大海滩、无数的野花和浆果，还有我的母亲——我将日夜思念的母亲啊，我们一块儿分手了。我眼前又闪过了素花布单蒙着的那个小小身躯，那是我的外祖母；还有那蜷曲在荒原灌木丛中的老爷爷……冰凉的泪水从颊上滚下，我愤怒地抹掉了。

就这样，我随着那个中年男子往南走去。这是人的一生所能走的最艰难的一条路了。

我们渐渐爬上丘陵地带。

灰蒙蒙的夜色中，我用力看四周的一切。庄稼棵儿越来越稀，树木也很矮小。这是一片贫瘠的土地，这儿不会有什么惊喜。

记得我一直在平原的高处往南眺望，盯着远处那溜儿蓝色山影。它有时在雾霭下轻轻跳荡。那道山影化为一首奇特的歌儿震响在耳畔，我可以一连几个钟头遥望着，谛听着。因为那时我的父亲就在蓝色的山影之中。

苍苍巨石出现了。中年人大口喘气。他叉着腰望望前面，又往回路看看。东方闪出一条微黄的带子，我心上一紧——天要亮了。我说我去去就来，转到了一块大石头后面。

中年男子坐下吸烟。他一路都没顾得上吸烟。

我最后看了他一眼，闭了闭眼睛。当我抬起头时，发现一天的星斗像葵朵那么大。心慌慌地跳，我猫下腰，从一块巨石移到另一块巨石，最后撒开腿就跑。我听见有石头被我踢到了陡坡下边……

听说我未来的父亲是一个烤烟叶的人，一个人生活在山上的小石头房子里，每年深秋再到烤烟炉前工作。他无儿无女，已经很老很老了。他因为活到了最后，需要有个儿子了。他生儿子已经来不及了。

可怜的老人第一次找儿子，就遇上我这么一个拗气、野性的人。他那天一定是枯坐在小石屋子里守候。天亮了，只有中年男人两手空空走进来。老头子气个半死。

这可是没有办法的事儿。

我永远是小茅屋的儿子。虽然我深深地恨着一个人。就是这个人的到来，我要被连根拔掉了……我从此奔波在山野中。好陌生的山啊，我攀来攀去，身上的衣服很快被棘子划破，手脚全是血口——我到哪里去啊？

夜晚，我钻到草窝里，睁大眼睛看着四周。风从山口吹过，发出"唑儿唑儿"的声音。草叶中不知有什么东西在活动，还有令人生疑的灌木丛。在月亮没有升起之前，一切都闭着眼睛，阴沉沉的脸庞——远处近处的山石凝视着我，它们当然不接受我这个陌生人。我想也许半夜里会有什么野物拱过来把我吃掉，而我还在梦中呢。这样想着总也不敢睡去。有石头从山顶滚落，发出的巨响在山壑里震荡，回声传出老远，又在大山的另一边引发了一阵沉闷的哈哈大笑……我被阵阵饥饿攫住了。

白天，我吃饱了一顿饭就会很高兴。我吃饭的办法很多，比如说帮山沟的老乡们干活，采药卖给收购站——这儿的药材很多，我从小就跟在老爷爷身旁学会了辨认草药。无人的大山上，常常能看到一座座孤零零的小石头房子。它们强烈地引诱了我，让我走近去看个虚实。走到跟前我总是蹑手蹑脚，生怕惊动了里面的什么人。我总把里面的人想象成背弃了的"义父"。

几乎每座小房子里都空空荡荡。主人为什么离开了？这些小石头房子又为什么垒在了光秃秃的大山上？

这都是些谜。这些谜在今天看来，就像某些史前遗迹一样令人费解。

如果说是看山人的房子，那么坚硬的大山有什么可看护的？如果说是单身老人的住所，那么他们完全不必把自己的窝建在这个荒无人烟的地方。

小石头房子就好像我那个未曾谋面的"义父"的形象。它们真是孤单啊！我有时远远地看着，心里涌起一阵怜悯。我为他可能产生的悲伤而悲伤。我这一辈子要为多少人悲伤？再加上我自己的悲伤，看来我是不会幸福了……

我在大山里流窜，幻想着奇遇，不断地怀念那些亲人和压根儿就未曾见过的朋友……我这时无比渴念林中子弟小学的那个女教师，回忆着她一次次抚摸我的肩膀和头发的感觉。我还想象着在山中会遇上什么别的人——一定会的，他或她一定会在什么方面解救我援助我。

就这样，我在无头无尾的奔波中寻找着微小的机会。

首先当然还是想看看"义父"。我造访了不知多少石头小房，大半都是空的。偶尔遇上一两个闲散的人，也都是无所事事待在里面的流浪汉，他们油黑的小背囊扔在一边，怪吓人的。

小房子过去有灶，还有土炕，这会儿都被整塌了。有时空屋中有一两只动物，它们见了我总是急急窜掉。半塌的炕角是一堆乱草、一个柔软的窝，上面印有它们身躯的形状。我趴在没有木棂的小窗上，神往地看着里面。

如果遇上雨天，我就得找这样的一座小屋了。

我常要待在漆黑的屋中等待天明。如果我侵占了其他动物的地方，那么半夜里就有什么在一旁走动。有一次它大胆地走近了，在黑影里待了片刻，又失望地、无可奈何地离去。我真希望它能再一次归来。

只有一次我的手碰到了一个毛茸茸的躯体。那也是一个黑夜，下雨，什么都看不见。它呼吸的声音柔细诱人。我摸醒了它，它打了个哈欠又重新睡去。我握了握它的巴掌，发现它热乎乎的。我又小心地触动了一下它的嘴巴，感到了可笑的、四蹄动物们千篇一律的两撇胡须。我多么幸福。后来我想这可能是一只无家可归的狗，不然它就不会这样坦然。

那个晚上想到此，我好难过又好亲近。我想抱一抱它，好不容易才忍住。

天亮了。我后悔太困了，不知何时睡去，醒来一看什么都没有了，只有那只动物躯体焐热了的一堆茅草……

一个流浪汉走向山脊，背着包裹，在朝阳下四处遥望的剪影多么迷人！我现在一闭眼就能看到这样的剪影。

有一次我看到了那样一个人，心里一惊，竟忍不住吆喝了一声。那个被朝晖勾勒出的、四周闪着一层金色的剪影一动不动。我又喊了一声，他才转脸向这方遥望。啊，我的心开始跳动，不自觉地迎着他走去。

我顺着山脊走去，他也走过来。不过他走得慢极了。当我可以看清他的样子时，又有些后悔：他根本就不是平常见到的那些流浪汉，而是一个从未见过的奇特的人。他黑瘦，细长个子，戴了一副眼镜，一顶檐儿很长的硬壳帽。他手中提了一根棍子，打了裹腿——我可是第一遭见到打裹腿的人。他的背囊也比一般流浪汉的大多了。

后来我终于看出，他的一条腿伤了，裹腿上有一个地方渗红了。

我搀扶了他，把他扶到前一天过夜的一个小石屋去。他疼得嘴唇抖动，还在笑。我帮他解了裹腿，又搞来一些止疼的草药，放在嘴里嚼碎了，给伤处敷一层。他立刻说凉凉的，舒服极了。我记得有一次爬到大树上掏鸟，下来时被一个杈子刺伤，老爷爷也用这个办法对付我，结果那伤很快好了……我们并肩坐着。他笑起来让人放心。天到了中午，他把背囊打开，里面应有尽有：小锅子、小米、水壶……我们动手做饭了。

这是我进山以来吃的最好的一顿饭。他那个精致的小锅子给我留下了深刻印象。当时我就想，我也要有这样一个小锅子，它可以为我煮各种东西，到时候我就把豆角、柳树嫩芽、红薯和南瓜……一一投放进去。

那个小锅子是钢制的，不是一般的锅，所以直到很久以后我才实现了那个愿望——那是我已经从地质学院毕业、离开〇三所、幻想着做一个"行吟诗人"的时候……

我后来得知他是这一围最大的一所山地中学的老师，有假期单独出来游荡的习惯。他对我非常好奇，看来他的好奇心并不亚于我。但他也像我一样，并不急于知道对方的一切。他大约发现了我有时会警觉地盯住他。

那一次我与他度过了一天一夜。离开时，我伴他走了很久，直把他送到了一个大沙河边上。这是一条多么大的河啊，可惜已经大部分干涸了。在水旺季节，我曾到那条河去看过，水仍然装不满河道……那天他沿着一条干河走了，拄着拐杖，走开老远还回头看我。

我知道这是一个好人。

我一辈子也没有忘记那个人和那个学校。当然，在那个告别的早晨我就知道还会去找他的，但不知为什么迟迟没有动身。

那时我把更多的时间用来怀念母亲和小茅屋了。我在一种惨厉的鸟鸣中，在突然坍塌的土崖前，都要不由自主地想到那儿——母亲生病了吗？小茅屋里又有了新的不幸吗？我听说如果至亲有了大事情，远方的儿子必会感到什么，必会有预兆的……我不敢回到那儿去，因为母亲不让我回去，她不仅如此，而且让我永远也不要提起我在平原上有个父亲。

我想在怀念平原时排除父亲的影子，总也没有成功。他会跟我一生，缠我一生。我的全部不幸都将是因为有过那样一个父亲，这在后来终于——得到了证实。

我因为有这样一个父亲而历尽艰辛，而且苦难好像才刚刚开始。他毁坏了我少年的欢娱、青年的爱情、中年的安定，或许还有老年的清福……奇怪的是我随着年龄的增长而越发思想他感念他，这已经是无法回避无法改变的了。

柏慧，这一点你是知道的。最早倾听我父亲的故事的人就是你。而我因为违背了妈妈的叮咛，报应再大也该认下。只是……

我继续在山雨或大雪蒙住的山间奔走。你见过那些可怕的流浪儿吧？我那时几乎没有一件像样的衣服，手脚全是泥巴、伤口，头发上沾满了屑末、草籽儿。我在村边草垛子里捱过冬夜，弄出的声音惊动了街头的狗，它们一夜不安地嚎叫。它们不理解一个孤单的野人，它们那时并不认识我。

可是我从小就发现了自己有一个特殊的、引以为自豪的能力，即我有贴近动物、与它们互通心情的本领和特长。所以当我发现一只与我为敌的狗或猫、野鸟之类，就常常感到一种莫名的、巨大的懊丧。我在别人面前总是掩藏了这懊丧。

我懂得极多的动物——它们的习性、语言、奥秘、隐忧……我发现我的手一挨到它们的躯体，它们就欢天喜地。我在任何时候——直到有了长长的复杂经历的今天，都自认为与它们有共同的利益和深深的默契。我想这可不是一个误解。我曾多次领悟了一个动物的自尊——我知道所有四蹄动物的共同忌讳：它们的全部自尊差不多都在胡须上。如果不是与之相处长久，随便将动它们的胡须是会引起暴怒的……而在它们的脊背上放一只手掌，就立刻会博得一份信任。它们这时就滋生出好感，回头亲切地看你一眼……

那时我蜷在草垛深处，面临着一群狗的狂吠围攻，觉得这个世界的全部都在拒绝我、嫌弃我，我真的没有出路。

如果钻出草垛就会冻个半死。如果天亮了还不赶紧伸手讨要就会饿昏，因为我已经空腹好久了。这样的夜晚我想得太多，思念多少也可以用来抵挡饥饿。当然是想妈妈，想故去的外祖母、老爷爷，还有紧随身后的大青。我在那些未曾谋面的人身上也花费了不少心思，比如外祖父、爷爷、奶奶，给父亲巨大帮助的叔伯爷爷……我每次都故意将思绪在父亲面前停止。

而后就是想"义父"了。我如果当初老老实实跟上中年男子去认下他，这时就容易多了，起码也有个安身之处。我太拗了，又太自尊。这自尊是小茅屋给我的，它大概要跟随我一生。

这个大雪天的早晨，我顶着一头草屑去敲门。善良又贫穷的山民给我瓜干和糠饼。这也是他们一家的食物。他们并不太多地追问我是谁、来自哪里等，因为像我一样的流浪儿他们见过不少。我吃过他们的东西就为他们做活，跟上男人到地里刨土、砌石堰，一天下来手就冻伤了。

那个冬天我的手冻破了，只要一活动手指就流血。

春天，由一户人家的介绍，我又找到了一个干活吃饭的地方——采石场。它是一个三十户人家的小村开办的，其实就是一个大石坑。先在山坡上用炸药炸开一个大缺口，然后就用凿子钎子撬开一条条青石，卖到山外去。这儿的活计苦极了，还常常要伤人。我一开始被指派扶钎，老担心那高高飞扬的大锤如果稍微一偏，我的手、一截腕子也就完了。还好，那锤子每一次都落在钎上。

采石场上都是男人，他们乐呵呵的，只要没有伤着，个个都有说有笑。我从他们那儿听来那么多故事，有的故事至今难忘。故事被讲得逼真，什么山鬼海怪，我一个人夜间老要惊吓而醒。我那时睡在牲口棚里，喂牲口的是个老头，他只在半夜添草料时才过来转一趟。夜里牲口切切的咀嚼声多么安慰人哪。我感激那些俊美的大马、忠厚的黄牛。有时月亮太亮了，我睡不着，一睁眼竟看到它们正停止了咀嚼，在凝视我！我忍不住走到它们跟前，两手挂着膝盖与它们对视一会儿。它们这才羞涩地转脸看看同伴，说："佛！"

牲口棚是小山村至为奇特的地方。我渐渐发现，不仅是我这样的人，还有一些半夜出来溜达的猫、狗，其他的动物，都说不定要进来一两趟。它们嗅着屋角的土，仰脖儿望望，然后再若无其事地走开。有时它们轻松地、跑颠颠地穿门而过，只是为了让牛马散发出的气息弄出一个喷嚏而已……一天半夜，那个老头刚刚来添过了草，接着就闯进一个头发脏乱的小伙子。他猫似的眼睛会发光，耳朵比常人大出一倍，似乎一直耷拉着，见了我躺在土炕上才振挺起来。他坐在旁边，脸埋在手掌中。

我吓得大气也不敢出。

他的肩膀一抽一抽，原来在哭。我从微微月色下看出他的肩头尖凸，整个人瘦极了。他一声不吭，只是厉害地抽搐。我真替他难过，就伸手拍拍他的后背——他仍然低着头，却回手扯住了我的胳膊。接着他再也没有松开我的手，我都被他拧疼了。

"你是谁？你怎么了？"

他"哇哇"哭出了声音，小声嚷叫："我怎么办哪！我怎么办哪！我啊……"

他根本不准备回答别人什么，只是抱紧我的一只手哭叫。

这样哭了一会儿，他突然站起来，擦擦眼睛走了。

还有一天，我刚入睡，门就被谁推开了。进来的人有五十来岁，是个满脸胡须、用一根草绳系腰的男人。他盯我一眼，马上转脸去看那些牲口。这样看了一会儿，突然哈哈大笑了。我料定这是一个疯子。他从牲口槽旁摸到了一根棍子，举起来……我赶紧跳下炕去阻止。

他不理睬，就像没有我这个人似的。他只管举着棍子，对那些马和牛一一威吓，训斥着："你以为这就没人管你了？""臭美什么？早晚还不得服帖？""悠着点儿吧，谁的身子也不是铁打的！""你又不是看不见，你这个狗东西……立定！"

他喊着，在槽前高抬腿走了一趟。我重新回到炕上时，他不知怎么又爬到了一匹青马背上端坐，直直地挺起身子……

我大约在采石场上干了一个冬春。春天来到了又要消逝。山壑里摇动的野花强烈地吸引了我。好像有个声音在喊我快些离开，到远方去——远方是哪里？不知道，但一个男子汉总要到远方去啊！

就是从那时候起，我开始丢掉了永远缠上我的那种凄凉伤感。离开那个牲口棚时，最舍不得的就是那些沉默的伴儿，是一匹匹的大马和一头头老牛。我真的要走了。

告别了这个小山村，再到哪儿去？

不知不觉踏上了山脊。站在山巅，看着远处雾气下闪动的那片沟沟岭岭，我猛地想到了那个身背一个硕大背囊的老师！

与山地老师的结识以及我们逐渐滋生的深厚友谊，是我一生中最珍贵的纪念之一。他的学校原来筑在一座高山的半腰上——当年勉强整出一片平场，就盖了一排排房子。这座学校离四周的村庄都不算近，但却联结了很多村庄。这所中学原在县城，后来一个命令就迁到了大山深处。

我深深喜爱着这个地方。

这儿到处是密密的黑松，闭上眼睛就可以听到呜呜的松涛声。溪水掩在灌木之中，当听到潺潺之声时，要趴下来拨开一层层枝丫才看得见清亮的水流。一些小动物在枝头和溪边跳跃，它们闪亮的眼睛给我留下难忘的印象。

老师让我住了简陋的学生宿舍——这些半像棚子半像地窖子的奇怪建筑是备战的产物，据说它利于隐蔽，不挨敌机的轰炸。学生有不少探家不归的，所以这儿宽敞得很。学校有两处学工的场所，一处是小小的云母矿；一处是粉碎石英石的碎石场——我被应允在这儿劳动，有空闲还可以到课堂旁听。

他的同事都知道我是一个烤烟叶的老人的儿子，是因为渴望读书才逃到大山深处的。

"你的父亲呢？"戴了一顶呢帽的老校长和颜悦色地问。他嘴里的烟斗说话时也含着。

我心上一紧，再不敢看他一眼。

老师把我扳在了怀中。他开始与老校长说别的，对方就把刚才的提问忘掉了。我心里对老师充满了感激。

他在这儿是独身。我常常在他那间宿舍待到深夜。这儿到处都是书，是各种图表……原来他不久前还在一个什么研究所，后来受了磨难，被赶到一个工地做工，最后又被恩准来这所山地中学教地理。他的爱人背离了他，绝不跟他来这儿钻山沟。我看过她的照片——微胖，和蔼，真是美丽极了——天底下竟有这样美丽的女人！我想他一直爱着她，并不太恨她。

他写了很多诗，这些长长短短的句子都抄在一些精致的硬壳笔记本上。

我梦中都渴念有那样的一个本子。

后来他送给了我。我夜里睡觉就将它放在枕边，醒来时就抚摸一下。可是我一年中也没有写上一个字。因为我的字太难看了。可是我在试着写出自己的歌，我只在心里吟诵。

一个偶然的机会，我发出了轻轻的倾诉……他的眼睛一亮，手中正忙着的什么停住了。他扶扶眼镜盯住我，"把它抄到那个本子上——听到了吗？""不，我不。""为什么？""我不……老师！"

在深夜，我们一块儿到碎石场去做活儿——我们要替换做中班的人。半夜里石碾停了，牲口在呼呼喘息，他就大口吸烟，望着星空。这儿的星星比所有地方的都大，我这个看法至今未变。每逢这时候他就开始讲那些闻所未闻的故事——他的童年、学校、对未来的憧憬。他给我一个肯定的答复，就是总有一天会离开这儿，回到他魂牵梦萦的事业中去。他多么喜爱这儿的一切：孩子、大山、满山的绿色和溪水、夜晚的星星……可是他有一天还是要离去。

在这样的夜晚，有什么滚烫的东西卡在我的喉头，一直要倾吐出来。我再也无力对他隐藏我的思念了——我心中有一座茅屋，它是我的灵魂，我的秘密。我忍着，由于太用力，两眼填满了泪水。

"你怎么了？"

"没怎么……"

我相信他犀利的目光只一下就可以望穿我。可是他把目光移开了。他从来没有用这目光逼迫我。

学校放假时，整个的一排排石屋都没有几个人了。除了守校的老人之外，连做饭的师傅也回老家去了。可是老师没有走。他又搬弄那个大大的背囊，准备到四周的山岭去。

我们走到了很远很远的大山的另一面，在完全陌生的河滩上搭起帐篷。我们到河里逮鱼，用扎紧的背心兜鱼。山上的各种植物他都熟悉，叫得出它们的名字。他知道什么野菜、什么枝茎的嫩芽可以食用。他还常常采一些植物、拣一些石块做标本。这一切在我看来都那么新奇，神圣。

……时间一晃就过去了两年。我在他的身边长高了。这两年对于我是至关重要的，今天我更加明白，它差不多影响了我的一生。

而与此同时，那个可怕的时刻却在逼近我们。

这年的冬天特别寒冷，这样的天气即便在大山深处也至为罕见。所有的溪流都封住了，大雪仿佛要永远压着山石泥土和一丛丛的松树灌木。由于这样的天气，碎石场和云母矿全停工了。教室和宿舍都有用石头砌起的柴炉，我们要不停地往里投放松木棒子。那噜噜的火苗声是世上最美的音乐。

记得是这场大雪后的第二个星期天，老师病倒了。他脸色蜡黄，出着虚汗，脉搏急一阵缓一阵。一群人围住了他，老校长大呼小叫，让守校的老头快去最近的一个村子请赤脚医生。老头子跑走了。我伏在老师身边，不敢离开半步。

半天过去了，医生还没到。老校长又差了一个人。

老师闭着眼，嘴巴也紧紧闭着。

中午时分，他开始大口喘息。后来他的一只眼睛睁开了，但却不能合上——我觉得这是在寻找我。我哭着喊了一声："老师，我在这儿！"

他好像"唔"了一声。但我至今不敢肯定他当时是在回答我。

"怎么办啊，奶奶的，这个偏远地方……老天爷帮帮他吧，一个好人，老婆不在，从小是个孤儿……"老校长抹起了眼睛。

我死死地记住了最后一句话。

啊，原来他是一个孤儿。一个孤儿沦落在外乡，在大山深处，大雪……

咚咚的脚步声响起来，赤脚医生在两个人的陪伴下来了。他五十来岁，瘦瘦的，背个描了红字的木箱，一放下就俯过身来翻病人的眼皮。然后他又听诊，又问，最后打开箱子，取了一个黑乎乎的皮夹，从夹中抽出了银针。

老师腿上、手上，到处扎上了颤颤的银针。

时间一分一秒过去。天渐渐黑了。

呼吸声减弱了。呼吸弱得快要听不见了。

赤脚医生说：恐怕是不顶事了……

我伏在了老师的手掌上。

天黑下来时，老师停止了呼吸。

除了外祖母、老爷爷，这是我看到的又一个至亲的人在我面前死去。就这样，我失去了大山里最后的一个庇护者、人生之路上真正的恩人！

剩下的大山里的日子，要我自己去挨了……

15

……鼓额在葡萄园里很愉快。她好像刚刚长大似的，黑漆漆的眼睛非常像你……她总是站在一个角落注视着什么，目光里充满悲悯，她像看一个不幸的、误入歧途又无可救药的孩子。

我能回到那座城市，回到有人期望我老老实实待着的那个小窝里吗？

我不知多少次回答过自己了……剩下的只是对那所有一切的回忆，并以此抵挡独处的寂寥。我承认偶尔也被一种痛苦所淹没。我们的处境或许有些相像，不同的是你仍然待在原来的地方，并且离柏老并不远，而我日夜听到的都是海浪的声音……

你说要来我的葡萄园一次——你知道我们会多么高兴！不过最好再稍等一段时间，因为这个季节并不好，我们所有人都太忙了，不能好好陪你。当然，更重要的是还有别的原因……柏慧！我怎么能忘记丁香花盛开的那个春天，它仿佛就在昨天。可这是个秋天了，一个让人流汗流泪的秋天……

前几天我到海边上去找拐子四哥，因为他离开的时间太长了。那群拉网的人都不像过去，围在一块儿大吵大嚷。我知道发生了什么，跑过去一看，原来海湾中有一大片海水变了颜色——是一层油污，铺展了很大一片，一眼望不到边。它是随着海流和潮涌扩散到这儿的。我想这可能是一艘油轮出了毛病。

这种事儿要耽搁打鱼人好多时间。他们在那儿不住声地骂，把油污中死去的鱼蛤捞出来，埋在沙岸上。

海上出这种事儿已经是第二次了。有人说这是海湾深处钻井船搞出来的毛病，也有人说是运油船漏了、撞了……不管怎么，这个蓝蓝的海湾正在忍受戕害——我们葡萄园东北方二十多华里就是一条河的入海口，那儿的海水如今成了酱油色。河上游有一处造纸厂，还有两家与香港人合资的化工厂。这儿与别处的人一样，也对合资企业有些着迷。他们不太去想这类"合资"的后果是什么，只一味地欣喜，还兴奋地登报。

拐子四哥蹲在那群愤愤的打鱼人中间，不停地吸烟。我在他旁边待了好长时间，他竟然没有发现。

回葡萄园的路上我们没有说话，人人心里都压了个事情：有什么可怕的东西正一丝丝逼近了平原。这会是真正的劫难。

好像生活要在平原上来一次结算了。想想可能降临的后果，令人心寒。

我第一次设想被迫撤退的情景。那时我再到哪里去呢？

回葡萄园的路上，听着四哥拖拖拉拉的沉沉脚步，不由得想到了在几千年前的那场战争。登州海角面临着强大的狄族和戎族进逼时，莱夷人只好穿过老铁海峡，走入一场悲惨的撤退。再后来还有秦王东进，稷下学派的代表人物先后抵达这最后的一块陆地——登州海角……这儿恰好也是我的出生地，是我最后的归来之地。

侵犯是不可避免的。我在承受，忍受。也许最终也要迎来这一天——离开登州海角……这真有点宿命的意味。

我在冬天整理出了一些古歌片断。这个工作让我很投入。我认为这是十分重要的一个机遇——一个人可不是随随便便就能获得这样的机会的。

你读读这些古歌吧。它残缺不全，经世代传唱变得文白相间，是我一点点找回来的。

［古歌片断］

…………

莱夷王两兄弟乃孤竹与纪，
在登州海角驯养骏马——
嘶鸣如雷兮迅疾如电，
浩浩无边铺下一地云霞。
锻出天下独一无二之神剑，
闪闪寒光兮耀目刺骨，
每个勇士都佩在身边。
甲胄之环扣乃金子铸成，
鞍鞴镶了铜钉和玉贝。
飞身上马兮驰骋挽弓，
矢镞纷纷压落凛冽之北风……

先王两兄弟也曾有过龃龉，
纪告别故土故迁徙北疆。
穿过老铁海峡、喀喇沁草原，
一直走到贝加尔湖、苏拿河上。
他们开垦出无边之林地，
种桑养蚕放牧牛羊……
——积怨起自一匹雪青宝骏，
那是先王遗下，连同一件戎装。

……大雪茫茫遮蔽四野，

纪如闻登州海角号角飞扬。

戎和狄走出蛮荒高地，

洗劫中原兮跨过了黄河。

孤竹率勇士奋起拒敌兮，

昼夜厮杀血染遍野……

统帅之神剑刺穿戎狄生皮护甲，

劈开盾牌兮斩断铁矛。

戎狄首级在河中漂流，

敌寇之热血把甲胄烧焦。

最可恨莱夷王恩泽百年之河右土著，

反叛投狄兮追逐蛮妖！

群狼围困勇士兮，

孤竹王拔剑长啸，发出危难之呼号……

如有神之召唤兮，

纪率众奔向故园，日夜加鞭。

战马因绝望而嘶鸣，

河水因悲伤而呜咽。

莱子古国弓断剑折兮，

谁来了结那份冤债，谁来偿还？

"莱夷王快走出帐篷，

迎接跨过老铁海峡之兄弟。

三千勇士一心赴死，

让我们携手共度危难！"

两兄弟威震东海兮，

厮杀之呐喊如波涛摧折山岭。

十日驱戎狄于河西，

二十日凯旋，回到金碧辉煌之大厅。

莱夷王把金冠放在一边，

泪洒衣襟，欲诉无声。

纪扶住兄长，唤一声莱夷之王：

戴上金冠吧，继续这不朽之英名！

……这就是那场和解兮，

孤竹赠给纪一只神鹰。

两兄弟面对神剑发誓：

妒忌、猜疑、私利，永远是他们之死敌。

灵光普照兮登州海角，

海神佑护兮莱夷铁骑。

驯服海浪犹如马背，

踏上浩渺如同沃野，

迎着日出之疆奔驰兮，

带上我们之神剑、盾牌、勇士和旗……

16

响铃为鼓额又做了一件新衣服。她穿得太差了，刚来时甚至没有什么换洗。这个小姑娘不识多少字，刚刚读完三年小学就回家了——妈妈说能写下自己的名字就差不多了，女孩子家识字没有用。现在只要闲下来，我和四哥就教她一点。她差不多可以写信了。

鼓额见响铃在为她裁衣服，立刻有些不安。她的脸涨得通红，站在窗外看了一会儿，又回到了自己屋里。响铃喊她，想再量一遍尺寸，她就是不吭声。响铃不高兴了，又喊，她才出来。量过尺寸，她一直站在我的门口。当时我正在翻书，就请她进来。

她总算不叫我"经理"了——一开始她那样称呼，被我纠正了。她现在像别人一样叫我的名字，但叫得很吃力。这会儿她站在桌旁，咬着嘴唇。后来她呵气似的说了一句："……我真有福啊！"

我抬头看她。

"我太有福了。从来没穿这么好的衣服，还有，吃这么好的……饭……大家待我太好了，我一辈子也不想离开园子……"

她说这几句话时，眼里渗满了泪水。

我告诉她这算不得什么，园子里的条件还很差，但将来有可能好得多。

她站在那儿，四处看着，喘得很厉害。突然她说："我为你洗衣服吧！"

"我都是自己洗衣服。"因为常常在外边奔走，连简单的缝缝补补都是自己做，"谢谢你小鼓额，不用了。"她在屋里耽搁了一会儿，说要擦玻璃，整扫屋子，都被我阻止了。她急得搓手，"我总得为你做点什么啊，我怎么办啊？"

"你为葡萄园做得够多了，你已经很累了，比我还要累。"

"可我得亲手为你做点什么……"

"为葡萄园就是为我。"

"这……不过……"

鼓额很为难的样子。后来她走了。

两天之后，她动手结一件洁白的棉线背心。这是平原上的小伙子很爱穿的一种网扣夏衫，巧手的姑娘能在上面编出各种花鸟图案。响铃拿起结了一半的背心看着，见上面已经有了两大朵玫瑰花——它逼真地缀在胸前。"多么巧的一双小手啊！"响铃捧起鼓额那对胖胖的小手搓弄着，又用力抱她一下。

响铃没有孩子，她大概已经把这个小姑娘当成了自己的女儿。

鼓额的脸本来就很红，这时简直像被胭脂染过。她看看我，又慌慌低头结着——这双手动得飞快，让人眼花缭乱。

第二天我从外面回来，一进屋子就发现桌上有一个粗布小包裹，打开一看，是那件洁白的线网背心。

我穿上它——必须承认，这是我所穿过的最美丽的一件夏装了。它皎洁得让人不忍穿在身上，因为它绝对是一件艺术品。那双小手一个线扣一个线扣地结成了它，凝聚了多少劳动和情感。她给予我的信任太大了。我为她做了什么？

我相信，身上穿着这件乡村少女织成的夏衫，就该是一个懂得廉耻的男人。它紧贴在皮肤上，我真怕弄脏了它。

——回想这些年来，我在好多地方都以微薄之力帮助了别人，这些帮助还算真诚。可是谁给过我像鼓额这样巨大的信赖？我用脚板丈量了大片土地，结识了无数的朋友，可谁给予的信赖像鼓额这样纯洁？

我面对她和她的一家，只有羞愧。

我没有力量改变他们的命运。他们太贫穷也太善良了。我越来越明白，我这个生命是多么贴近他们，他们差不多就是平原啊……想到了这儿让我好感动。我开始知道正在自觉地靠近谁，寻找谁了。我与贫穷的人从来都是一类，这在我心中是无可争议的……

眼前要做的就是怎样帮助这个小妹妹好好长大。不能让她再受一点损伤，她必须健康地成长。

17

……

我们很少谈到那些话题，尽管我们尽可能地坦诚。你说得对，我们坦诚得还不够。

我常发现自己像别人一样，有着无法祛除的嫉妒之心。有时会觉得自己的投入与收获是多么不平衡，简直是难以相抵——也许就怀着这样的委屈，还有恐惧，使我在当时做出了一些失当或极其过分的举动。

人的一生，像我们一起那样的时刻不会太多。这无论对谁都是一样。

人进入中年之后，他的寻找和总结多么重要啊。人与人是不同的，如果一个人到了中年还不懂得来这么一次认真的、脚踏实地的总结，大概这个人是不会有什么希望的。

我在回顾不可复得的一份人生的温馨。我们都在共同努力，一块儿面对着它。

我们都一样。

我们都具备了必要的勇气和真诚。

所以，在这样特殊的、一个人的时光中，我首先想到的就是你，是向你倾诉。我不把在这个平原上的一份心情转告你，就会坐卧不安。我有时对自己的这种状态也感到吃惊。我对你的诉说，与对其他人——比如梅子、老胡师、四哥夫妇，竟是如此的不同……

有人会指出这是一种"边缘情感"，不，它应该处于人类情感的中心。人与人的健康状态中本来就应有这一份感念、一种温情，应该彼此获得莫大的安慰。因为世界太危险了，人类在共同的悲伤面前，还有什么比同类的安慰更为重要？在它面前，金钱和其他的一切都会顿失光彩。

你的诉说那么平静。这平静让我想起你高贵而美丽的容颜，你乌黑闪亮的、如同春水一样柔长的头发。你回告我的，都是当年难以清晰表达的某些重要思想。你思维的触角正变得更加敏锐，而不是像其他人那样走向疲惫和迟钝。

一个人在中年时期情感与思想的衔接，是一生中的大事。它会牵引我走向一种纯洁。除了你，别人大概没有这种力量。这种力量需要一个人自己去发现。

我对梅子说起这些时，她给予了真正的理解，我所以非常感谢她。这不同于宽容，这是理性加宽容。宽容在现在的解释，就是容忍和妥协。一个好词儿给糟蹋了。

我第一次见到梅子就觉得她是不凡的。

那天我到外单位一个打字室去，一眼就发现了她。很好奇，觉得她怎么会长成这个样子？不太合理似的……

她穿了方格袜子，高筒的。我还是第一遭见到这样打扮的人。这种袜子让我想起二三十年前的装束——淳朴，有多多少少的乡间意味儿。她头发黑得发蓝，剪得很短，鼻子细细的往上一翘，鼻中沟生动感人。那双眼睛含蓄又专注，每转到一件东西上都要看一会儿——它看了我一会儿。

好像我是一个很值得关注的人物似的，当时我就那样想。其实她看什么都很专注。她是那种初一接触会让人误以为迟钝的人。其实一点也不。

关键是她太纤弱，太小。我见她的第一印象，马上想起了安徒生童话中的一个人物——拇指姑娘。

倒不是她小成那样，她只是比较小。问题是她给人那样的感觉。她好像特别需要人去关照，而且让人花费了全部精力也不致抱怨。她给人珍惜爱抚和看护的感觉。我就是怀着这样的感觉走近了她的。

后来我才发现，任何生命都有它自己的一份顽强。她好像突然长高了也长粗了一点。但我还是给她取了个外号：袖珍小孩儿……

长期以来我总是在想：一个人对于另一个人的牵挂和照料如果无比烦琐，就会拖累一个人走向遥远——无论是地理意义上还是精神意义上。现在看这只是一种想象，没有根据。相反，人只能在加倍的牵挂和关切中飞快前进。人必须接受和认识烦琐。人也只有这样才会烦恼和幸福。

梅子一直在我看护的视野中。

她离我很遥远了，一度远得无影无踪。但后来她又出现了，像远航之船的桅杆，显露在地平线上。我的心海波涛翻涌，她总能在雾霭中闪现。

这种照料是爱吗？是的。这是爱的照料。

我有时只对她的固执和短视感到失望。这让我给了她双倍的牵挂。我担心一个小小的生命，它遗留在混乱嘈杂之中有多么不适宜。还好，她一直待在自己的父母身边。这就获得了最好的一份照料。

我一次次回到平原，最后滞留于此，就像来这儿寻找双亲似的……我在那座城市没有父母——梅子是否想到了这一点？

她爱我，但她没有想到一个男人正在被一座城市缓缓地扼杀。原谅我吧，我必须离开了。

在这个喧嚣的时代，我不可回避地走入了一场特殊的耗损。走开，走开，让我安定一会儿，让我来一个彻底的总结吧。让我能够静思，能够伴着昨天的回忆……

柏慧，我也许说得太多了……

18

这个冬天太长了。不记得有哪个冬天令我这样无望和孤单。而且我凭直觉预料：真正漫长的冬天还在后边呢。

葡萄园与我一起迎接了这样的季节，真是有点不幸。一连多少天，茅屋里的人全体出动，给葡萄树加固培土。不这样做它们就会被长长的冬天冻死。这个冬天的奇特之处还有气候的反复无常——有时冰冻三尺，有时又突然化冻，接上是猛烈袭来的巨大寒冷——这样植物最容易给冻死，人也受不住。

斑虎在霜地跑来跑去，表情严肃，好像所有的植物、人，包括葡萄园里的石桩，都需要它的悉心照拂一样。它看一会儿这里，又去观察那里，极为匆忙认真。它长得魁梧，是狗中的大块头。平时它不苟言笑，但每逢园里的人出去，哪怕只是小半天的时间，归来时它都要激动地扑过去。它那时身体扭成了花，每一根毛发都在颤抖，舌头不停地舔着你的手、衣服。这个过程往往很长，而且总是人首先疏远和平息它的激动。我常常在它这种巨大的激动面前感到惭愧和费解。我知道我们人做不到——儿童略好一点，但仍不如它们。它为什么葆有了那么巨大的激情？它内心里平常积蓄和领受了多少饱满的亲情暖意？难道它就一点也看不出人类的虚伪、傲慢和拙劣吗？人类真的值得它和它的伙伴们那么动情？它们真是单纯和宽容啊！

我因此而爱着它们。

这个严冬，除了给园里的树木加土，再就是添一些柴草燃料、读书、围拢烤火和讲故事了。斑虎总是静静地听故事——大概我们当中谁也不认为它听不懂。

多么聪慧的一双大眼睛注视着你，它会不懂吗？在悲惨的故事中，它也要沉下脸；在欢乐的故事中，它会顽皮地微笑。

这个冬天，远方的朋友差不多全无音讯了。他们消失得好快。我一想起他们就无心做任何事情。大雪飘飘的日子他们在干些什么？嫣红的炉火旁，我觉得自己太安逸了。有几个无辜的朋友已经远走他乡，他们甚至来不及与我告一个别。在这特别的时刻，人们都在寻找自己的道路。本来是同一片陆地，在狂烈的浪潮切割之下，很快分离出一些孤单的岛屿。

很想知道他们的消息。他们与你联系了没有？有几个也是你的朋友。

海边冰矾像小船一样大，撞撞跌跌又碎成几块。

这样的日子让我想起童年——那时四季分明，冬天真像个样子，雪岭、冰矾……不过那时的冬天怎么让人那么愉快？

你还记得一个个美好的冬天吗？

你向我讲伏在父亲背上去滑雪的情景……是啊，人很难忘掉父亲。你很少讲母亲，因为很小的时候她就离开了这个世界，你没有印象。而我的母亲却总在眼前闪耀……

我一连多少天一个人到外面去走。只要没有风，我就戴上帽子，围上围巾走出来。大雪停了，地上厚厚的一层。我一直走上很远很远，走到茅屋北面的大沙滩上，走到一处处的沙丘链那儿。这时的雪原上空无一人。

你能想象如此安静的一片雪野吗？

大海滩上，靠近海边那儿有一个个渔铺子，每个铺子中都有一个老人在默默饮酒。

走近大海时，能感到微微的暖气。在荡漾的大海的那一边，会有一个完全不同的冬天吗？

我那么怀念朋友们。

19

……仍然是围拢炉火讲故事。你如果这时候和我们在一起一定会非常愉快。火炉的响声是冬天里最能安慰人的了。炉子上煮了土豆和山药，这都是我们在园子里种的。夜晚长得很，几乎到了深夜大家才恋恋不舍地散去，临分手还要吃一点东西。

响铃和四哥讲了很多有趣的故事。他们的故事都是亲历的，老要让我和鼓额大笑，或者是深深地惊讶。对于平原西北部这片林子，四哥比我知道得还要多。因为他十几岁以前一直生活在这儿，后来才被本家一位叔叔带去了东北。他受伤后返回故里时，我还很小。

响铃说他的男人拖着一条伤腿，在河两岸的村子里游荡，可惹出了不少乱子。他当时是个万事求人的落魄鬼，因为有笔抚恤金，所以也不参加集体劳动，成了远近有名的大闲人。他渐渐成了一帮流浪汉的头儿——这些人都是从南部山区或城镇窜出来的穷汉、不正经的家伙，一个个都迷上了这个拐腿。四哥说什么他们听什么，简直是一呼百应。他们一块儿到河里洗澡、摸鱼，到海边上帮人拉网，有时也到园艺场偷果子。村里的人一见到那些身背行李卷儿、脸上布满灰尘的人，就说：那是拐子老四的人！这些人哪，个个心眼儿好，手贱，爱胡乱唱歌儿，见了村里出来洗衣服的姑娘媳妇就乱喊乱叫……

响铃说到这儿拍着胖胖的大手笑起来。

我知道她就是四哥在河边流浪时跟上走的，我以前听人讲过。那个村子里有个非常霸道的村头儿，他是整个小村里的魔王，什么都是一个人说了算。无论是招工、分红、当兵、盖屋，甚至是买肉杀猪这一类事，都要由他一个人说了算。他有一句口头禅就是："不好好服侍服侍大叔还行？"无论是什么人，一律称他大叔。"服侍"两个字包含的内容很多，为他跑腿送信、治膀子（他常常犯膀子疼）、送鲜鱼，还有陪他睡觉，都算"服侍"。全村的妇女都要"服侍"

他，谁也不敢怠慢。最可恨的是有的人家一共三个女孩，连同女孩的母亲，都先后"服侍"过他。

有一天村头儿从外面开会回来，一进村口遇见了收工回家的响铃。那天太热了，响铃穿的衣服又薄又小，村头看了一会儿说："慢些走，跟大叔说会儿话中不！"响铃吓得一动不敢动。村头儿上来触摸她的胸部，她哀求着"大叔"。"大叔"反而火起来，骂："看看你个熊样儿！"他骂完背着手走了。响铃知道闯下了大祸，就忍不住叫了一声："大叔……""大叔"站住了，回头怒冲冲嚷一句："吃了夜饭，'大叔'到沙河湾洗澡，给'大叔'搓搓脊梁去吧。"

天黑了，响铃慌得饭也没吃。妈妈问她怎么了，她就是不答。后来月亮升起了，她再不敢耽搁，就拖着步子走出来。她一个人往村外走。到了河边，河水闪亮，她真想一头栽进去再不出来。前边二百多米远就是河湾了，这会儿村头正在那儿扑棱扑棱戏水，等着她呢。她害怕那个胖得喘吁吁的家伙，恨不得用刀子捅死他。这样想着，她坐下不走了，泪水把脚下的沙子都打湿了一片。

就在这时候，有人哼着歌儿走过来，近了，看出是那个一拐一拐的身影。她赶紧站起。

拐子身边还有两三个人，都背了破布卷。响铃知道这个拐腿是个游荡人，也听说过他不少事儿，她不怕他。

拐子问："哭什么？大姑娘家胖乎乎的！"

如果别人这么问，她不会理睬。可拐子天生就爱开玩笑。她不答，只是哭。拐子又问，她就指一指河湾，一五一十讲了。拐子回头对几个伙伴说："手痒不？"几个答："痒呀痒呀！"

就这样嚷了几声，几个人让响铃待着，然后弓着腰跑向河湾了。

那个月夜值得纪念一下。村头儿哼着小曲躺在白白的沙滩上，脱得一丝不挂。这儿凉爽极了。身边就是河柳，南风一吹河柳就摇。从河柳里钻出一个黑汉，伸出的手又粗又硬。那人没有马上碰到村头的身上，只是蹲在一边看了看。他发现这个仰躺着的家伙面貌凶残，又非常丑陋，鼻孔又黑又大。他往手上吐了一口唾沫。村头儿听到了动静，没有睁眼，说了句：

"胖儿来了？先莫急着下水，给'大叔'捏巴捏巴脖子筋。"

黑汉嗯一声，用虎口卡住了他的脖子，然后就由不得他了。黑汉一用力，村头儿一喊，黑汉就抓一把细沙末填进他嘴里。他吐，黑汉就狠狠一掌。折腾了一会儿，村头儿寻个机会跪了，不停地磕头。黑汉打声口哨，又上来三个人，把村头抬进跪了河湾里。

村头儿在河湾里饱喝了一顿，呕出了一切。

几个流浪人找个浅水处，把他拖过去，好好踩弄折磨半天，村头儿只剩下了一口气，大约是拐子四哥伸手试了试，说一声"也罢"！撒开腿就跑了……

也就是那一场，村头儿卧床不起了。他再不敢找响铃一家的茬儿，也绝不对人说起他受了什么捉弄。

村头儿蔫了。又待了不到一年。他生了场病，死了。

响铃认拐子四哥为恩人，把他领到家里。当响铃母亲了解到这个拐腿人还领一份国家伤残补贴时，就对女儿说："怎么不跟了去？多好的一个人儿！"

拐子四哥领上她走了。一个胖胖的姑娘，脸色微黑，总挂着和善的笑。不知他当时怎么迷上了这个人，因为当时河两岸瞄上他的姑娘可不少——我记得小时候就听人说过这方面的事情。他虽然一条腿有毛病，可他有过人的机智和极为柔软的心肠。他长脸膛，一双眼睛犀利明亮，眼角很长，只要看谁一眼，谁就难以将他忘记。

反正响铃随他走了。他们在村边一块空地上搭了一座小泥屋，一直住到来我们葡萄园。就这样，拐子四哥结束了流浪生涯，屋里有了女人，安顿下来了。

响铃的际遇算是好的。与她差不多的女人就远没有她的幸运。那个村头的故事真是耸人听闻，可是熟悉这一带的人会明白，这并不是什么罕见的事情。

农村太广阔了。它的广袤和它的苦难总是令我阵阵恐惧。

葡萄园不是与世隔离的孤岛。四面的风都吹进来，携带着各种各样的讯息。令人难以置信的坏消息源源不断。在这种境况下人们不由得会想，人哪，为什么要生下来，要投入这样的生活？既然已经投入了，那么又能做些什么？

这个冬夜，这个用故事打发时光的时刻里，偶尔还会听到远处传来的呼号——那是时时响起的莫名其妙的嘶喊，对此我们早已习惯了。只有斑虎能从风声中及时地将它捕捉，接着从炉边一跃而起。它跑到了厚厚积雪的院子当中，沉重地注视远方。

这个夜晚到处都弥漫着风雪……

傍黑，四哥正要到西边院墙下抱柴火，突然发现了院门口有一个人在探头探脑。他开了门，见是个中年人，比我大不了几岁，穿得破破烂烂，站都站不稳，嘴里直说："对不起对不起……"问他，他说又饥又困，想讨一口热水。

四哥将他让进来，料定这是一个流浪汉。这一段时间平原上的流浪汉特别多，他们都是从南边遭受水灾旱灾的地方逃出来的，也有少数城市流民。这个汉子长脸，胡子特别黑旺，棉衣又厚又脏，用一根绳子捆了，背上照例拴个大布卷儿。这是个典型的流浪汉。可是当四哥给他喝过一碗水，他转过脸来时，那目光让我心上一震。

那是一种深邃的、犀利的目光。

这人不像一般的流浪汉。我知道他目光中有一种奇特的东西把我击中了……也许是我误解了，过于敏感，但我以后也不会忘记这目光的。

流浪汉苦哀哀的样子很快感动了两个女人。鼓额和响铃都争着为他拿好吃的东西。流浪汉接过，看看我和四哥，轻轻说了句"谢谢"！就大口吞食起来。

"谢谢"——我从不记得一般的流浪汉会在接过食物和水时说一声"谢谢"！

他吃过了，立刻精神了许多。他大口地吸了吸屋内温暖的空气，注视了一眼火炉，坐了下来。他闭上眼睛，像静思一般停了一会儿，睁开眼睛立刻就问：

"能让我在草棚里歇一夜吗？走得太累了，如果好好休息一夜，我明天还能走远……"

他期待的目光盯住了我。他只一眼就看出谁是这个屋里的主要人物，瞧他多么聪慧。

我有些犹豫。照理说这是用不着考虑的，我们能为他做的本来就不多。可是这一阵平原上太乱了，各种惨痛的教训太多了，我不知该怎样判断眼前这个人才好。正在这时，我发现小鼓额在注视流浪汉的脚——我一低头，看到了绽开一道大缝隙的破靴子那儿，露出了冻得流血的脚趾……我的心强烈一动，脱口而出——"你留下就是……"

晚上我们特意为他腾出一间有火炕的屋子，而没有让他睡草棚。我们还找出了四哥一双旧靴子给了他。晚餐时，响铃好好地做了几个菜，特别是一盆土豆炖肉，让流浪汉吃得汗水淋淋。他一声不吭地坐在角落，看着我们。

我又一次感到了那种特别的目光。

我想问他几句什么，但我忍住了。

天蒙蒙亮，他起来告辞。我们挽留他吃早饭，他拒绝了。后来响铃和鼓额给了他一些熟土豆，他接受了。

分手时，他紧紧地握了一下我的手，又在四哥的背上亲热地拍打一下。他走了。我好好地看了看他的背影，发现那是很挺拔的一副身躯。

"男人啊，真不容易哩！"我回身时，听到响铃对鼓额咕哝了一句。

多么善良的女人。难道女人就容易吗？这个时世的女人并不轻松……我听见鼓额小声应答响铃："男人一个个都怪可怜的……"她说这话时皱着眉头，显得无比沉重。小家伙多么弱小，却在体贴同情着比她大出许多也强出许多的男人。男人好羞愧。

中午时分，我们园子里来了两个神色肃穆的人。他们很威严又很神秘地在院里扫了几眼，迈进中间屋子。好像他们是这儿的主人似的，一点谦让的意思也没有。斑虎不快地"呜"了一声，他们立刻喝道："管住它。"四哥不悦地眯眯眼，"哪儿来的客？"

高个子不答，反问："谁是负责的？"

我走上一步。高个子端量我几眼，问："有人在这儿过夜没？"

我心上一怔，点点头。

"你们认识吗？"矮个子又问。

我和四哥都摇头。四哥说："过路的，冻得饿得要死，借个宿，理该着……"

两个哼了一声，探头探脑挨个房间看。看过之后，高个子掏出一个小本记了一会儿，又问："几点走的？说了什么？他说要到哪儿去吗？"

四哥愤愤地掏出烟锅，狠狠地在桌上磕打。我告诉他们："不知道，反正天亮了，没看表，其余的不知道。"

我的语气冷冷的。答完之后，我就提着锹铲起了院里的雪。我不认识他们，不知他们为什么要跟踪那个陌生人。我没有义务回答他们——我心里厌恶。

接着他们又问了几句什么，没人吭声。

他们不耐烦，一会儿就退走了。我看到了他们恨恨的、威胁的目光……

20

海湾的污染越来越重，看来不是一个暂时的事故。打鱼的人已经在考虑东迁，再往东，一直越过东边那条河的入海口。现在的平原已经不是过去了，隐隐的担心正变成现实。据我们附近园艺场的人说，南部几个矿区的开采正在往北延伸，采矿区深入到哪里，哪里的土地就要下沉。我一开始不信，因为这无边的肥沃土地谁会忍心破坏？庄稼、成片的果林、乔木和郁郁葱葱的灌木，还有赖以生存的各种鸟雀、野兔、獾……谁忍心让它们全部消亡呢？

我多么幼稚。看一看碧绿的海湾被染成了酱油色，就该明白那一切——更严酷的一幕——也会发生。

可是我不得不说一声，这可是平原上亘古未有的侵犯和伤害。无论是四哥还是别的年纪更大的人，他们都不记得海滩平原遭受过这样的蹂躏！

人们都眼巴巴地望着，无比愤懑又不吭一声。拐子四哥背着猎枪，忧心忡忡地望着原野。他身边是同样神情的斑虎。

越来越多的高级轿车在平原的大小路上钻挤——这在一年前还不多见。几乎全是进口的、式样别致的车子，像近百万、超过百万元一辆的轿车，这儿都能经常见到。他们为什么把车子开到离海这么近的地方？一下车就张望，互相使眼色，点头，嗯嗯呀呀……打听了一下，乘车来的人不是什么远客，他们大多是附近企业的小头目、乡镇长之类。

看看他们油渍麻花的脸、丑陋的步态，再回头看看那一片片简陋的村舍、衣衫褴褛的人群，就不能不感到阵阵绝望。

人在绝望中愤怒和回忆，这有意义吗？

我想一个人的愤怒和回忆如果成为大家的，或许会有一点意义，不然什么也谈不上。还有，有时愤怒也是多余的。一般的善也是多余的。我想起了一位声嘶力竭的朋友——我常常觉得他太过分——今天我算是理解了一点……

我的另一位挚友，因为严重的喉疾不得不住进医院。他痛苦地躺在那儿。我去探视他，回来的路上忍不住，吟道——

　　　　这个世界太危险了
　　　　他喊个不停
　　　　喊破了喉咙……

这种吟哦有意义吗？它一点也减轻不了朋友的痛苦。

可是我仍要吟哦。因为这应该是人的第一反应，也是最基本的。如果有人连最基本的权利也要剥夺，甚至谩骂，那他只能是人群中的丑类，是我不得不认下的敌人。

是的，现在敌人可不难寻找。

有人一再地让我们宽容、宽容、一百个宽容，原来他自己要一次又一次地背叛。我要大声说一句：不，我绝不宽容。

⋯⋯⋯⋯

这儿的绚丽也许是最后的绚丽了。世界剩下了一个角落——我的故地，我的平原⋯⋯

小时候灌木丛中的小路，路旁大野椿树下蓬蓬的石竹花，还有香气熏人的合欢树⋯⋯想都不敢想。如果海潮腾空，把我们大家一起淹掉，我一点也不吃惊，不怨怒。这是美丽的大自然的暴动。是正义。

我将歌颂海潮。它是希望和寄托。比起它的力量，原子武器算得了什么？潮涌排天，涨起来，淹了彤红的太阳，在人的心海那儿汇拢。你如果见到这儿狂暴的海湾就好了！

21

⋯⋯回避了那些"对话者"，回避了我极为熟悉又极为生疏的一切，走入自己的内心。在一场长久的奔波之后——这场奔波让我至少花掉了四十年的时光——这种走入显得多么必要。这期间我依仗的主要是劳动；离开了劳动，我就无法注视自己的心灵⋯⋯

我倾诉，我自语。我今天对于倾听者的选择就变得非常重要了。

我遥望着你，因为你不同于任何人，至少对于我是如此。一个人与一群人的关系大致是这样的：他退开又走近，最终还要退开；因为他发现了他们大致都差不多。他这时困惑和痛苦的，是没有一个人可以倾听他的独语。

他苦苦地找啊找啊，突然发现他（她）早已经出现过了，他（她）就在那儿！于是他开始了长长的诉说⋯⋯

人的独语和默想、静思，都同样重要。

我在这个地方注视着，归结着，感觉着我精神和肉体的需要，以及它们二者之间的区别，它们各自四十年来的经受、忍受、沐浴和启迪⋯⋯

对于我，这儿与其他角落的确是不同的。我是从这儿诞生的——我在这儿的海滨小城出生，这说明我的一切都是这里所给予的。这里的特质和力量将最终决定着我。对于一个生命，他诞生在哪里是个非同一般的事件，也是一个人所不能左右和改变的，是神灵的意旨。既然这样，那么我的真正家园永远只能是这儿，我从此走出的每一步都算是游荡和流浪。我只有返回了故园，才有依托般的安定和沉着，才有了独守什么的可能性。

午夜失眠时，对我而言也是一个宝贵的时刻。我如果在异地，失眠总是特别痛苦。它令我恐慌和烦躁。而唯独在这里是一个例外。我那时徐徐地展开思绪，平静地回顾和领悟。

人的思索和静悟是极其必要、无法替代的。人如果缺乏了这个过程，就会走入盲目和虚假，即变为平常所说的"非人"。

人在独守的一刻才看见了真实。这真实使我惊骇，使我欣喜若狂。

人的真正力量正是产生于这一刻。人在这一刻领悟的全部，就要尽可能地记住。

海潮漫漫而来，无始无终。多么好的伴奏。它陪伴了我的思悟。

天亮之后又该回到日常的劳作之中了。手中的工具是剪刀、铁锹、锄头，它们要对付多余的枝茎、泥土，要溅上汁水，要磨得发亮。我的手通过它们挨近了另一些生命，默默交流。在这儿，我遗忘的都是凡俗。

22

……近来眼前时常泛起那个流浪汉的面容和他那令我怦然心动的目光。我的很多设想、怀疑，都缘他而生。这个世界不是太小了、小得不可思议吗？我与他在这个平原上遭逢了，而且匆匆分别。我竟然不能够帮助他——帮助一个不认识的熟人。

回忆我的那些朋友——认识的和不认识的朋友，有时相当令人痛苦。你不觉得这样吗？我常常因为一个挚友的不能如期归来而伤心，不得不深深地思念，以此来打发怅怅的情绪。有些友谊是如此奇特，以至于当你稍稍正视它的时候，不由得生出一阵战栗。这种珍贵的友谊人的一生不会遇到很多……它给予了我多么大的力量，这是任何一个置身事外的人都难以体味的。

当然，不少的时刻中我也为另一类朋友感到悲凉。他们背叛的绝不是我，或不仅仅是我。他们难以复返地离开了，远去了。在这个多少需要一点正义和勇气才能站立的世界上，他们最终还是趴下了，采用了四肢行走的方式。

我偶尔怀念与之相处的那些日子，觉得时间真是太无情了。一切都是时间剥蚀的结果。

我曾陷于怎样的轻率啊！我无论如何也不会相信的事情，就那么自然而然地发生了。它们在那一段日子里像鸟群一样集聚，后来又四散飘飞，发出一阵阵惊惧的恶叫。

我越来越感到人类是分为不同的"家族"的，他们正是依靠某种血缘的联结才走到了一起……

——不是一族的人，最后仍然归不到一块儿。

这是多么冷酷的事实。当我懂得这一点时，就开始自觉地寻找自己的"血缘"了。这是一个多么漫长的过程。你会知道我在说什么。

当我想到我们长长的、其中不乏曲折跌宕的交往，想到我们难以尽言的往日，我总是激动不已。但愿这种激动能永远陪伴我。我总是面对着你的宽容和体恤，喃喃自语。有时我激愤和高昂的声音也惊吓了你，而你总是用目光抚慰了我。我也许后半生剩下的一个重要事情，就是一份倾诉了。

没有倾诉，就没有我的明天。我在把自己交给倾诉……

那些沉默无言，有时是为了掩去滔滔话语。我们只要凝视所看到的一切，就不得不承认：这是倾诉的另一种方式。

平原是沉默的。可是我常常能够遥感它如山崩如海啸般的巨吼。大海沉默时，真正的愤怒即将冲腾而出。像我们的护园狗斑虎，它一声不吭看着四周，枯叶、流云、苍老的藤，都在它的眼中和胸中。可是它的忧伤哀怨我全部听到了。拐子四哥在一个人吸烟时，声声叮嘱震人耳膜。他的期待太多了，他一切都为了我们的葡萄园，为了我和我的朋友，唯独没有想到自己。他把自己和妻子响铃都用最最简单的方式打发了，没有一点奢求……我欠四哥夫妇的太多了，而且永远也不可能偿还。我所能做到的就是长久无尽地感激……

这个小平原还生出了一个不可思议的女儿，她就是小鼓额。我不止一次对你描述她黑黑的眼睛、她的沉默。可这都是无法言说的。她低垂的额头、红红的面庞、长长的一瞥，都让人觉得不可思议。你一遍又一遍默念：多么好的一个平原少女，多么健康又多么聪慧；你的善良是这个世界上独一无二的，你用

第
一
章

柏
慧

悲悯包容了一切……我看着她，又一次次将目光投向远方。我总觉得这个小姑娘似曾相识。

她几次要为我缝补衣衫，我都拒绝了。我自知没有那么高的德行，就是说，我还不配让如此纯洁清澈的平原少女为我劳作——那双纤弱的手按在一件不洁的衣衫上，就会弄脏了它。她总是想尽可能地帮帮我，以表达那种感激之情。可她越是这样，越让我陷入深疚。我又无法表达。

我常常暗想，一个人在人生之路上遭逢的一切真是极不寻常，他要不时地压抑心中的惊喜和悲伤，要无声地忍住，还要受和捱。凭着一个生命应有的悟力，我感到了奇迹，也感到了不幸。比如说小鼓额，这极有可能是神灵派遣来的一个小小使者。她净洗铅华，淳朴自如地站在了我的身旁。

这是一种守护还是一种盯视？

她代表了谁？她的眼睛明亮清澈，那光辉肯定来自神灵。我不得不一再地注意到这个基本事实：她从那个一贫如洗的农家走来，就像从冬天的平原走来一样。

我怎样迎视她的目光？

我只知要像爱护自己的手足一样，爱护着她……

[**古歌片断**]

西有士乡城，
夜夜朗朗读书声……
平原寂寂兮，
谁还记得先人之英名？
莱夷王离去，只遗下宝剑，
遗下了这座古城。
一百年前之长夜兮，
掩涕别离，战马嘶鸣，
勇士征衣挂满银霜，
樯桅之上悬起繁星……
传说中莱夷王走了水路，

马蹄踏着甲板，
帆影掩去驼铃。
可恶之戎狄如夜幕四合兮，
黄河之畔豺噪枭鸣……

徐姓乃莱夷王之后裔，
没有人比得上他们之功德。
王赐予玉贝、珠母，
外加彩霞虹蜕绫罗……
百年流离兮，
去登州，黄县，西渡潍河。
隐名埋姓兮，
受尽折磨。
一代人逝于河西，
一代人生于岱岳。
饥年食尽浆果草藤兮，
枯春到来四方漂泊。
未敢忘兮登州海角，
心怀了莱夷王之重托……

越泰山兮取道莱芜，
进入青州、黄县。
一路辛酸兮，
归路漫长耗尽了百年。
古城苍苍兮苔痕依旧，
土墙凄凄兮血迹斑斑……
闪亮之甲胄，油脂奔流之骏马，
化作迷茫轻烟。
午夜呼啸之北风兮，
犹如阵阵弓弦。

忽闻一声婴啼，
压过狂风之嘶鸣，
四野传遍……

归返后出生之男婴，
博得众人心欢。
族人没有蜜酒，
却摆起黎明之庆宴。
庆幸狄戎利爪下再得生还，
莱夷人脉能够续延。
东海上百鸟翩飞兮，
彩云吉祥彤光炎炎。
男婴取名为"徐芾"，
如春草昌盛四野灿烂……
多少人为之祈福兮，
期待中迎来第二个春天。
艳阳下抱出一岁之婴孩，
摆下土块、稻米、竹简、弓与箭……
婴孩两眼闪亮——
一手抓起竹简，一手按住了宝剑！
"啊，莱夷的晨星！"
族人面面相觑，泪水涟涟……

铠甲闪亮之骑士兮，
骁勇无敌之美俊少年。
十五岁剑不离身兮，
十六岁踏浪行船。
精海道兮辨识星相，
少年夜夜捧竹简……
十七岁策马远行兮，

踏入齐都临淄垣。
三年求学稷下兮,
临淄城遍访俊彦……
光阴兮倏乎飘逝,
纵论天下兮通宵达旦。

二十一岁拜见齐王,
赐予馆舍、黄金、数顷田园。
徐芾遥望登州海角,
吐露一腔渴念:
"大王体恤游子愁肠兮,
恩准我侍奉老母归返故园……"
其时七国争雄,
刀戟相撞遍地狼烟。
暴秦灭韩魏楚,灭燕赵,
强虏东犯虎视眈眈。
危难兮万民涂炭,
掠劫兮血泪深渊……

23

……多么奇怪啊,现代交通工具可以让两个远在千里的密友几小时内相逢,
促膝而谈;但也就是在这种巨大的诱惑面前,在唾手可得的机会之下,他们竟
可以遥遥相视十余年,或者是更长的时间……这其中包蕴了多少人性的奥秘。

默默的遥视,沉沉的目光。

我怎么能够忘记? 人的一生都有难以忘记的一次,它才刻骨铭心。对于我,
对于任何能够钟情的人,我想它都是一样。这一点我不承认也没有用,因为我
们全都明白。

我紧紧地拥有着一份感觉,一个有脉动的灼热之躯。它是我突然抓住的幸

福、全部的希望……可是当我被什么无情地击中时，又不得不无力地松手——大睁着双眼，看着它缓缓消失……双眼渐渐失去神采，视界模糊，我沉入了黑暗之中。生命中的一部分就是这样完结的。

可是它的游魂会在无边的墨色里徘徊，带着极大的不甘与委屈，寻找、张望，幻想着再生。

再生是可能的吗？

不，它只有一次。它是多么值得珍惜啊！我反复叮嘱着自己，因为我怕被后悔噬伤。对于我，最重要的就是弄明白：到底是什么击中了我？

每个春天的丁香花都使我陷于无法摆脱的激越和疼痛。它的气味太浓烈了。我抚摸它的枝叶、苞朵，心中充满颤颤的爱怜和可怕的仇恨。我闭上眼睛平静自己，好久才敢重新注视四周。这时候我隐隐意识到：我需要告别了，远远地、逃遁似的告别。我最好走到自己的心界之内，长久地盯视自己。我的全部狂热和焦灼都是从一个点上派生出来的，它简直有着巨大的、无法抵御的能量。它引发了一场没有尽头的燃烧，让我恐惧不已。

我远远地离开了——从心理也从地理的距离上走得越远越好。我需要新的、非同一般的力量——谁给我这份力量呢？追忆、忠诚、思念、抵挡、拷问、排遣、坚守、仇恨……一切都需要力量。现在我比过去更能够正视这一切了。因为我在给我生命的这片平原上降落下来，而过去只是一粒飘移的种子。我慢慢伸出根须，深深地扎入，渐渐无所顾忌地汲取。

我开始有能力梳理和回顾我们的故事，敢于面对着你。这在过去是绝无可能的。我想象和假设那些原本不可能有的结局，有时激动非常。是的，现在仅仅是咀嚼那点伤感，仅仅是呻吟，已显得极为无聊。我应该具有面对一些基本问题的能力。比如说我要敢于分析这样一类词汇：父亲，家族，爱情，仇恨……不知从什么时候开始，人们已经失去了面对它们的勇气，失去了对它们的分析能力。这是很可怕的。

我对你的伤害当然是来自一种过分的敏感。但我眼下要做的，就是证明今天继续维护这种敏感的必要——你听了会吃惊地睁大眼睛。是的，它是一种非常珍贵的东西，它简直就像我的生命……

在今天，在这无边的喧嚣和有的人全面退却、无情嬉戏的时候，也许有人会不约而同地询问：当年的那种敏感吗，那算什么？那不是有点可笑吗？

不，绝不！这就是我要说的。

尽管这种敏感使我失去了最为美好的东西，但我仍然要说：它是必需的，神圣的，它是一个男人须臾不可离开的……它是人的一份性命和根据。

我永远不会因此而后悔。我一生都会维护这种敏感。也许我的长长的诉说都在维护它，维护一种神圣的忠诚……

你是唯一能够听下去的人，因为你是当事人之一，你是……

24

……

四哥在园边与人吵起来了。他们吵得很凶，后来斑虎叫得越来越响，我、鼓额和响铃都跑出去……原来是一些搞测量的什么人，他们在一旁丈量土地，不知为什么进了葡萄园，而且把篱笆弄破了一段。四哥当时背着枪，因为他正好路过那里，就阻止了他们。

那几个人是某个"开发公司"的，他们大概要在靠近大海的这片土地上搞什么建设。戴了黑眼镜、长檐帽，手里夹着半截香烟的中年人大概是个小头目，冲着四哥一阵乱嚷。可能他口中夹杂了什么侮辱字眼，四哥气极了，上前一步揪住了他。这会儿旁边的那个要过去帮一把，斑虎一吼，他就吓得退开了。我正好在这时赶过去。

好不容易才把揪在一起的两人分开。

我问："怎么进我们园子？"

"我们爱丈量哪儿就丈量哪儿！"

"你丈量你自己家、你的房子行，到这儿总得打个招呼吧？"

"别臭美了，想让你们挪挪窝儿，也就是总经理一句话……"

四哥咬着牙关，迸出一句："那就试试吧，谁敢糟蹋我们园子，我就用这杆枪把他的肚肠打出来……"

又是几声对骂，斑虎狂吠。好一阵子人才散开，我劝慰四哥和响铃。我心里一点也不怀疑那个搞丈量的家伙说的话会变成现实，他们完全做得到。除了他们，还有别的什么，这些都可以来毁坏我们的园子……

越来越严重的干旱已经使海滩树木成片死去——这样的大旱天四哥说他记

忆中从未有过。由于平原上无数新兴的工矿企业不停地抽用地下水，水位太低，已经引起了严重的海水倒灌，海边附近的植物正在被浸入的氯化物杀死。还有正在展开的煤炭开采计划，不断向海岸线延伸的建筑群……这一切都在逼近，在吞噬。我们的故园也许有一天真的会不再存在。

那个夜晚四哥一直没有睡。我见他屋里灯亮着，就过去陪伴他。他在吸烟，磕了很大一堆烟灰。响铃不在屋里——有时她要陪鼓额，就睡在隔壁。四哥叹息："我担心真要忍不住，扣响了扳机；我的枪那天在肩上突突跳哩！"

看着这位与我厮守一起的亲爱的兄长，不知该说点什么才好。

"怪哩，有人可以随意丈量别人的东西……"

是的，有人并不承认什么可以属于哪一个人——这儿没有"自己的"，从来没有；以后也不会有。

也许正因为如此吧，我却要固执地、坚牢地守住内心里的那么一点——它是无形的，但它是一个人所能剩下的最后的珍贵……

"兄弟，我跟你来种这片园子，咱可打谱是一辈子的事啦！"

我看着他的手。这手真大。粗粗的筋脉磕疼了我。他在说两个男人不同寻常的约定。我明白，他准备在葡萄园里安顿自己余下的岁月了——而在此之前他一直是游荡的，游荡生活对于他有着不可抵挡的魅力。他从跨进园子的这一刻，就做出了一个极不寻常的决定。他领来了老婆和狗，亲手给园中的破茅屋糊了窗子，泥了裂缝，又给斑虎搭了个舒舒服服的窝——他当时吸着烟，搓搓手问斑虎："怎么样伙计？入冬以后我还要给你加草……"斑虎满意地抿嘴……

余下的半夜，我回到了自己房间。睡不着，感受着葡萄园那个结局。柏慧，我现在真害怕失去它，我对你不能隐瞒这种胆怯。因为这片葡萄园对于我和我的朋友太重要了。

我和四哥都一夜没有合眼。天刚亮，斑虎又在怒吠——这声音马上让人明白是来了什么不受欢迎的人。现在我们很容易就能听出它各种不同的语气：愤恨的、警觉的、询问的、友善的、爱恋的……这一回分明是愤恨，它的声音被压抑得粗闷而暴烈。我急急走出，看到了两个似曾相识的人。

这两个人都穿了相同的衣服。我记起他们曾在海边打鱼人的一次械斗中出现过——不知在奉行谁的指示，当时他们很权威地呵斥着人群，像驱赶狗群一样驱赶着打鱼的人。奇怪的是所有的人都惧怕他们。我心中一怔。

"出来一下出来一下！"其中的瘦子嚷了一句。他眯着眼，懒洋洋的。

我走过去。他直着眼看我，像在辨析什么。旁边的矮子小声咕哝："不是，是个拐子……"

我的怒火再也压不住，脱口喊出："不准你侮辱人！你从哪儿来的？你要干什么？"

两个人被我突如其来的火气惊了一下，他们差不多都退了一步……只静了一瞬，瘦子伸出手指说："告诉你，我下一分钟就能把你逮起来……这会儿先不找你的茬，咱以后有的是工夫。我们这次来找那个持枪行凶的老头儿——他昨儿个向测绘所的同志开枪了不是？给我出来！……"

茅屋里的所有人都出来了。四哥暴躁起来，当他弄明白这两个人是为昨天的那场争执而来时，差点儿气晕过去。响铃和鼓额一齐数叨那些人怎么破坏园子篱笆，如何无理，面前的两个人根本不想听，只是坚持让四哥跟他们走一趟，并且要带上枪——那是凶器。

四哥简单地吐出两个字："不去。"

"真不去吗？"瘦子问。

"不去。"

"那好吧，拐子，这可是你说的。"瘦子挥挥手，领上矮子走了。响起一阵引擎声，原来园子外边停放了一辆汽车。

我知道事情有些严重。

我差不多能看到这件事情的结局。这是一个欺辱的故事，有点像欺辱外乡人——而我和四哥、我们小茅屋里所有的人，都出生在平原上……我们今天好像在不知不觉中失去了故乡，于是也就失去了一种特殊的护佑。

我一遍遍想着这片平原上可能有的熟人——能在危难之中援上一手的，最后总算想起了海边小城里的一两个人。我建议四哥与我一起走开，我们要通过一些关系主动对应……四哥反复拒绝。他坐在斑虎旁边，大睁着一双眼睛。这双眼睛冷冷的。我有些担心。我想先走一步，但又不敢把四哥一个人扔在这儿。

——这样直到园子外边响起几声鸣笛，直到五六个人拥进来。

四哥一直坐在斑虎旁。奇怪的是这一次斑虎像他一样冷静。他只是吸烟。

那个瘦子踱到跟前，说了一声什么。四哥返身往屋里走去——这时很快冲上几个人，把他架住了……鼓额和响铃哭起来。斑虎跳着——我知道这些人什么事都做得出，就把它关到了屋里……四哥被架到车子跟前，枪也给拿走了。

我也必须走开了。我最后对那个瘦子说的是：谁也不能碰他一下，谁如果那样，谁会后悔的！瘦子笑了，仰着脸，语气出奇地和蔼："是吗？"我冷冷答一句："是的。"

车子开走了。

我第一次找这小城里几个所谓的"朋友"帮忙。他们面有难色，都提出需要"打点打点"。

他们要钱买了很多高级香烟之类，说要从上面找下来才管事儿……

我忍受着屈辱——一边丢下尊严，另一边去找回尊严，这是不可能的。但我愿为四哥做平时极不愿做的一切。我得用力地忍住。我想起了这些年里我们葡萄园遭受的全部不幸。我们不知多少次与土管、税务、周围村子、园艺场打交道，我们已经遍体鳞伤。

眼前面临的只是又一次忍受……

整整两个昼夜，四哥都在外面度过。第三天他才回来，看上去人瘦了一些，白发也增多了。他没有背回那支心爱的枪。

我扶住了四哥。他说："他们逼着我软下来。狗杂种……"

他不知道我们葡萄园被罚了重重的一笔款子。我明白四哥不能失去那支枪——那是他在前些年游荡时的一个伴儿；他身边必须拥有响铃、猎枪和狗……

这就是我们葡萄园最新经历的一件事儿。它还没有结束呢。

25

鼓额总想与我讨论点什么——她好像长大了许多，关心的东西越来越多，不仅仅是自己，而且还有其他——很多很多。这使我想到了一个沉默的少女有多大的悟力，她原来平时在想那么多的事情，这些事情有时简直就无关乎自己……我因此而感动。她常常叙说自己的童年：极度贫困和极度欢乐的童年。这引起了我很多回忆，让我一遍又一遍地去想象那片丛林。

再也看不到白沙滩上那一棵棵挺拔的白杨了，看不到它油亮亮的叶子在微风中抖动。我觉得它的消失是二十世纪平原上最可怕的一个纪录……鼓额很少提到自己的父亲，我发现她总是小心翼翼地绕开那个男人。她故意把话题岔开，有时转移得十分巧妙。"父亲"成了人的一个禁忌，这个现象也使我心动。

这有点像我。

父亲所象征、隐喻和代表的一切太沉重了。沉重得无法也无力提起，更不能炫耀。父亲把一个生命投到了这个世界上，就留下了全部尴尬与羞愧，然后再悄悄地退到幕后。

我们谁听不到一个男人在背后、在一个角落的寂寞长叹呢？那是一种让人无法忍受的声音啊！

每个人都有父亲。

真正的父亲是懂得羞愧的。

……算了，这个话题真该转移了。它从来不让人愉快。也许有一天我们会深入地谈它。

鼓额在五六岁时就跟上母亲到地里做活，成为母亲的好帮手。其实从更早——不足一岁时她就来到田野上，那时她被捆在母亲的后背上，什么也不懂、不记得。她大概只会哇哇大哭，大人们因为忙，谁也不理睬，只在喂奶的时候把她解下，用沾满土末或植物绿汁的手擦擦她嫩嫩的脸蛋。

她说，母亲翻土，她就把翻出的茅根拣出来，抱到地边；母亲给烟棵打冒杈，她就把它们堆到一块儿——烟毒把她的两只胳膊弄得又红又肿，母亲就用渠边上一种菜叶给她搓，那种火烧火燎的感觉啊，至今还记得起。她忍住了疼，她说她从来没有哭。

那时天上的太阳比现在还要烤人，她说母亲、她，所有在田野上做活的人都给晒得冒烟了——真的，人人头顶那儿都往上冒烟，最后不得不往上泼水。赤裸裸的胳膊、腿，到处都像开水煮过一样，黑红黑红，摸一下烫人。

做活做到半上午，该歇一歇了，她和母亲就找个阴凉的地方喘气。哪里才有一棵树啊？地头上原先有三棵老杨树，后来被砍掉，做了猪栏。她们不得不钻到渠旁的紫穗槐棵下，在这种灌木枝杈下躺一会儿。好舒服的阴凉地儿啊，她爬到母亲身上，把母亲浑身的泥汗都亲吻得无影无踪。她说她那时一刻也离不开母亲，那时的母亲比现在的母亲健康高大和——干净……

她总喜欢说母亲被太阳晒得"冒烟"——这在我们听来是无论如何也不能接受的，可是反反复复听下来，竟觉得无比真实。我真的看到了被烤焦了的、正在燃烧的农民。他们如今仍然在土地上燃烧，你如果走到他们中间，看着那一双双眼睛，那如灰烬一样的头发和干硬的皮肤，一定会同意我和鼓额的说法。

"母亲在田野上，她正在烈日下冒烟……"

有谁向我说过这样的话呢？就是这样一幅想得出的图像，它使我忧心如焚，泪水盈眶。

鼓额说，她长到十七岁时，还不记得吃过白面馒头。她说全家只有干重活的父亲才有资格吃一块玉米饼。其余的人，就是她和母亲，只能吃红薯、菜饼和高粱。"金黄金黄的玉米饼啊，香味儿扑鼻子，我老看着它，妈妈就从父亲手上扭下一小块儿，塞到我嘴里……"

她的话是绝对真实的。我们很多人会拒绝这种真实。我想起了前几年，我们城里的邻居从南边雇来一个十六七岁的小保姆——她说从来没有见过苹果。当时我告诉梅子，梅子大不以为然地说："她说谎……"我却毫不怀疑那个小姑娘说的是真的。事实会证明她不是说谎者，而是我们一部分人无知又缺乏勇气。

鼓额长得瘦瘦的，她刚来时，简直让人看了心里发疼。你会觉得一个孩子，一个十七岁的女孩绝不该长成这样子的。她细细的手腕啊，脚杆啊，弱不禁风，仿佛禁不得什么磕碰一下。那头发毫无光泽，像风雨吹打过的旧麻绺。再看她的衣衫，都是许多年前出产的布料，洗得没了颜色，破裂的地方又被精心缝连过。它们比她的身躯更瘦小，紧绷绷地裹在身上，她用力动几下它们就会破碎……我不明白她在艰苦的劳动中是怎样保护自己衣衫的。

就是这样一个贫寒少女走进了我的视野，走进了我的葡萄园。这是偶然的吗？

神灵总是瞅准一切机会来提醒人——只要他能够领悟。

我将竭尽全力保护这个少女。我知道她与我的葡萄园具有同样意义，也同样沉重和淳朴，同样正在蓬蓬勃勃地生长起来。

是的，她在这几年里似乎高了一点也胖了一点，头发乌亮亮的，黑黑的大眼睛覆在长长的眼睫毛下面，每闪动一下都有掩不住的光彩在泄露。她微黑的、杏红色的皮肤简直就是健康和青春的标志。她在葡萄园里是一个象征、一个精灵……

她过去很少牵挂这个园子的前途，因为她从未怀疑过我和四哥等人拥有的力量，认为我们几个男人足以保护它了。而她现在似乎明白这有点过高地估计了我们。当那些可怕的侵犯和打扰过去之后，留给鼓额的除了费解，还有难以祛除的惧怕。她怕有那么一天，这葡萄园再也不复存在，那时她往何处去？

那是她想都不敢想的一天啊！她拒绝回到原来的村庄去，即便和母亲在一起。

我终于懂得了对葡萄园的爱护到底意味着什么。

可爱而又可怜的鼓额啊……

26

一连多少天都在设法为四哥讨回那支枪。它陪伴了一位伤残者，安慰了他多少年。人们说这杆土里土气的枪在他肩上已经几十年了。一个人怎么可以突然失去了这样一个伴儿？孤单的时刻，它与他可以在原野上对话。

那时拐子四哥刚刚负伤回来，正赶上非常时期，大家都没有东西吃。河湾那儿有不少水鸟，他就用这支枪去猎水鸟。他的猎物救了不少濒临死亡的人，也使他成了一个漫野游荡的人。

他从一个地方到另一个地方，常常宿在野外。他的朋友与他一起游荡，一起在海滩上点起炊烟。传说有一次他们在半人高的白茅地里猎到了一只大鸟，另一只飞掉了——这原来是一对夫妻鸟。那天他们在烤那只猎获物，天黑下来，满天星星闪动，从天边就传来了另一只鸟凄长的呼叫。这叫声嘶哑一会儿尖亮一会儿，叫得人心上发紧。他们草草地吃掉了烤好的鸟，在草丛里躺下，准备过夜了。可是那只鸟仍在呼号，它一会儿远一会儿近，在空中徘徊……谁也睡不着。这真是煎熬的一夜。

从那以后，人们再很少听到四哥扣响扳机。他只是背着它。

我想，也许一个身上有着严重创伤的人特别需要一件武器。他近来越来越多地说到类似的话，"我总有一天要跟他们动动家伙""快惹我放枪了……"

那些人坚持说四哥是持枪威胁公务人员。我是当时在场的人，完全可以证明这是编造谎话。"非法持枪，而且——妨碍公务人员……"那个咕哝不停的家伙正是那个闯进园子抓人的瘦子，这会儿他已经被我的"朋友"们疏通过，凶气自然少了许多。不过他就是不愿最后把枪交出。

我问他："既然已经作了罚款处理，那枪也就应该还给了吧？"

"有持枪证吗？"

当然没有。所谓的"持枪证"是这几年里的新玩意儿，早些年平原上的猎人多极了，谁也不懂给土制猎枪报个户口。我说我们葡萄园在秋天需要守夜，而且野外动物甚多，一杆猎枪绝对需要——那是否可以加办一个"持枪证"？

瘦子神秘而险恶地干笑几声，没有回答。

我觉得眼前这个人的鼻梁那儿只缺少狠狠的一拳。有了这一拳他也许会变得好一些。

离开时，他出人意料地送了几步。在门外的一棵杨树下，他站住了，压低着嗓子说：

"该花的钱还得花上……"

我只想快些离开这个恶棍。

很多天之后，我想起那张瘦脸还感到恶心。我毫不怀疑，如果不按他说的办，那就不仅是失去四哥那支心爱的枪，恐怕还会出现新的麻烦。最后我只得通过"朋友"交上了那一笔钱——这一回是直接递到瘦子手里的。

这一切当然都得背着四哥做。

好久了，一直传着一个消息：有关方面正在与国外紧张谈判，这事儿已进行了一个多月，结果总算出来了。

原来国外的一个公司要长期租用这一片大海滩。可能是地价的争执，谈判归于失败。我们这会儿才明白了那一次丈量是要干什么。

那个公司是搞人造石油的。

这次合作的失败肯定是件好事。可是会不会重新开始其他的合作呢？

我们葡萄园西面不远是一处国有园艺场，那是多么大的一片果林啊！我不曾在别处见过如此美丽的一片园林。可是如今园艺场的头儿正在频频接待海外和内地的一些大公司经理，一心要开办一两个能赚钱的项目。眼下他们正在谈合办一个化工厂和电镀厂，还发誓说要设法引进外资，建一个华东数一数二的大型氯碱厂……

各种各样的汽车不断顺着园艺场与葡萄园之间的马路开来。车子开开停停，不时有人下来遛一圈儿——他们大概坚信，只要瞄上了随便哪一个地方，那儿的人立刻就会伸出双手迎接。他们大概不知道，这片平原的丛林和稼禾后面，藏下了多少憎恨的眼睛。车子继续往前开，一直开到无路可走的地方。这条铺了柏油的公路被称为"国防路"，尽头消失在一片生了莨草的沙子中。这是片绵软的沙滩，再往前一百多米就是大海了。

"多么美的地方啊，这儿要建别墅的。"他们哼着下了车，叉着腰对陪伴左右的官员说。那些官员都是从海边小城来的，一个个差不多都长了臃肿的身材，满脸堆笑，系着一截皱巴巴的领带。他们讨好地对外来客吐出一个英语单词，地方口音又浓又浊。

从车上下来的女人都涂了青黑色的眼影，脸上搽了红色化妆品；偶尔也能遇到将脸染成金色的，有一次我还见到一个把脸染成了蓝色的人……她们无一例外地戴了大耳环，抹了鲜亮的口红。她们惊讶地呼喊，大笑大闹，张着血盆大口。她们大概想吞下整个不幸的平原。

几乎每个人都持着一部无线电话，站在离海浪不远的地方"喂喂"大叫。四哥吸着烟看着，说如果前些年，这些家伙在这儿胡闹，肯定会被当成特务抓起来。"女秘书也随我来了……是的，我让她以后跟你联系……"

原来那一群女人都是"女秘书"。

他们践踏着这样一片平原，毫无廉耻。为什么有人如此疯狂，拼上命招引一些污染项目？难道他们不知道这对于一块土地而言是致命的吗？后来才弄明白，他们所有的目的只为了搞钱，为了痛快一场。污染在他们看来是不足道的，因为在这儿从来没有什么人对污染太过认真。搞不到钱还可以借机"考察"，到世界各地旅游几次，出去看看"洋人"。

一股浊流正以惊人的速度向登州海角推进——仅仅是几年的时间，这里已经失去了往日的宁静。我和我的朋友好像进入了最后的守望，正等待着一个结局。这使我想起莱夷人的撤退与固守，他们在面临狄戎进逼时的情形。

历史正以稍稍改变了的形式重演。

看着那些"女秘书"涂成了血色和铜色的脸，难以压抑的绝望就会淹没过来。我的脑海一遍又一遍闪过丛林中那座沉默的茅屋，不止一次记起了父亲从南山归来的那个上午——他在大海滩上转了多半天。他在干什么？他在寻找一个墓。那是战友的墓。

如今，所有烈士的坟头都与风成沙丘混到了一起，或者干脆被它们所覆盖。一片又一片丛林在消逝，大风旋起了沙子。天浑浑的，大风把沙子扬到高空，又飘移到海上。

当年的莱夷人不断地退却。

可是我们呢？我们已经无处可退了。我们再无须退却。

27

鼓额告诉我，有一个鼻梁尖尖的家伙站在园子篱笆那儿窥视——她描绘了一番，我才知道那个人是前些年辞职的某机关小车司机，如今是运输个体户。他常常混在园艺场驾驶班里打麻将，据说是赌场上的一把好手。

她非常怕那一对眼睛。

我以前见过他，只一次就记住了。鼓额是对的，那双眼睛像鹰，尖利逼人。有一段我们的葡萄在运输上很麻烦，半路上常常被人哄抢，有人就介绍找找"鹰眼"。结果他为我们干得不错。这个人读过不少东西，千方百计想在我面前露一手。但不久他就忙自己的事情去了。

这一回他露面，完全可以大大方方走进园子里来，却躲在篱笆后面。

我叮嘱鼓额小心一点。只要她到园子深处，我一定让四哥或响铃陪她。我定了一条规矩：她任何时候到海滩上去，或者回家，都要请假……我明白这种警惕绝不是多余的。近半年来，平原上不知发生了多少恶性案件，有的真是闻所未闻。现在我们宁可相信一切耸人听闻的恐怖故事都是真的。因为此刻的确有人疯了，丧尽天良。

我们的鼓额好像预感到了什么——她说她怕那个鹰眼，怕极了。有一些日子她总是依偎在四哥身边，紧紧挨着那支黑乎乎的猎枪……

那一天我去了一趟东部小城，那里有一个很大的葡萄酒厂，酿酒工程师是我的挚友。他这些年来对我们葡萄园的帮助大极了。可是这个酿酒天才近来与爱人闹翻了，他非常痛苦。我是专门去劝慰他的，也想顺便开导一下那个女人。就这样我回葡萄园晚了一两天，压根儿就想不到会出什么事儿。

工程师的爱人长得细细高高，以前常与男人一起到葡萄园来住上一两天。她三十多岁了，可看上去也不过二十多岁，那张脸庞红扑扑的，真是火热烤人，生气勃勃。她快言快语，风风火火，但看不出是那种过于轻浮的人。她让人想到一只妩媚的狐狸，特别是有着一副"让人着迷的鼻梁"——这话是那位酿酒工程师说的。他爱她爱得死去活来，结婚许多年后，这爱的火焰不是逐日减弱，而是愈燃愈烈。可惜那个女人与一帮好小伙子过从甚密，有着深深的友谊，并且从友谊过渡到爱情也是轻而易举的事儿。她似乎不是那种情感上的浮泛之人，所以她的选择也绝非那么荒唐无忌，只苦坏了我的这位工程师朋友，他差不多都要垮掉了。我怎么能没有这位朋友呢？还有我的葡萄园，都不能失去他……

那天很晚了我才回到葡萄园。斑虎极有节制地欢迎了我——而往日只要外出归来，它总是激动得不能自已，扑到我的怀中，全身每一根毛发都在颤动……这一回它的目光躲躲闪闪，我猜出准有什么事情发生了。

小茅屋里静静的。我走得很近，仍看不到有谁迎着狗吠走出——我跨进四哥的屋子，空无一人；到了鼓额的屋子，才发现他们都围在一起。鼓额坐在中间，捂着脸，发出了微弱的哭声。我的心立刻怦怦跳起来——我脑海中顿时闪过了那一对鹰眼！

我走近了，他们才一齐抬起头。只有鼓额始终捂着脸，泪水顺着指缝淌下来。

我把她的手掰开，她的呼吸立刻急促起来，眼看就要喘不过气了。她的哭声越来越大，沉沉的额头压得她就要倒下来。我扶住了她。

"他狠极了，他……"

我说不出一句安慰的话，也听不清鼓额说了些什么。响铃把她揽在怀里，小声哄着："反正斑虎把他赶跑了。这只狼再要窜出来，四哥就用枪打死他……"

四哥脸色沉沉地扯了我的手出去，斑虎紧跟在后边。我们一直走到葡萄园深处。

葡萄架下，有一片被踩得很乱的泥土，仔细看看上面有扯下的头发、衣服碎片，还有一只发卡。显而易见，这里不久前有过一场激烈的搏斗。

四哥说："我那会儿正和她在这里铲土，响铃喊我，我就离开了。也不过是半个钟头哩，斑虎没好声地叫唤，好像这孩子也喊了一声。我知道不好，抬腿就跑过来……那家伙没有得手，他被斑虎咬了；好身手，连跳过几道葡萄架子蹿了，枪没够得上……"

我问：是不是"鹰眼"？

四哥没有回答，恨恨地盯住西南方向："等着吧，我非把他的肚肠打出来不可。这是定准的，谁说也没有用！嘿，我这枪早该派上用场了。"

　　我再一次问，四哥说："你问鼓额去吧，她就是不答。不过我的枪子儿到时候得他哩……这是定准的！"

　　斑虎沮丧着脸，像是在回避我的目光。这个善良的生灵把一切责任都自觉地承担了。多么令人感动。人间的罪孽怎么能像它理解得那么浅近呢？它的热辣辣的希望和忠诚啊，应该让所有人都羞愧得无地自容……

　　四哥看着斑虎说："那个狼手上有什么凶器，打了斑虎一家伙，你看看！"他蹲下，抚开斑虎额角那儿——我看到了一块青肿。"斑虎从架子后面蹿过来，一下咬住了他后脖那儿，他回手给了它一家伙……"

　　我回到茅屋，问鼓额是不是"鹰眼"？她哭而不答。我再问，她说当时只顾挣脱、打斗，真的没有看清那个人。

　　我不太信她的话，但又觉得她没有隐瞒的理由。我只在心里料定是那个"鹰眼"。

　　一连几天，四哥背着枪在园子四周转悠。他在寻找那个人。我特意去了几次园艺场，想打听"鹰眼"的去向，都说没有看到。

　　四哥空闲时间常常领着斑虎走出去，迎着北风走得很远，当然也不是为了玩。我知道他极想猎到一只狼。

　　那只狼咬伤了我们。它不太懂得鼓额与我们的葡萄园已经是血肉相连。她和四哥、响铃，甚至还有斑虎，如今都是不可分离的一个大家庭了。我们住在同一座茅屋里，一块儿守望着自己的平原。

　　这只狼注定了没有好结局，因为它触怒了这儿忧愤的猎人。

　　当然这不会是一只低能的狼。它狡狯、阴毒，甚至还仪表堂堂。真正的狼大概都是这样。真正的狼在猎取自己的食物时总是极其专注，有时不免要冒死一搏。

28

　　我除了整理古歌之外，好久没有写自己的歌子了，没有吟唱的欲望。也许对于我而言最好的莫过于午夜了。我只在午夜里注视着你的眸子——它还像昨天那样闪着光泽。我想象着那个热情的额头，额头之上那蓝黑色的柔发——这种注视平息了我一天的郁积、愤愤不平，以及各种企盼……

不知你一人独处会有怎样的心境，也许我们是极其相似的。我在内心里悄悄营建，做得缓慢仔细……

这是个走入内心的时代，柏慧！我们无望而又热烈地注视着前方……没有尽头的长路上，留给人们的，只有一眼望得见结尾的那么短短一截。

只有在匆忙中做完，甚至来不及总结。谁能在这条短短的路上更从容一些呢？

可是即便这样也未能使我忘记……我把这个世界当成了一棵正在生长的树，亲眼看到它抽出了生机盎然的枝叶，也看到了它结出的甘美之果。一切都可以证明它还在生长，远没有死亡。于是我就得谨慎地对待它，尤其不敢伸出砍伐之手。我哪怕只剩下了仅有的一滴水也要去浇灌它……我记起了在大山里流浪时遇到的那个恩人——沦落在那所山区中学的地理老师，那个影响了我一生的人……每逢我好心好意地想象这个世界的时候，我就要记起他。

深深地怀念。他黑瘦的面容有时会让我全身战栗。这个人简直是神灵送到我面前的。我遇上了这样一个好人，一生也就被说服了。

那些寒冷的夜晚，我们依偎一起，谈各种各样的话题。他向我展示了一个多么开阔的世界。正是从他那儿，我爱上了地质学，也迷恋起歌子。我不会忘记他的身世，至今听得见那一天老校长绝望的呼号。我记住了那是一个大雪天。他死在一个最寒冷的冬天。老校长仰天长喊："他是一个孤儿……"

一个孤苦伶仃的男人死了在大山里。

他有一副大背囊，就搁在倒下的地方……从此我总觉得一个真正的男人应该有这样一副背囊。也许是简单的模仿，我后来终于也制了一副，背在了身上。

如果说，是那个大山里的老师让我爱上了地质学，那么再明白不过的，是你的父亲让我背弃了地质学。一想起这位柏老就让我心疼，还是把他留到后边再说吧……他竟是你的父亲，真是让人无言。你也不能选择自己的父亲，像我一样。

我跟你讲过了我的父亲、我的家族。直到十多年后的今天我才有了这样的勇气。

什么时候讲述一下你的父亲呢？还是留待将来吧……

我说过，有一段时间我那么渴望寻找一个新的父亲。我多么愚蠢。我不明白一个人只要生下来，就再也无法变更自己的父亲了。这是一个很简单又很残酷的事实。无论一个人有怎样伟大或渺小的父亲，对于他而言都无法改变。

血脉把一个生命牢牢地固定在一个位置上，让其一生都无法挣脱。如果神灵看着他不顾一切地挣脱，会露出不怀好意的微笑。

徐芾利用为秦始皇求仙药的机会逃向了九洲，也许做了个王——人一旦有了机会难保不去做王——但他注定了也是不幸的。大概至今还会有人向往这位传奇人物，幻想着类似的机遇。徐芾的全部不幸都在于他不能选择自己的父亲。他的血脉决定了他与秦王不能相容。他的忍受、欺骗、出走，一直强烈地吸引了我。来自民间的传说都过于简单明了，好像徐芾走得太容易了。传说总是把复杂的历史单纯化，把曲折深奥的故事通俗化。这样一来就损失了好多真理。

你想过秦王是一个什么人吗？他能扫平六国，凭借的大概不仅仅是武力，他至少还有过人的智谋。他身边有著名的人物李斯，有一班在当时称得上优秀的文臣，即今天所谓的"智囊"。徐芾要在这样的人物面前遮遮掩掩，实现他那个庞大的计划，该是多么困难。

可是徐芾已经没有时间选择了。他生在一个极为特殊的血脉上，只好迎着那对逼人的"鹰眼"——秦王也长了一对鹰眼——走过去，把恐惧淹灭在激情的沸水中。他暗中注视了好久，也准备了好久，真称得上是卧薪尝胆。他对于秦王的历史就像对自己家族的历史一样，烂熟于心。

从历史上看，比较野蛮的民族战胜比较文明的民族，是屡屡发生的。人类历史进程上的全部不幸也许就源于此。当年狄戎对莱夷人的步步进逼、围困登州海角，以至莱夷人的最后撤离，就是一次最好的说明。

遗留下的莱夷人隐于民间，差不多用去了一个世纪的时间，才沿着黄河、泰山山脉艰难跋涉，返回故园。莱夷人的都城原建于黄县归城，现在只余下一截夯土城垣。他们后来的聚居地是士乡城，一个临海的整洁肃穆的小城。他们在此得以保留和延续了莱夷人的文明。

这个特异的民族靠隐蔽才生存下来。他们不是使自己的面目清晰显露，而是尽力使之模糊含混。他们已经不能像祖先那样争土夺地，而是在失去立锥之地后悄悄聚拢。他们小心翼翼维护着士乡城这块方寸之地，让精神之树在夜色里成长。当一个民族失去了土地的时候，唯一顽强的维护方式就是保存和延长它的精神。而正是在这一点上，莱夷人差不多成功了。

　　稷下学派的代表人物几乎无一例外到过士乡城，有的就是生于斯长于斯。他们广布中原，随着秦国武力的延长又逐步东移，汇于齐都稷下……莱夷人是最早发明炼铁术，织出了绚丽丝绸的。他们随着铸出最锋锐的剑、织出最柔滑的锦缎的同时，也创造了一些美丽的思想。这些思想是当时人类社会中最为宝贵的东西。比如他们的"百家争鸣"之说，至今仍成为思想和精神领域的一个原则……

　　秦王灭了韩、楚、魏，又灭了燕与赵，最后只剩下齐了。齐在富裕的东疆，有渔盐之利，有第一流的冶炼基地，还有不可思议的齐国音乐，有稷下学宫——秦对齐有物质与精神两个方面的倾慕与嫉恨。经过精心准备之后，一场血腥的征讨开始了。秦王的目的是要执拗地做成一件事，即扫平六国，实现统一。统一大业对于一个帝王总是具有最大的诱惑力，因为这是维护完整的有效方式，是个面子问题。

　　秦王要做的就是这样的"大事"。

　　可是完整的国土只是外在的统一，如果它的人民没有统一的思想，也就缺少了内在的完整——风头锐利、连灭五国的秦王绝不甘于任何有损于"统一"的东西存在，于是他就使用了非常原始的办法消灭异端——把各种各样的思想，连同它们的载体和根源，统统埋掉或烧掉。这多么痛快、省力，于是就有了"焚书坑儒"。这种壮举虽然空前绝后，虽然悲惨残暴，但结果仍无济于事。各种思想会像灿烂的山花一样，开个漫山遍野。暴君从来弄不懂：思想不仅仅写在纸上简上，也不仅仅存在于人的躯体之中。思想源于哪里？存在于何方？

　　原来无所不能的大王找错了思想的真正载体和根源。他没有飞扬的想象和认知感悟的能力，尽管扫平了六国，但在一些标志着人类根本性超越的条件——思悟能力上，仍显示了一种低能的卑贱。

　　他不懂得，山川土地之上就写满了各种各样的思想。他攫取了它们，却又要拒绝它们不停地滋生的思想和精神，这当然是不可能的。思想的活力来自生命，只要有生命就有各种思索和想象，它们如旋风如雷电如激流，都是自然而然地发生的。秦王只不过想干干抽刀断水的傻事。

　　这是非常明白的道理。现在值得探讨的是，当初是谁，是哪一个提示了秦王，向他指出"内在的统一"被破坏的致命警示，从而引发了"焚书坑儒"呢？

　　我反复揣思，翻破了史料，只能盯住李斯这个名字。因为这个人物来自稷下学派，也是一个经历过"百家争鸣"的学人，是荀子的学生。他懂得其中的奥秘，他有揭破的能力。于是他做出了人类史上最大的背叛——建议秦王禁绝思想，祛除异端。

　　一个疯狂地追逐"统一"快感的武夫，毫不犹豫地采纳了他的建议。

　　于是骇人听闻的屠杀开始了。

　　鲜血流到了东部——地势既然是倾斜的，西高东低，那么流到东部沿海地区就很容易。这时的稷下学派会想些什么？徐芾会想些什么？

　　他们只能寻找最后的退路。

　　我们可以仔细查找当年淳于髡、韩非等人往返士乡城的年代，也可以推算徐芾往返故里的时间。从地图上看，登州海角大约是最隐蔽之地了——伸入大海的一个犄角，而且四周有海雾掩映下的零星岛屿……这个地方有可能不仅是物质的驻地，还极有可能是精神的驻地。

　　于是有一些睿智过人者所见略同，开始了深谋远虑的迁徙。他们既然料定秦王会最终吞噬齐国，那么这种迁徙就是非常必要和现实的了。

　　首先是脱下"儒生"和"仕"的衣饰，改做其他。做什么呢？登州海角频繁的祭海活动大大启发了他们。他们从此开始了访求神仙之术的"方士"行当。他们似乎看到了未来的一幕：秦王垂垂老矣，白发压得他抬不起傲横了一世的头颅，开始憎恨无情的时光——不能掌握时光的流逝，一切都无从谈起。秦王发现自己原来像草木，像咸阳街头的小民那样可怜。他乞求永生，不顾一切。于是他开始厚爱方士。贪婪和强烈的永生的欲望，使狡狯的秦王双眼迷蒙。

　　李斯则深深地疑虑。但他面对这些"方士"，简直束手无策。登州海角上这些面目可疑的术士们个个巧舌如簧，人人擅长神仙之术。他知道，禁除和杀戮都太容易了，这些人手无寸铁。可怕的是秦王的态度——在嬴政看来，杀掉的就不是几个方士，而是千古帝王永生的机会。

　　李斯退却了。秦王一次次召见徐芾。

　　在这个过程中，徐芾及其左右不会不察觉迫在眼前的危难：秦王的统治已经到达海角，这最后的一块守地也将湮灭。彻骨的痛楚逼迫他来一次孤注一掷的撤离，走得越远越好。对于秦王，徐芾丝毫不存奢望。这次撤离的率领者无可选择地落在了他的身上，而且很久很久以后他还将领受可怕的误解与唾骂——不过那已经不重要了……

他寄希望于大海中更远一些的岛屿——最好是秦王武力所不及的地方。当然他也做好了另一种准备，就是必要时以武力还武力。于是他绞尽脑汁，借口海中有巨鲛阻拦采药船队，向秦王索要三千弓弩手……艰难的智斗，遥遥的行程，这一切似乎都是命中注定的。

没有办法。他的全部不幸与有幸，都因为他是徐姓家族的人，他有莱夷人的血脉。"父亲"是不可选择的，他一生下来就被决定了。他将卷入一场抗争；他将因一些不可思议的事件去奔波，去愤怒，去呕心沥血，去九死一生。一个人只是成了一个家族延长的肢体，流动的血脉。一个人并不自由。

我长久着迷于这个历史人物的，就是类似的东西。因为我从他的行迹上，看到了所有人的悲伤与狂喜……

我能来到这个平原，来到古登州海角，难道不是神灵相助吗？我默认下这一点，感动得一声不吭。

29

……是的，你从未讲过自己的母亲，心中只有父亲。由于你从来没有与母亲相处，不记得她的声音、她的模样，所以什么也说不出。你是被保姆带大的。而你的父亲因为太忙——他这样的人总是很忙，要忙上一生——几乎没有怎么照料你。

我能想象出你的孤单。你性格中的那份刚毅就是来自孤单。谁都说你的温柔，你的目光和笑容总让人难以忘记。可是他们都没能认识到你的另一面……现在你又是一个人了。

那个小提琴手近况怎样？

我总无法忘掉他，甚至有点假惺惺的喜欢。我好久没有听到他的消息以及他弄出来的声音了。他仿佛是一个器械，一个聪明好用的器械——当时我这样提示时，你就红着脸看我。其实那时候你不存在选择，因为你那会儿并未想过要与他好。后来我们闹了那个大别扭，小提琴手才毫不含糊地殷勤起来。

看他拉琴，我觉得那把琴是从他身上长出来的——你说这个感觉就对了，天才的琴手就给人这样的感觉。我当时听了多不舒服。

我当时并未忽略这样一个事实：你与小提琴手是一起长大的。

后来，当我不得不离开你时，我对自己苦涩的安慰也就剩下那一点儿了。我总觉得你们会过得平静而幸福。我是深深爱着你的——今天承认这一点也并不那么容易。我任何时候都被这种信念鼓舞着，并能够确认它的神圣。

可我是因为恨才离开了你。这恨是真实的，这等于恨背叛，恨那源远流长的伤害和背弃，恨一种把我当成"异类"的罪恶和阴谋——不用说你当时不自觉地沾染上了它的颜色——我今天一点也没有小题大做，它是真的。我对你的全部诉说虽然芜杂，但最主要的一点就是告诉你，明白无误地告诉你：我那时恨的缘故及它的理所当然……我的恨是神圣的，一如我的爱。

同时，今天要承认（不如说是追认）当年的恨像爱一样神圣，也是需要勇气的。

原来为了恨，我才放弃了爱；只是后来，是现在，我才越来越发现，真要放弃是不可能的。

我爱得太深了，正像我恨得太深了。原来爱与恨是同一个东西。

这就是我的认识，可惜它来得太晚了。

昨天我把二者水火不容地区别开来，使我失去了你。今天我把它们贴合到一起，也没能使我得到你。

由于我的特殊的经历，特殊的血脉，我一直铭心刻骨地记住了：永远也不要背叛和伤害，永远也不要对丑恶妥协。我战战兢兢地盯视着，提防着，准备着那个可怕的遭遇：如果有人把我当成"异类"……这样的遭际对于我是太熟悉了，那时我将格外敏锐和仇视。于是当我遇上一个柏老时，就迅速地跳开。这是迫不得已的逃脱，我的身后留下了一行血迹。

不能背叛，就是记住忠诚。我深深地爱过，那就让我把它化入血液吧。我爱得没有错误，于是就要怀念和感谢。恨就像爱一样熟悉，它的根脉扎得像爱一样韧长。我要把恨当成爱的力量，让它一刻不停地催化和加强……

那孤单的生活给予我多少不可替代的机会。谁像我一样，一个人自小徘徊在山野之中？谁在一整天、一个月里无人倾吐而不得不依偎着一棵橡树或一株白杨？于是我才敢于宣称没有几个人比我更懂得橡树和白杨！于是我才敢确认我在那个寂静的人生一刻中听到的天籁……

爱，怜惜，温柔……这一切人生的情愫在我心中飞快地成长。我随时准备为它们去迎接和搏击，我就这样培育和强化着勇敢。我有一种辨认和亲近美好事物的能力，真是这样。同时我对侵犯的敏感也是超常的。这不是狂妄和傲慢，而是生活向我显示和证明的。

多少美丽的植物和动物，多少美丽的人！它们和他们的存在才是人生的唯一希望、唯一值得眷恋的。可是它们和他们都无一例外地不幸——这就是我全部悲哀的根源。我面对这不幸没有止于恸哭和伤感，而是深切的仇恨和拼争。不错，我参与了——最重要的就是参与；任何一个人都没有理由嘲笑"参与"，如果他是一个真实的、淳朴的人，如果他还算一个有勇气的人。

能够爱是幸福的。我在随着年龄而增长的孤寂中，越来越明白了。爱是一种记住，是一次走出世俗。爱是诗意的，它牵引了生命之车。爱只要不熄灭，青春也就不熄灭。我想，只要能如此地对待和理解爱，走向恨、学会恨也就不难了。

有人向我讲述爱、博爱，并以此为由让我放弃恨。他本能地将二者加以对立，于是我听得很明白，他丝毫也不理解什么才是爱。他把爱当成了一次苟合。

一个人最好地体验爱的存在，有时是在静夜，在荒原，在他一个人的时候。一任光阴流逝，一丝一丝地从脑际划过，让记忆的河流暂且放缓，然后滤出彩色的卵石。你抚摸这润湿的、晶莹的石子，享受它挨近肌肤的愉快时，就体味了爱。

你还记得我们第一次背着背囊去大山里勘察的情景吗？那是我最乐于挨近并攥住的一颗"彩色石子"……夏日，学校放假，我们不约而同地想到了这个主意，就一起走开了。我第一次有机会做个保护者，像个真正的勇士那样殷勤而爽快，无私地走在前边探险。夜间，我把防蚊虫的艾草燃好，并随着风向的转移而不断地挪动，以便赶走围上你的蚊虫。火光一闪一跳，我给你读我刚写下的歌子，或者读带来的其他书籍。我在深夜睡不着，但精力却旺盛非常。你醒来时，我常常把煮好的一杯水端给你。你一会儿又睡去了，而我醒在一边，像个守卫的武士。火光闪跳之下，我细细地看过了你的睡态，你的轻轻翕动的鼻翼、微蹙的眉头……这真是像神话一样的经历。

深夜，大山里的虫鸣，像猿似的长啼，飞动的萤火，都加强了我心底幸福的感觉。我有时，能很快回到我一个人在大山里流浪的那种情景，觉得这潺潺水流，这白沙大河之畔的篝火，就像当年一样。不同的是身边有了一个甜甜睡去的姑娘，她美丽无比！那时我幸福得险些溢出泪水，不得不一次次仰脸去看天空的星星。它们多么亮，多么密，它们是童话生出来的，童话是星星的母亲……

那个至亲至敬的恩人——山地老师死去以后，我就离开了校办工厂，重新过起了漂泊无定的生活。因为我受不了，受不了失去挚友恩师的折磨。只要闭上眼睛就能听到他的呼唤，我快要疯了。老校长已经因他的离世而一病不起，后来又被家里人接到外地一个医院去了。他临走时把我叫到身边，说孩子你找个自己的地方走吧，这里太难过了。是的，没有了那个身背背囊的瘦高个子老师，这儿是不能忍受的。泪水已经把眼睛腌坏了，它红肿得让人看了就大呼小叫。我用校办工厂前边的溪水好好冲洗了它，然后就带上那些杂物离开了。

我一刻也没有放下的是他给我的那些书和我写下的那一大本子幼稚的歌子。我走出一道大山，又进入了另一座大山。我遇见了那么多山里人，他们男男女女，老老少少，和善的凶暴的——不论是什么人，都让我感到孤单。我失去了与其他人结伴而行的欲望，心里只是怀念刚刚逝去的老师。

不论是为人打工，还是伸手向人讨要，日头落下来就是一天。在一天的最好最可信的夜晚，我总是一个人走向一个好地方，它通常是有白沙子的河湾。我像现在这样点火，烧一点水，翻动着我的书本，或仰脸幻想。我那时感到了渴望——渴望依恋、爱，甚至想到了爱人的模样：长长的睫毛，挺挺的鼻子，微笑着看我，或多或少的顽皮，喜欢在火边睡觉——那时我夏天为她驱蚊，冬天为她燃火，秋天吗，找个很大很大的苹果塞在她的枕边……

我在火边端量着、守候着你睡去，觉得如梦似幻般的快乐。你头发的香味混合在艾草的阵阵药香中，再加上汩汩的河水散发的清冽气味，这个夜晚真是千金莫换。我实在睡不着，又不愿离开你，忍受着河水流动的引诱。天就要亮了，我极想在夜幕遮蔽的这一段跳进河湾洗个澡。

野外的水流凉凉的，多少有些冷。四周静极了，远远地望着你旁边的那堆艾火，轻轻呼吸。河湾的内侧是一潭静水，上面漂了一些绿藻。偶尔有鱼跳起来，发出"嗵"的一声。这水潭多深，我试了试，大约有两个半人高，而且越往下水越凉。这地方猛然让我记起是许多年前光顾过的水湾，真的。那是我赶了一天路，饿得困得没有一丝力气的时刻。身上没有一点吃的东西，半夜听到了鱼响，就想摸一条鱼来烧了吃。我搓着眼下水，又把凉凉的水撩到身上，想提提神。太乏了，抬腿举手都费力。就这样我向着陌生的深水游去。那时的水藻比现在厚得多，我一边游一边得设法把它们赶开，不然的话很快就要糊上脖颈。我游泳的技艺太好了，游着游着甚至想睡上一觉，有好几次差一点呛了水。鱼都藏在靠岸的草根须子间睡觉呢，我伸手到里边抓着，一下一下碰着运气。倒霉的是那次一条鱼也没有逮着，老天爷成心跟我过不去，让滑溜的鱼在掌中一次次挣脱。那是真正的饥饿啊，饿得人两眼昏花，眼看连游到岸上去的力气都没有了。望着夜里大山的轮廓，我想大概这一回真的要饿死了。那时我如果闭上眼睛，任凭身体往下沉去，也许就结束了自己的生命。有时也真想那样做。因为一切让我挚爱的人都逝去了，我只是一个大山里的孤儿。孤儿如果过得不愉快，死在大山里是最合适不过的了。不过我想了又想，觉得天亮了再翻过几座山，说不定还会有新的运气、新的故事。就这样我犹豫着，鼓励着自己。

那个夜晚好不容易上了岸。星光下我看到了一丛蒲苇，它在微风中摇动，像在向我招手。我真的迎着它的呼唤走过去，像是不由自主。坐在它的旁边，饥饿使我伸出了手。剖开软软的白沙，挖到了鼓鼓的块根。一股清香使我浑身打战。我两手飞速地挖，一会儿就挖出了一捧块根。接上我拢了堆火烧起来。蒲草的块根饱含淀粉，那种香味让我至今不忘。它的皮给烧裂了，爆出的白瓤儿简直像山药。它还有些烫时我就咬起来，那种美妙的滋味，那种除非大口吞咽才能解痛解馋的一股儿香甜，差点让我高兴得大哭一场。

就这样饱餐一顿，又一次记住了对大自然的没有穷尽的感念……

而这一回我又待在了同一条河流同一个水湾，一切都变了。我成了另一个人，我眼前是一堆似曾相识的火，不过火边睡着一个完美无缺的美丽姑娘，她温情、和蔼，头发黑长像瀑布……为了感激和幸福，为了这报答，我想逮一条鱼——早餐的锅里有一条亲手捉的鲜鱼，那该是怎样的美事啊！

我认真地捉起来。跳鱼们被我惊动了，然后傻傻地藏到了水边草须下。我轻轻凑近，迅捷地伸手推堵，一次次落空。不眠的鱼儿总是机灵过人，我得设法寻找沉睡的鱼儿。我觉得在黎明前的黑暗中，一条鱼儿如果懂事的话，它理应呼呼大睡。后来我沿着挂满草须的水湾沿岸移动了好久，尽力做得无声无响，终于逮住了一条黑鲶。这是水中的美味……

你记得那个夜晚，那个黎明——你简直是被鱼汤的鲜味儿给馋起来的！你醒来的第一件事就是不自觉地翕动鼻子，那就是在捕捉香味啊。后来你看到了小锅子在冒白汽，我坐在旁边弄着灶下的柴火，烟熏得我泪流满面……

总之那是一次浪漫的旅行。尽管我们有个堂皇的理由，但别人也知道我们较快地脱离了其他人，只是两人一起钻入了更远的大山之中。

那一次唯一美中不足的，也许是我们没能遇上点儿什么。比如一条狼、一次无伤大雅的抢掠，或不至于留下伤残的意外事故……那时我就可以显示一下男子汉的勇力了。奋不顾身地营救和保护他的姑娘，这种渴念即便在一个成熟老练的男子身上也会萌发。没有这样的机会。一切都合乎预料，我们顺顺利利地返回了校园。

这些回忆是永久的。它们发生过，融入了血液中，于是我说我拥有了，并且再不会失去。今天，这种拥有对我是多么重要啊，它简直使我须臾难离。我不管你愿意不愿意，都会紧紧抓住这份拥有，让它来陪伴我。它是真实的，非常真实。所以我多么有幸啊。

我希望你能同样幸福。忘掉那些不愉快吧，它也许是不真实的……

30

响铃一次次劝我接回"家口"。她非常挂念这件事，有时与拐子四哥一起催促。我知道这除了因为同情心，还有一个更重要的担心：一个没有家庭的人是不能长久待在一个地方的。而他们夫妇早已将此地当成了自己的家。怎么说呢？难道他们没有看到梅子来这园子里的情景吗？她差不多喜欢这儿的一切，但就是下不了迁移定居的决心。城里有她的父母、弟弟，最主要的是还有她习惯了的那份工作，以及日常的混乱不堪的都市生活、可怕的无轨电车的尖叫和自行车潮……我盼望她早日来到这里。这可不仅仅是一次居住地的选择啊！

我有时想起了一些因各种原因流落在外的男人——其中一些人有幸，总是与妻子患难与共；而有一些人不幸，就要一个人抵挡风寒了。使我难过和悲凉的，是我要常常想起两个人。一个是那位死于大山中的地理老师，一个是我毕业后在〇三所遇到的第一位学者——我的导师。他们后来都是一个人，妻子都曾以堂皇的理由遗弃了他们。而他们的结局都是那么可怕。

我可不能轻易把自己比作他们。因为那样梅子会受不了，而且我们的情况也不尽相似。主要的是，我太害怕那样的结局了。

　　我只跟老胡师好好地讲过那位副所长——我的导师的故事。他最后的日子太惨了，我一直小心地回避，不去想他最后的日子……

　　每个人不仅拥有自己的历史——仅仅拥有自己历史的人是难以成长起来的——还要拥有自己家族的历史。这是他无论愿意与否，都要背负起来的一笔遗产。它是有重量的，它很沉。

　　我看到的所有的人都没有例外，只是我不知道他们或不完全知道他们。我在别人面前失去了探索的权力。除非他们自愿，像我对你一样倾诉。我从不问他们的过去，更不问他们的族辈。在生活中，我只要遇到一个多嘴多舌的人，比如遇到一个三句话没有谈完就问"你的父亲是干什么的？家里几口人？都干些什么？"之类的人，我就会厌恶。谁有权力这样拷问别人？

　　我在大山里的老师从属于一个什么家族？这只有留给想象了。还有我走上工作岗位之后遇到的第一位导师，那结局凄凉的副所长，又从属于什么家族？这都是个谜了。不过我总觉得他们二人是兄弟，尽管他们年龄相差悬殊，籍贯和姓氏又不同。他们都是我的老师和兄长。

　　你不属于这样的"家族"。所以神灵终于把你留在了那儿。你迈过某一条线时会有更多的痛苦。神灵怜惜你，就找个理由阻碍了你。可是不同"家族"的人并不妨碍相爱，也不妨碍一生的倾诉和怀念。只要你是可爱的，你就得被爱。被爱是无法理喻的，像爱一样。爱这个字眼尽管在这个时代里变得有些丑陋，但我仍然愿意使用这个概念。它暂时还找不出别的来取代。爱就是爱，是永恒的渴望之中最柔软最有力的元素，是人类向上飞升的动力。

　　这又说到了我的妻子，说到了梅子从属的那个家族。很巧的是，她与你属于同一类家族。我们走到一起后，我很快发现了这一点。当然这并不排除一个家族中出现某些优秀的个体，比如说你们这一对善眉善眼的小人儿。可是你们与你们归属的那一大伙儿毕竟有着一些重要的雷同之处。你们再热情，也有些冷漠。当然你们对自己所爱的人并不如此。你们也会紧紧地拥抱，牢牢地钟情，但仅仅局限于对自己所爱的人。可惜你们所能够爱的、能够忠诚的人又太少了……这就是问题的症结。

　　我爱你们。可是你们并没有爱更多的人。

　　你们同情更多的人吗？你深深地同情这个世界上的人吗？

　　你们会问：仅仅是同情，这有什么用？

好像是的。不过我仍要问：你们同情吗？请不要闪烁你们美丽的眼睛，请回答我的话，而且不要说谎……

你们仅仅是自己可爱着。

我深知这一点，但一丝失望又很快被一阵爱意所覆盖。我爱你们，没有办法。爱是神圣和神秘的。我对梅子坦然谈过这一切，并告诉她：我因为那场奇特的、一生只有一次的经历而思念着柏慧。当然她很惋惜，但她很了不起，也很聪慧，她说：一个正常的人，一个值得信任的人，有时也只能这样。她非常挂念你，她的真诚是无可怀疑的。

梅子的父母是从战争年代过来的。就像我的先辈一样。但是她的父母与我的父母的命运竟是如此的不同。她的父亲进城后就一直健康而安全地活着，还生下了两个多么好的孩子——她与弟弟。她娇小，我说过，我第一眼见到她时想起了童话里的"拇指姑娘"；而她弟弟细细高高，像一棵梧桐苗，漂亮帅气得无法言说。有好多小姑娘爱他，可他尚未开窍，天真无邪地与她们动手动脚，找不到与异性相处的那份感觉。她和弟弟的神情没有那份本能的沉重，因为他们从属的那个家族中就没有这份沉重；他们开朗活泼不知忧愁，浑身轻松地过了这么多年，心上压根就没有一小块疤痕。她家里在拥挤的城市拥有一座小院，院子当中有一棵苍老的橡树。我无比喜欢这棵橡树，这是她家最值得怀念的东西。

我小时候常常听到一些战争故事。因为它们关系到我的父辈，所以听了就绝不淡忘。战争在我心中是铅色的，可怕而又神秘。仿佛战争是另一个星球上的一场误解，又被我的亲人携带到家里来了。结婚后，我压根儿就想不到还能继续倾听类似的故事。这就是岳父母讲出来的。我渐渐发现他们讲出来的是另一场战争。

本来我的父亲、外祖父他们，与岳父母参加的是同一场战争，并站在了"同一条战壕"，可我听来听去有了一个奇怪的感受，就是——我的父母亲人是这场战争的失败者，而岳父母他们才是胜利者。这多么奇怪啊，可这是铁的事实。你看，战争之后我们家全面溃退、连连遭难，而他们家却享受了一个胜利者所能获取的全部好处：汽车、房子、沙发，还有那棵冤枉的老橡树……

与他们敌对的一方该是彻头彻尾的失败者了吧？也不是。看看书报和电视，听听广播，你就会发现失败的一方中又出现和夹杂了好多的胜利者！多么纷杂，多么不可思议……我为此而久久痛苦。

我在想，任何时代的战争是否都有一个定理？就是在战争未开始之前，实际上的"胜利者"与"失败者"就先自确定了？而确定的根据仅仅只是血脉与"家族"，是心灵的异同……

推而广之，不仅是战争，即使在平时，在和平年代，在生活和工作中，在一切的场景一切的时代，这种胜利者和失败者的区分也依照着同一种原理……我呆呆地望着自己的结论。

我震惊地发现，我，我的山地老师、导师，还有和我们差不多的人，都永远只会是"失败者"。我们在远未投入较量之前就已经被确定。我们注定了是这样身份的人——因为生活中永远需要失败的一方，无败则无胜，于是我们就作为败的一方被规定了。

我们这一类人更悲惨的一点还有：永远不畏惧失败，永远向着那个结局进发，百折不挠……

听听岳父谈论战争的口吻吧，你会受不了。他的自我感觉太好了。好像在战争一开始那会儿他就是一个指挥者，料事如神。他绝没有对战争的神秘感和理应具有的痛苦和悲哀。面对具体的死亡他是悲痛的，但对于整个战事绝对没有。

战争对于他好像是一场赶赴的盛宴。

我诅咒这一类感受。因为无论如何这一场场战争使几千万人流尽了鲜血，足足有六七百万户人家沦落在山区平原，死于战乱之中。可见岳父谈论它的那种口吻是残酷的。他带着胜利者的一份豪迈宣布着，好像这场战争的胜利全是他和他的朋友一手导演的。

其实说穿了他只是一个跟从者。因为我发现他并无信仰。他一开始有可能跟从任何一方。他不过有幸跟从了这一方而已。

我曾对梅子说过类似的意思，想不到惹出了她少见的恼怒。这使我多少有些后悔。我因此发现了妻子的敏感点。奇怪的是她的敏感点为什么恰恰在这儿呢？想来想去还是个血脉问题。我们有不同的血脉，却有深挚的情感。

世界就是这样交结盘错，千丝万缕。

我说出这些判断，特别是对你和梅子说出，是需要勇气的。我不得不冒着失去的危险。但凭我的信念，我敢说，你们虽不会同意我的判断，但总不会因此而怨恨我吧。

<h2 style="text-align:center">31</h2>

……四哥继续寻找着那只狼，非常耐心。那只野兽注定了这辈子要被追赶，因为它不巧遇上了这么一个不会遗忘的老人。

人要不遗忘是很难的。人们往往把遗忘理解成对事件的不能记忆，其实它更多地指情感状态。一个人深深地沉浸到一种情感里，是不会遗忘的。可惜人们没有几个能抓住情感，情感像一朵夏天的云彩，飘移得非常之快。

四哥在为我们不幸而倔犟的葡萄园寻找敌人。敌人太多了，而要捕捉一个具体的、值得放上一枪的又太少。这只狼出现得正好。我担心出一桩命案，想劝他遇到那家伙时，可以仅仅打断狼爪……四哥阴阴地看我一眼，未置可否。

他们夫妇对鼓额好得惊人。这完全是父母的情意。他们有时甚至忘记了这女孩的实际年龄，还把她当成娃娃看，动不动就抱起来，为她做梳理头发之类的事。鼓额被抱起时总是红着脸，有时要费力地挣脱……他们夫妇对斑虎也像对待孩子，但响铃对它像对待一个小孩子，而四哥像对待一个长成了的男子汉。响铃与它独处时的自语值得记录下来：

"你这么眨巴眨巴看着我，以为我不知道你干了什么？你气我吧，气死了我，看看谁疼你。老头子可没我心细，你爸就是这么个人，你有个头疼脑热他也不知道。你见了鸡儿也不知道让着点儿，你还小吗？你跟它们闹着玩儿，大手拍上去没轻重……气死我了，妈不理你了……"

而四哥与斑虎说话是另一种腔调："我说啊伙计，遇上事要沉住气，先莫要闷愁。你这么琢磨，天大的难事，咱一咬牙也就过去了……我没事了就抽着烟寻思，寻思这些年的事儿，古怪的世道，嘿，也罢！就是这么硬挺着，他们又能怎么？伙计，什么也不用怕，硬挺着……"

斑虎神情专注地听着，偶尔伸出舌尖舔一下鼻梁。它的那双前爪有力地按在地上，昂着头颅，双耳竖起，厚阔的胸部微微起伏。我觉得这双灰蓝的眼睛里有一丝丝忧郁闪过，而后便全是自信与果决。它是我们葡萄园里一个忠诚的伙伴，是我们全部欢乐与信心的组成部分。

它与鼓额的关系也非同寻常。自从出了那一场惊险之后，它几乎寸步不离地跟在她的身后，除非是她回屋休息。鼓额与斑虎端坐一起，真可入诗入画。她和它相挨着，身子贴紧在一块儿。斑虎不时用湿漉漉的长嘴碰一碰她的脸颊，而她也老要用脸蛋去贴一下斑虎的毛脸。她的小手几乎不离开斑虎的脊背，抚摸着，为它择去粘着的草梗。她有时贴近了它的耳朵咕哝，谁也听不清说了些什么。只是可以清楚地看到斑虎在笑——它的笑容真切生动！

我们的园子渐渐走上了安逸和有条理的路子，几乎样样自给自足。本来是四大间茅屋，后来又加了耳房，这样不仅有了食堂，还有了浴室。我们自己研制了太阳能淋浴器，安装了比通常型号大上一倍的莲蓬头。我们频频出入浴室，因为活儿太重天又太热，谁也不愿让泥汗沾在身上。热水器不得不一再加大，屋顶上那几个黑溜溜的晒板和水箱看上去让人心里舒服。鼓额总是一个人洗浴，她从不与响铃一起。小姑娘被热水洗得长发披散，红扑扑的脸庞淌着水珠，出来时笑眯眯的。这时谁都能发现她长大了，那秀美原来一直潜在深处，这会儿全部凸现了。连响铃也忍不住说："多好的闺女，啊哟俺这闺女小嘴儿窝窝着要多好看有多好看……"

除了建浴室，我们还增养了两只奶羊，这样每天早餐都能喝到鲜奶了。来葡萄园的第一年就养了几只鸡，现在已发展成一个庞大的鸡群。长长的篱笆上爬满了豆角秧，还有南瓜秧。园子边角地头种了甜瓜、西瓜、花脸儿豇豆和红小豆，还有蓖麻、芝麻、向日葵。茅屋前边是一大丛美人蕉和一大丛蜀葵——我太喜欢蜀葵了，记得我小时候门前就有一大片蜀葵和菊花，我有时躲在蜀葵里玩。我认为它的花瓣有一种异乎寻常的美……

你看了这样的一幅图画会怎么想？这真的不是神话，而是我们这个平原上的大家庭亲手创造的。很久了，我企盼着这样的一种归宿，因为我已经奔跑得太久。我并不认为投入一种勤奋的劳动算是逃遁。劳动是神圣的，我没有做别的，而是投入了劳动，这对于一个人应该是被允许的。当然，这样的环境特别有益于我的追思和总结，而任何一个人都应该被允许这样做……你会同意的。

我很少写歌子，也很少读书。我尽可能地堵塞自己的视听。这也并非一种消极。我在寻找和挨近一种新的感觉和认知方式，并感到了它的存在。我需要某种不同于以往的力量，需要汲取。我发现自己越来越离不开土地的滋养。"土地"在这儿既是一种实在和具体，又是一种抽象。说它具体，是指它让我如此熟悉和亲近，我一伸手就能感到它的体温、润泽；它是平原，是平原的一部分，它有我昔日的脚印，我身上流动着它给予的汁水，活动着它给予的筋肉。说它抽象，是指它在成长壮大和无限地延长，以至于无边无际，化为了苍茫。我在这苍茫无限中感受和领悟；我走进它的中间，消逝了自我……

没有了它的鼓舞和滋润，我就会走入浅薄的孤单；而化进它的中间，我就可以获得一种伟大的孤单。后一种孤单是值得骄傲的，是一次守望和独立，是用目光刺穿千年雾障的远射，是端坐一隅的抚摸——抚摸遥遥的时光和空间……

我怎么能不爱我的葡萄园和平原？怎么能不爱我的海洋、我的登州海角？怎么能不爱我现在的茅屋和记忆中的茅屋？怎么能不爱我苦难的家族和幸运的遭逢？怎么能不爱我过去与未来交织一起的多情的缠绵？

我在这儿遥望着，倾诉着，希望有个远达于你的声音——你的倾听不是用耳郭，而是用心宇。你的那一片浩瀚的空间容纳了它，装下了它，它就属于了你。也许这世上只有你能看见它的步履，虽然你属于异族人——可爱的异族的美目，我无可奈何地爱着你……

32

……秋天快要结束了。所有的葡萄都进了榨汁厂，化为美酒的日子快要到了。这是个多少有些神秘的月份——寒冷的信号一再发出，可是满树绿叶愈加苍浓。偶尔有几片枯叶被风驱赶着，摩擦地面，发出哧哧的声响。蚂蚁匆匆地、三五结伙地在有了一层硬壳的泥土上走过。秋末的凉风徐徐吹过窗棂，在做最后一次关于成熟和富足的回想。或多或少的凄凉的情调像露珠一样凝结在草尖上，在早晨的阳光下闪闪发亮——太阳升得再高一些它就蒸发了，到处又一片明亮一片温暖。

在两个季节的夹缝里，人们愉快地嬉戏。在不太清晰的期待中，人们欲罢不能，想尝试着做点什么，又下不了手。男人拼命吸烟斗，女人抄着手微笑。姑娘用含蓄的目光寻找伴侣，小伙子收敛着往日的泼辣。老人在提着马扎闲逛，谈论去年、前年，以及牲口的草料和自己的棉衣。蚂蚱的翅膀更红了，尽力飞得更高，让铺天而来的阳光照亮彩羽。它的双翅多么美丽啊！你会想到，什么生物没有自己美丽的时刻呢?

　　蒲公英最早的一批籽儿乘风持伞而去了,最后的一批也在整装待发。土地不动声色地承接和辞退,卷走一片绿色,覆上一层嫩黄。浆果的糖汁从裂口处流下来,引来那么多嘴馋的小蝇和蜂子。豁嘴小狐迈着软软的步子凑近了,小蝇们"嗡"的一声散开。小狐用粉红的卷舌舔了一下,微微的酸气使它皱了一下眉头,但它还是勉强地享用了这秋末最后的一滴甘饴。

　　有人把猪和羊赶到了无人经管的田野上,阳光下看去真是黑白分明。猪在各种土地上都用力翻掘,深藏的果实总是让它一阵急躁。羊儿悠闲地觅食,咩咩叫,弱不禁风,引人痛怜。羊儿是轻轻的白云朵,猪们则是沉沉的黑云朵。

　　还有大块的绿色和红色——绿的是萝卜地,红的是火麻田。星星点点的绿与红则有可能是大棵的刺蓬菜或成一簇的马兰、野花。蝈蝈到了卖力伴奏的季节了,它们最喜欢的就是这秋霜欲降的凉爽。只有麻雀胡乱飞动,传递着关于这个冬天要闹饥荒的谣言。它们是平原上最耐不住心性的家伙,听了北风就呼唤雨水,见了黑云就预言冰雹。灰喜鹊歌唱着,在空荡荡的葡萄园中徘徊,歌声也掩不住心底的惆怅……

　　柏慧,这真是个感受和理解秋天、展望原野的大好时刻。忙了一个季节的手与脚该闲一闲了,相反要累一下脑与心了。几乎每年的这个季节我都要写下一些歌子,就像每年的这个季节都要准备过冬的柴草一样。园子里的每个人——包括斑虎——都在忙自己的事情。他们各有各的爱好,主意分散。四哥往年的这时候总是频频跑向海边打鱼人那里,至少也要在傍晚赶到那些看渔铺的老头子身边,痛快地拉拉呱儿,吃一碗鲜鱼,喝两盅烧酒。如今不行了,因为海水污染,渔铺无一例外地东撤,要找到那些老友就要走上多半天。但他仍然在海滩上游荡,身后跟着斑虎。从海滩上回来时总是很晚,总是引起响铃的一阵咕哝:"这老头子啊,准是和斑虎找到吃物了,他们在外边起伙了,得了,咱们先开饭了……"四哥背着枪,手里却不空:左手提一串蘑菇,右手抓一捆金针菜。这些晒干了都是一个冬天的美味。响铃喜笑颜开了。斑虎为了显示它也是颇有收获的,嘴里从来不空:不是叼住个棍子,就是一块石子,而且要郑重其事地放在茅屋正中。

　　鼓额与响铃除了做饭洗衣,再就是裁缝布料。她们对一块花布总是那么入迷,用尺子量来量去,一会儿贴身上看一看,一会儿又叠起来,咕咕哝哝商量着。她们还钻进林子里采野果，耐心地把它们剥制好，再掺上蜜熬起来做蜜膏。茅屋里不时散发出她们做东西的奇怪气味，使人想起身处一个忙碌的、有滋有味的大家庭中。

当园子里所有人都离开，四周突然沉寂下来时，我总是有点恐慌。这时我就坐卧不安，走出屋子四下张望。我多么需要他们，如今我已经不能离开这个集体了。

远处，斑虎好像在一声声吠叫，仔细谛听，又是幻觉。可是我一想起上次鼓额遇到的危险，心里又牵挂起来。我急急钻进林子，找着喊着——我曾一再叮嘱她俩不要走远。可是她们无影无踪，结果我直走了好久才见到两人满头沾了松针草屑，手里捧着一大堆果子。她们炫耀收获，眉开眼笑，全不把可能遇到的凶险放在眼里。这个年头什么事都会发生。响铃说："有我呢，你不知道有我吗？"

……好不容易才将自己安定下来，坐在一张属于我的大写字台前。这是拐子四哥几年前用泥巴垒成的，外部又用牛皮纸好好裱糊过，显得无比笨重敦实。旁边一个不大的书架也是泥土做成的，上面摆放了不多的几本书。我可以一连几个小时坐在这儿，一直到深夜。在它旁边等待入夜的凉风涌来，闭上眼睛倾听渐渐增大的海潮之声，你会觉得时间被压缩成薄薄一片，真是毫不费力就穿越而过，回到了遥远的童年。

谜一样的时光啊，你如此步履匆匆，对于一些美好的生成物，比如说生命，比如说鲜花似的生命，你显得太无情太冷酷了。你毫无诗意，你是吞掉一切的荒漠。四季是虚假的，它对于中年人就尤其虚假。四季只是儿童们手里的玩物，身上的彩衣。我们已经告别了童年，早已看穿了这分成四个时段的、千年不变的把戏……

人类多么渺小，但是人类有知性。只有这一点才显出了她的伟大。人类于是只剩下了知性——那么人类就该与一切毁灭知性的东西做永不屈服的斗争。为了它，人类应该强烈地维护与之有关的一切，比如追忆的能力；比如验证和比较的能力……人类要特别忠诚和钟情，要把情感的分量压在头顶。只有这样人类才能永恒。

由此我不由得又想到了三千多年前这个平原上的那场传奇——徐芾们的故事。原来最优秀的人物会找到各种各样的方式，但所有的方式都为了一个目的，那就是保存和维护人类的知性。他们为此而献身，流血，冒着可怕的危险，这就是人类尊严之所在。

想到这里我不由得一阵感动，涌起了幸福和充实的感觉。

让我记住这一刻的领会和悟想吧。多么好的一个时刻。柏慧，你能想到我这会儿的状态，明白我的意思吗？

33

……经过许久的踌躇之后，我终于决定讲述一下你的父亲了。因为我答应过你：讲出所知道的一切。十余年了，该是个时候了——可要真的这样做，对他的女儿讲出这些事情，还是感到有些困难。柏慧，如果你至今仍与小提琴手在一起生活，我倒可能早些讲讲柏老。可是后来是你自己一个人了，你在孤单中也许需要想起父亲——所以我又害怕自己的叙说会使你的心情变得更加冰凉。

忍了好久，我犹豫着。我明白，不讲出所了解的一切，就不能使你懂得长久以来我对你说的到底是什么意思。既然我们之间不应有太多的顾忌，那么就不需要再一次遮掩了。

你完全知道我一开始对他的敬爱和崇拜，一度简直是充满了迷信。连他的背头、他手持烟斗的姿势都觉得好极了。我到你们家时，脚踏在橡木地板上，有一种异样的感觉。某种神圣的东西充溢胸间。我有一种强烈的维护师长的愿望。我准备一生都模仿他的奋斗与劳作，不倦地探索。他是一个多么了不起的学者，著作等身——那时我还不太理解这个词儿——而且又曾经是一个战士。谁相信柏老儒雅博学，会是从硝烟中冲闯过来的人？可这是事实。我记得他当时还爱穿一条宽松的旧军裤。今天看这多么不协调，可当时觉得这也是再好不过的了。

他那部上下卷的地质学普及读物在我眼里就是圣书和经典，我甚至在精装封面上又包裹了一层牛皮纸。最兴奋的一件事是去你们家，那时有一种探险般的快乐与惴惴不安。那幢红砖小楼的外面爬满了青藤，走过几道石阶踏进门廊，按响门铃，一颗心开始剧跳。总是你来开门，你含蓄地笑一下，让我进去。多么古朴和空旷的客厅，一角是一架钢琴。你不经意地流露过，这是你母亲使用过的。接上你再没怎么谈母亲。你父亲的身影太高大了，他是院长，是著名的柏老——尽管我后来才知道，他在整个学界并不怎么显赫，但在整个学院，在我当时的视野范围内，他已经是难以估测的巨人了。

我曾留意过他在一旁注视你的样子。那时他微笑着，把大黑烟斗咬在嘴里，看着你。他的目光一定从你微微有些黄的、又浓又亮的头发上划过，接着看了你有点翘的鼻子、抿着的嘴唇……他满意极了，笑容又增加了。屋里的光线有些暗，这使我那份敬重的心情变得柔软起来。他尽量做得和蔼可亲，但我反而增加了一分拘谨。这情形一直持续了一年多。

即便到了后来，到了出事的那一年，我仍然有点敬畏柏老。这种敬畏的来源非常复杂，我甚至认为与他那浓厚的、花白的背头也多少有些关系。真的，我后来一直对留背头的人有一点奇怪的畏惧。

我当时做着各种想象，我想我是他的学生——实际上他一天也没有教过我，他几乎从来没有担任课程。但我仍然在心中固执地认他为师。这是心甘情愿的，这是急于找到一种专业和心理依托的奇怪混合物。我想得很累，只是想着将来——总会有将来的——我会为他做点什么，这样就有了报答。而能够报答别人，这该是一个人多大的幸福啊！

实际上当时对我帮助最大的不是别人，正是老胡师。这个大胡子从一切方面严格地要求我，使我有可能在学业上打一个扎实的功底。可我对他并没有那么大的感激的心情，没有产生过报答的想法。今天看这多么奇怪。我想人性中的奥秘，它在不同境况下显露的弱点，真是难描难叙。人会在不自觉间流露出一分势利之心，而这种心情，恰恰是没有自尊的和卑贱的。一个人必须承认这一点。人们总是容易夸大那些"大人物"对自己的帮助，而忽视了平凡的人，特别是贫穷潦倒的人对自己至为重要的扶助——我痛恨自己也曾有过这样的卑劣。

当时我不仅不太感激老胡师，而且还对他多少有些反感。那原因同样也是复杂的，但有一点是肯定的，就是我从中听出了老胡师对尊敬的柏老有些调侃的意味。尽管不太明显——后来当然是越来越明显了——但我凭极端的敏感一下子就能捕捉到了。他说起柏老的著作，唇边总挂着一丝不易察觉的微笑。这让我难以忍受。即便在后来，在我渐渐不满足于那两册著作的浮浅和疏漏时，也仍然不能原谅老胡师的轻慢。他在课堂上与其他人不同的，是他从未引用过这两册书中的话，这也多少有些激怒了我。

总之那时从里到外，我都充满了对柏老的尊敬和爱戴。我简直不能允许任何人对他有一点轻慢。

有一次柏老好像不经意地问了一句关于"父亲"的话，让我心上一颤。我的耳朵立刻嗡嗡响，后来你和柏老说了些什么我都没有听清。我只想尽快离开……那个夜晚我一个人在丁香树下待了好长时间。熄灯铃声响过了，我才拖着沉沉的腿走上宿舍楼。

我从此开始忍受折磨。因为我觉得对你绝不该隐瞒什么。我瞒下的事情大概对于你是至关重要的——你好像有权了解那一切。不过让它留在将来呢？到了那么一天……我想起了母亲的叮嘱，又胆怯了。

就这样犹豫着，后来终于还是讲述了父亲的故事。这是我犯的一个致命的错误。你惊讶得长时间说不出一句话。有点后怕了。于是我又一次要求：不要告诉任何人，特别是你父亲……我当时仍然不懂得事情的严重性。我仅仅是害怕那个可敬的柏老会对我多少有点失望，根本就没有往深里想、想别的。

我太愚蠢了。

寒冷的季节刚刚过去，到处仍然一片肃杀……那个早晨将融化在我的血液中，至今想起它来仍然如在眼前。"政工处叫你去一趟。"一个冷冰冰的声音在耳旁炸响。我的心怦怦跳，可看上去肯定是木讷讷的。我马上想到了什么。

……整整几个月的时间都在折腾那一件事。在他们看来必须这样——"总要把事情搞明白呀，对组织负责，也对你负责……"他们这样说。

可怜的父亲长眠地下，他那时还仍然背着一个可怕的罪名。

"原来你有那样一个父亲！"你说。

"是的，我有这样一个父亲。"

"……"

我等待着结果。我想十有九成要被重新赶回大山里流浪了。我想到了大山里漫漫的白雪，仿佛又听到了那个黑瘦的山地老师对我的呼唤。不知为什么我心中反而涌起一阵快意，两手攥成了拳头。我是个没有了一个亲人的孤儿啊，来吧，我等着呢。

结果还没有那样糟。我不过受了个处分，档案袋里有了个不光彩的标记。

如同你所说的，这还是柏老在最后的关头松了一口呢。真该感谢他。可是已经晚了。在那个结果远未出来之前，我的心已经结上了冰块。那长达几个月的折腾早把我弄伤了。我那些日子里真痛恨背叛，真知道了被出卖的滋味。

今天看那一切是多么可笑和微不足道啊。可是我们不能超越于那个特殊的时空去理解问题。那还是二十世纪的七十年代末啊。

我至今记得你的父亲最后看我的那一眼——冷冷的，充满了可怜的藐视……后来我几次遇到他，都赶紧躲避着——其实根本用不着，他再也不会正眼看我一下了。

除了伤害，并没有什么了不起的——其他的都不值得惋惜。不可挽回的是我心中的那份炽热。

你后来原谅了我，我却并未感动得热泪盈眶。我懂得自己罪孽深重，我的可怕的不诚实、欺骗与投机铸成了多么严重的后果。可是我想辩驳却又难以出口的是，我们这个被血泪浸过的家族已经再也经不起折腾了，我害怕提起它，害怕到了极点。更重要的是，我真的换过了父亲，人为什么没有权力换一换父亲呢？我真是换过了父亲啊！我的父亲在大山里，虽然我从来没有见过他……

你原谅了我，但这个被你赦免了的罪犯已经气息奄奄，再也鼓不起勇气去爱你了。

"再见吧。"他在心里说了一句。

毕业后，分到〇三所好多年了，有一次我又见到了老胡师。时过境迁，我一眼看到了老师觉得心里那么亲。我们马上找了个地方喝酒，喝得很多。老胡师回忆起过去的事情，心灰意懒。但他借着酒力还是断断续续讲了不少，提到柏老时再也不像过去那样遮遮掩掩了。他干脆说他是个"冒牌货""手上不干净"。

我当时多么吃惊。老胡师说那上下两卷书根本就不是出自柏老之手，当年为了这两卷书甚至专门成立了一个小班子，其中有不少著名人物，比如那个年纪很大的著名的口吃老教授。再问下去，他不说了……大概他的酒快醒了。我问当年小班子的人都哪去了，他说时间太久远了，一个一个都走了，七零八散了……他们原本就是些罪人，早就进了农场什么的。

我掩饰着心中的惊讶，不动声色地离开了老胡师。

在那种冲动之下，我放下了手头的一切工作，专程去了遥远之地的那个农场。

农场在一片荒漠中心，当年建场的人找了这么个地方，可见用尽了心力。农场很大。当年的那些人已经离开了，除了极少数在这儿安家的之外，剩下的就是一些亡魂了。一排排灰黑色的房舍，潮湿阴暗，真是十室九空。离这些房舍不远有一片坟头，就埋了当年死在农场的人。

我费力地打听：那些年被发配到这里的人当中，是否有留下来的？他们的下落？问了很久，都说不知道。我的希望落空了。如今在这儿勉强待下来的都是一些奇奇怪怪的人，他们吊儿郎当，伸长了脖颈望着外边的世界，对自己的农场早就失去了兴趣。其中的一大部分人把精力花在一些莫名其妙的地方，有的甚至拒绝上工，只喜欢在夜间活动。他们既不懂得这座农场的历史，又不希望了解它的过去，说起它来，差不多都骂一句："狗地方。"这儿为什么建起了一座农场？从过去到现在都发生了哪些事情？没有一个说得清楚。他们说："谁知道呢，反正他们想干什么就干什么。这不关我们的事儿，狗娘养的说了才算！"

现在的人出奇地冷漠。他们把什么都遗忘了。记忆对于人而言真是太累了，仿佛到处都能看到对记忆的拼命摆脱。

一个老人在小院子里摆弄着一溜鸟笼，有六十多岁。我向他打听当年的事情，提到一个人，他提鸟笼的手一抖——我看得清清楚楚。接着问下去，他就叹气，就说自己是个"没志气的人"，所以至今"还活着"——"我还活着，如今不中用的人都顺顺当当活下来，真正有点本事、有点志气的人早就归天啦……"

他的口气中有惊人的沮丧和失望，说完就一口接一口吸烟，用力吐。

我问到口吃老教授的事情，他就一声不吭了。又问，他站起来，面向西北方看着，半天才伸出烟斗点划了一下："他去了……"

他走在前边，我紧紧跟上。这时候晚霞落在田埂上，土地是火红色。我们沿着一条破败的石砌水渠往前走，渠中干得没有一滴水。拐过几个弯，踏上了一片茅草地，就是那些尖尖的、小得可怜的坟堆了。我们一块儿站在一座刚刚被修过不久的坟前，沉默着。我猜想这就是那个口吃老教授的安息之处了。

我来得太迟了。我后悔自己没有早生几年，人生之路上没能遭逢这位真正博学的老人。老人口吃，可名声大得吓人，在学界有不容置疑的地位。他在当时的学院属于首屈一指的专家，后来也是第一批被遣到农场的人。而与此同时，柏老却走上了人生的巅峰。他是当时学院"三人小组"中最有势力的人物，这个小组在长时间内把持了所有的权力。

柏老与其他人的不同之处，就是特别注意发挥人的"一技之长"，比如对口吃老教授等人，就不失时机地吸收进一个小组。当时组成的班子很小，只有三四个人，后来又变成十余人。班子完成了柏老一手策划的几个题目，都是关于地质方面的普及性读物，其中包括几本打井找水的实用性小册子——这当然也是有意义的事情，只不过这些题目由学院里一些讲师率领学生做起来更方便，更合适；反过来让口吃老教授他们亲手来做，就困难得多。他在班子里不断受到捉弄，那些领头的人嘲笑他是"山间竹笋，嘴尖皮厚腹中空"。老人非常认真，开始的时候忍着，后来索性要回农场。柏老的人就重新把他送去砌渠、整田埂，不准他和他的朋友接触任何文字读物。对于这样一位老人而言，真是太寂寞了。这等于是一种"饥饿疗法"。

大约又过了半年，有人再一次请老教授参加一个小班子，老人就答应了。这一次人数不多，老人成了主笔。他们完成了上下两大卷的著作，而后就解散了，重新回到了农场。著作手稿在柏老那儿"修订"了一年多，出版时著者的名字只有柏老一人。农场上的人没有一个吭声，口吃老教授也缄口不语。

当年参与那个事的人都未离开农场，他们都明白，柏老是不会让他们再回到学界了。在农场，他们使用各种农具时显得那么笨拙，监工的人任意呵斥，而且无人同情——谁会同情这些面黄肌瘦、手不能提篮肩不能挑担的人呢？监工的人当时持有武器，他们喝了酒就嚷："这些废品除了糟蹋粮食还有什么用？有关领导批个字儿，干脆毙了算了……"

农场上的庄稼收获了一茬又一茬，土地不断结出籽粒，已经变得疲惫不堪。人差不多都疯狂了，对一部分人怒目相视。他们固执地认为这伙人是不配吃食物的，而应该像牛羊一样咀嚼青草。秋风吹过，冬天就快来了，冬天里青草也要光了。那一部分人在冬天注定了要遭受厄运。与口吃老教授同来的一批人被押到一个专门的区域劳动，住到了专门的青砖房里。他们的食物是配给的，粗糙得难以下咽。每天的活儿都是可怕的沉重：钻到暗渠里掏淤泥，在酥土层上挖井……不止一次有人被砸伤，有的干脆再也没能回到青砖房里来。

柏老身边的人不断到农场巡视，他们对口吃老教授一拨儿人特别关心。这拨儿人的日常起居、言论甚至神情都要被如实地记录。就是这个冬季，有人证明说亲耳听到了口吃老教授诽谤柏老，影射，甚至公开地宣称那上下两卷著作有他和朋友的心血……老教授很快被隔离起来。他们变着花样审讯，他回答：自己一直感到愧疚的，是没能很好地利用那个机会——也许那样的机会永远地失去了；他和他的朋友应该充分利用某些人的险恶和虚荣，完成一部真正好的著作。他眼下难过的是，由他和朋友们亲手写下的竟是如此浅陋的一部书。这是他特别不能饶恕自己的。

这番话令那些审讯者目瞪口呆。他们好久才醒过神来，于是赶紧整理文字材料。口吃老教授作为一个疯狂的"翻案进攻"的典型，真是太难得了。他们极想将这个案件搞得更大，更为引人注目。在不到一个月的时间里，被提审和隔离的农场人员有几十人之多。当年参加过那个班子的人都被重点攻伐，威胁引诱，不给一点喘息的时间。可是所有人都聪明地赞扬了柏老的博学与忠诚，对那本书的其他情形则表示一概不知：自己唯有一生学习、领会其深邃的精神内涵，云云……这些人最后一一放回农场，这让人感到多少有些轻松，也有些遗憾。

口吃老教授被押到了离农场十几公里远的劳改地，后来又转到小城郊外一个更为偏僻的地方，至今没有人叫得出那个地方的名字。从他被关押到临终前的三年多时间里，他一直都待在那儿，与外界割断了一切联系。

这期间口吃老教授的案件已经惊动了更高层人物，据说有人做出了非常严厉的批示。他的命运已经不是柏老一类人所能左右的了。柏老这时候与口吃老教授一样，只成为一个任人摆布的象征物。有人需要柏老一类人，也需要口吃老教授，从某种意义上讲，他们的使用价值是等同的。

老人的最后岁月是在哪里度过的呢？

农场里为我引路的人也搞不明白。不知费了多少周折，我们才在城郊找到了一座土坯房子——是一个大锅炉房的一角。这儿要为一个地方提供热水和蒸汽，一年四季从不停歇。在边角小屋的角落那儿，高高的烟囱往高空伸去，占去了这个小房间的四分之一。说起来，关押者的邪恶智慧令人吃惊：他们把口吃老教授最后一个夏天的关押地点选在了这儿。

当时老人瘫痪在床上，一丝不挂。生命的最后一段时间里，他神志不清，一直在喊叫。看守被吵得睡不着，就往死里折磨……难以忍受的闷热使老人皮肤溃烂，他把全身都抓破了。

最后的日子让人不忍叙说……

如果有机会你亲眼去看一眼关押老人的小小空间吧，窄窄的约有六个平方米，涂了灰泥的墙壁上肮脏不堪。黑色、紫色的斑块印痕到处都是，我想那是不幸者干涸的血迹……

给我引路的那个农场老人不停地哭泣，我却一声也哭不出来。

老人说：他当时也是口吃老教授身边的人，一度还是他的得意门生；他是那次活动的参与者之一。可是由于恐惧，他没有像自己的老师那样讲出真实。

一个时代逝去了。幸存者永远失去了他的机会，这是另一种不幸。我面前的老者泪流满面，说他当年没有在老师身边死去，剩下的就是苟活了——苟活也是另一种死亡，心的死亡。

他说后来时尚风气有了变化，同来农场的人又分别被召回去，去从事原来的工作，或调到别的地方，反正都能做一点与他们身份相符的事情了——这一天的到来真难啊，真是望眼欲穿。临要离开农场的那一天，许多人哭得像个孩子。他说他主动提出不离开农场。"你疯了吗？"有人问。他回答："以前疯过……"

就这样他留下了。他在大家纷纷离去的那一刻突然觉得农场上该有个人来陪一下老师……

柏慧，这是我遇到的又一个感到羞愧的老人。奇怪的是现在遇不到有羞愧感的人了，偶尔遇到一个也往往是老人，很老很老的人。中年人不会有羞愧感，青年人根本就不能指望。

我特别重视那些有羞愧感的人。这种感觉往往是觉悟的结果。当一个人走在人生之路上蓦然回首，发现了无法弥补的哀伤时，就会痛苦得弯下腰来。神灵昭示给人的那一点点并不难做，可是一个人却往往做不到。然而机会完结了，失去了，就再也回不来了——留给一个人的时间也就是那么多。一个多少有点自尊的人，一个还不那么污浊的人，最后又能剩下什么？只剩下了一点点惭愧……

我陪那位老人住了一段，伴他在这片荒芜的、被遗弃的土地上走了很久。我们竟然没有多少话要说。多平整的一片土地啊，谁想得到这在多少年前还是起伏的沙丘？那狂风飞舞之时沙子扬到高空，一个季节过去沙丘就移动得面目全非。谁把这儿翻出了黑土，推平了丘峦，植上了青杨，挖出了纵横交织的沟渠？是一群身穿号衣的"罪人"。

这群人中就有口吃老教授。与他结伴的大都是一些专家和学者，是当时最著名的人物。如今他们又在哪里？

他们曾经因为拥有一个多思的头脑而遭到仇视，而今天，遗留下来的四肢发达的人却荒芜了这片土地……

谁来回答呢？大地沉默无声，那是在静待一个回答啊！

……

我要讲的故事本来也就是这些了。可是老胡师又给我讲述了新的内容。他的话不得不促使我用另一种目光去看柏老。以前我只把他看成一个侥幸的骗子，一个攫取了声望和地位、养尊处优的庸俗之徒。现在看这未免太简单了。

我回忆着那个留着背头、端着黑色烟斗的形象，回忆着他端详女儿的那种神情，有着稍稍的惊讶。我至今才明白他那时掩去了多少愤懑和不快，甚至是难以排解的痛苦……

不知他对你是否流露过这一切？

他觉得自己走进学界真是天大的误会。他在忍受常人无法忍受的委屈。他时常回想事情的起因和发展的一个个关节，常常为那一次次过失、容易引起误解的行为而痛感惋惜！是的，他的雄心和抱负从来就不算少，他压根儿就不想搞什么著作当什么学者院长之类。他喜欢更痛快更直接地干点什么，比如说过一种真刀真枪的生活……走到今天这一步真是阴差阳错，它美其名曰叫作"另一条战线"……

柏老在开始的时候做过有力的反抗。可是收效甚微。"你必须这样！""你是一个战士吗？"

"我是一个……战士。"柏老很不情愿地回答。这种回答是致命的。

他最痛恨自己的右手。这只手如果早点捆绑一下也许就没有后来的怪事了。它不知为什么学着写了几篇小东西，还稍稍沾了一点边儿——不知是地理学土壤学还是地质学的边儿，反正这一下就被一位人物发现了。这个人足以决定他的命运，一纸命令送他去进修，进修期未满又派到一所著名的学院中来——"我们等人用啊！"

以后的故事就是顺理成章的了，他成了"柏老"。

但他因此而怨恨，恨那个轻率发布命令的人。他回忆这一切的时候，仍然认为自己是一个"战士"，只是被安置在一个特别令他厌恶的阵地上。多少年过去了，他尽了最大的力量压抑着心底的厌恶——因为流露这种情感是危险的。他留起了背头，端上了烟斗，不苟言笑。所有的学术会议他都出席，坐在主席台上，除了念稿子而外不多讲一句话，特别是不介入学术争论。日子久了，人们都习惯于看到那个熟悉的形象——高深莫测的柏老。仿佛这样一个形象的缺席，就不成其为一个像样子的学术活动。

他是大学者大专家的象征，这个形象逼真生动，而且通俗易懂。

那些年里，如果有谁把口吃老教授请到主席台上取代柏老的位置，一定会引发一阵哄笑。那个干瘪的老人走起路来腰弓着，不停地咳嗽，一说话结结巴巴，怎么会是著名学者呢？再看他的头发，疏疏的，短短的，与管理卫生的老勤杂工分不出上下。

只有柏老稳稳地坐在那儿，含着黑胶木烟斗，用慈祥却不失锐利的目光看着所有的人……没有人知道他心中的委屈和他的追悔。他认为自己是所从属的那个家族中最晦气的一位了。

老胡师遥遥地注视着柏老。他看着这个渐渐有了一把年纪的人，目光里充满了同情。除了老胡师，还有多少人明白这些呢？时光飞快逝去，时光可以像硫酸一样腐蚀记忆之弦。人们在淡忘，淡忘历史，淡忘昨天。提起口吃老教授，即便是与他共过事的老人也要手拍脑瓜想一想，半天才答一句："好像有这么回事儿……好像有，嗯，这么个人……"

眼前却是一个铁一般坚硬的柏老，他真实地矗立在那儿，既不可忽视又不可逾越。他甚至站立在你我之间……

柏慧，我差不多讲完了你父亲的故事。

在所有的长谈中，这是最难的一次。我不得不用力地选择词汇，因为既要保留真实，又要记住我是在谈论你的父亲——是他给了你生命啊！我无论如何也不能忘记这个事实。

于是我常常想到另一个人，想到你很少提起、我更是一无所知的那个人，她就是你的母亲。我多么希望你彻头彻尾地像她——爱你的母亲吧！你深深地爱她吧……柏慧！

34

上一次我隐去了一个情节，不是忘记，而是有意避开……可是我想来想去，还是不能不讲出它来。

我说过，我在老教授度过最后岁月的那个酷热的小坯房子里待了很久，亲手抚摸沾了血迹的墙壁。可是我没有说，那上面还沾有一个年轻女人的血……

事情是这样的：那些凶狠的家伙在老人卧床之后，就把回原籍探亲的儿媳骗来了——她只是来看看身体不适的公爹，想不到眼前的老人已经到了惨不忍睹的境地。没有任何犹豫，她毅然承担了照料这个可敬的老人的职责。

我会一生都怀了对她的深切感激，并且也至少因为这感激，再续上这几笔。

这位儿媳长得很小，她大概在南方人眼中也属于娇小型的女人。谁也弄不懂她小小的躯体中何以潜藏了那么大的勇气和精力。那个酷热的夏天——我们牢牢地记住那个夏天吧！他们故意把老人与她关在那个靠近锅炉烟囱的小房子里，让闷热把两个人剥得只剩下单薄的衣衫，而最后神志不清的口吃老人什么也穿不了，他的皮肤开始大面积溃烂。看守们就从观察孔里看着这两个人的煎熬。

她祈求医药，得不到一声回应。她甚至像公爹一样失去了自由。半夜里，有人突然就要提审，一个或一伙冲进小屋，借着酒气蹂躏她……她无力反抗也不能离开，只能咽下一切，咬紧牙关尽全力服侍老人。她明白这是最后的时刻了。她为他擦洗身子，喂饭。

在那个夏天最闷热的一个午夜，老教授终于离开了人世。

她跪下来与老人告别，然后也结束了自己的生命。

35

我并不认为那场可怕的悲剧是柏老一手导演的，他只是一种角色，是心怀侥幸和委屈的合作者。但是我们却不能因为这种理解而失去憎恨——憎恨是必须的。他是一个值得憎恨的人。

正因为这样，我才对你说了那么多。

世上本来就存在着很多责任要由人们去承担，你、我，所有的来者与去者，都不可避免地要负担自己的一份。这就是神秘的命运。

而柏老竟然是你的父亲，这多么不可思议。人没法选择自己的父亲，父亲给了另一个人生命，并在那一瞬间规定了他或她的一部分性质。

很久以后的今天，当我站在这片平原上，在海潮漫起的午夜遥想的时候，心中涌起了何等庄严的情感。我在进一步确认着爱、亲情、家族……这类概念时，变得既小心翼翼又惊讶不已。它们坚实的质地令人入迷；它们确凿无疑地存在着，闪动着固有的光泽。

情感的困难，就在于它要同时接近和承认那些各自独立的世界，而它们之间有时又是互相拒绝的。

我的善良的母亲！她在绝望的年代里做出了那么不可思议的事情——给我重新选择一个父亲。结果我出于特殊的畏惧逃离了，那个未知的父亲也就如同茫茫山野一样神秘和沉默。后来我长得更大了，当我懂得呼唤他的时候，他却没有一声回应。

这就是对我的背叛和逃离的一种回答方式。

从此我终于明白并且永远都不会忘记：一个人只能有一个父亲；他无论怎样努力去改变自己的父亲，结果都只能是徒劳的。这样的认识是残酷的，又是幸福的——一种得到了认知的幸福。

作为你的父亲的柏老，在嗅到我身上一点"异类"的气味之后，就急忙而愤怒地宣布了他的拒绝和敌对。今天看这是必然的。但我越来越感到自豪的是，我的父亲，我所从属的那个家族，早就开始了那一场长长的拒绝。我应该是一个后来者，我只不过被一个咄咄逼人的柏老进一步提醒了一次罢了。

我从此更加明白，不同的家族无论以何种方式、因何种机缘走到了一起，最终仍要分手。善与恶是两种血缘，血缘问题从来都是人种学中至为重要的识别，也是最后的一个识别。

从古至今浮泛纵横着多少烦琐的命题，充满了哲理和学术的世界已经没有了新生儿的空间。可是柏慧，你这个有着一对漆亮黑目的女性，是否能够一眼洞穿——全部的芜繁其实完全可以化为一句简洁，即一个人是否具备为热烈的理想和原则忍受贫困的勇气？还有，人们常常说到舍弃生命的勇敢——是的，那也是一种彻底的回答，最终的回答；但不如日常生存般的切近——最切近的往往也是最艰难的，有时坚持着更需要勇气。我这里说的"忍受贫困"就是坚持。

柏慧，在这片以富丽著称的母亲般的平原上，我迈开双脚丈量了很久。我听到了，看到了，知道了眼下什么人在度过什么样的艰辛。这使我终于明白了又一条简洁的定理：善，就是站在穷人一边。

有人会莫测高深地询问一句："这就是你的道德吗？你不嫌它粗陋吗？"我会带着极大的蔑视走开。这种人我已经不屑于回答，但内心里我却必须回答：是的，这就是我的道德，也是我的立场，我出发求善的根本。

人们在以不同的方式寻求真实，求救于自己的知性。这样的人总是朴素的，绝无半点侵犯性。在竞争的时世上，从根本上讲，追求真实的努力会造成贫穷，因为朴素和无侵犯会导致贫穷。从这样的判断做起，我才确认了自己的道德和家族。

所以我的自豪是有理由的，我的憎恨也是有理由的。

人不能追求贫困，因为这样做同样也是一种矫情和虚荣。贫困只是一种朴素，是自然的状态。人只要做到不害怕贫困就行了，只要做到这一点，就会勇敢地走进道德。

守住这些信念需要多少精力，多少敏感！但我要守住。我希望你能理解和尊重我的坚守，并且能够明白：十余年前的那场分别就源于这样的坚守。我固执地认为，你的背叛，那长达几个月的调查与追问，使母亲般的平原受到了伤害，使土地、父亲以及我所代表和维护的给了我血液生命的穷人受到了伤害。从一个被侮辱与被损害的家族中走出的儿子，最初的反应就是那样。他不得不背弃所爱，走回他的来路——孤零零的、无援无伴的一个人……

一场分别，无尽的倾诉。

因为爱，因为致命的爱和致命的创伤交织在了一起。

柏慧，我不得不一次次地回忆"父亲"，我们的不同的"父亲"……你现在一个人，远离了父亲和男人，住在你自己的小屋里。我知道这一来倾诉的时间到了，人活着就是为了倾诉——在这场倾诉之后，人的一生也就圆满了。这儿还有爱的圆满，友谊的圆满，我与你的圆满。

午夜的海潮啊，漫漫无边，细碎地涌动，涨起，渐渐漫过了高空的星辰。你近在咫尺，伸手即可触到你滑滑的、丁香味四溢的秀发。你的眸子是我眼前最大的一颗星星。

但愿你能安睡，不受失眠的折磨……

36

我们知道了那个危险的小车司机"鹰眼"的下落——听说他在一个黄昏又一次坐在那个园艺场的石头台阶上与一伙人打牌。这个消息使我愣了一下，还没等醒过神来，四哥已经抓起那杆黑乎乎的枪走了。我随后跟上。

赶到园艺场时天更黑了，这样的光色打牌当然不可能。果然，长长的石头台阶上空无一人。问了问，有人告诉那个小车司机的确来过，但已是许多天以前的事了。那次这个刁钻狡狯的家伙一会儿就赢走了上千元钱……我们失望地归来了。

进园门时，鼓额正和斑虎一起张望。我们没有告诉她这一次是去追赶那个人，但她好像什么都明白，定定地望着我们。四哥的大手抚摸了一下她的头发，她立刻把那只粗粗的手抱住了，把脸贴在上面。我从侧面隐约看到了一溜长长的睫毛。

鼓额的父亲和母亲偶尔来看女儿，可他们无论如何不进茅屋，更不用说留下来吃饭了。几十华里的路程，两个老人都是徒步走来。他们往往只是站在篱笆墙下与女儿说一会儿话，当看到园子里的人时，就主动地回避。他们腋下夹了一个小包裹，里面大概是几件换洗的衣服和一点好吃的东西，交给女儿的时候总要推让几次。鼓额这时会掏出一个小手帕，里面包着一个月的工资，交给母亲。她自己几乎不怎么留零用钱，都如数交给家里……母亲小声哭着，擤着鼻子——这就是分手的时候。鼓额低着头，不时地抬头张望。

她发现我走过去，立刻慌张地躲开，还伸手推一下父亲母亲。我喊了一声，两位老人却钻到了树丛下，逃一般离开了。

我站在离鼓额几步远的地方，不知该说什么才好。

"他们急着回哩，他们怕麻烦这儿的人哩……妈说太麻烦了。"

我当然不能同意这样的解释。一个葡萄园不能挽留一对贫困的农民夫妇，当然是葡萄园的耻辱。我不得不压抑着心中的气愤，一连问了几句：

"为什么？为什么？！"

我的目光有些尖锐，也许刺伤了她。她牙齿磕碰着回答不出。她的头深深地埋在胸部，后来连脖颈都变得赤红。我看到太阳照亮了她发际的一层细小的茸毫，这让我突然想到了那些健康而幼小的动物，心中一阵怜惜。我叹了一声。

"你该让爸爸妈妈在园里做客。他们赶这么远的路，连水都没有喝一口……"

"他们不愿意。"

"为什么？"

"反正……不愿意。"

这样的谈话对我有特别的触动，它仿佛敲击在一个非常敏感的部位。我带着稍稍的迷惑忍受着，回忆着类似的场景。我发现两位老人为了进葡萄园都特意打扮过，尽可能穿上整齐一点的衣服，但仍然显得寒酸。他们的脸已经被风和阳光弄得没有了一点光泽，差不多全是焦干的褶皱；手足都是苍黑的老皮。那双眼睛除了无可怀疑的慈祥，再就是无法祛除的深深的惊慌——一双无法安定的劳动者的眼睛。我从他们身上又一次明白了，我们走进了惊扰劳动者的特殊时刻，这大概是显而易见的。除了这些之外，还有什么？我思虑着，久久地揣摩，终于懂得了一点点。

——他们还有着无法祛除的羞愧感！是的，不仅是他们，还有鼓额，也是这样！

是的，正是这后一种可怕的羞愧感，阻止了他们落落大方地走入我们的葡萄园。

明白了这个，我一时什么也说不出了。他们竟然在为自己而羞愧，这多么令人难过。除了不停地劳作，剩下的就是羞愧。我该怎样告诉他们，羞愧应该远远地离开劳动者呢？

我去过那个村庄，还有无数个村庄，田野上的人差不多个个一样。太阳，甚至泥土都在烘烤他们，他们都有类似的衣衫、皮肤和神情。他们见了行人，特别是那些外地人，几乎无一例外地泛起了孩子般的羞愧……这种费解的神情刺伤了我，使我变得难以容忍。

我回忆着这种似曾相识的神情，终于记起我和我的朋友们，还有我的老师、我所敬仰的知识前辈，他们都常常泛起这种神情！我为自己这个不大不小的发现而惊讶……羞愧——为何而羞愧？这羞愧有时简直是没有来由，可它死死地缠住了这儿的一大群人……羞愧的神情无法遮掩，它竟成为一类人共同的特征。

我想起了自己的童年，那长长的流浪，以及后来进入那所著名的学院、那座城市——所有的生活历程。我还能记得莫名其妙的、不期而至的羞涩怎样一次次地阻碍了我。它是从生命的深层滋出的，它有时甚至因为太多太浓烈而不得不化为强大的勇敢和愤怒表现出来。多么奇妙的转化啊，我的、我们的羞涩、愧疚！

……由此我又一次找到了同类。我深信我们在本质上是何等的相似啊。这种区别的方法才是重要的，有意义的。我想起自己走上田野，每逢看到那一张张被晒糙了的脸就有一阵揪心的疼痛——我可以迅速联想到关于他们的一连串沉重的故事。我知道这种痛苦是为了我们自己。

我曾跟随鼓额的父母到田地里去过，仔细地观察过他们和他们的乡邻伏在地上劳作的情景。那时他们整个的人变得何等专注——目光盯住禾苗，那神色就像面对一个幼小的、拥有未来的孩子；目光盯住杂草，就有一种轻蔑和厌烦。他们用锄子松土，一下一下做得有力而细致。有时蹲下来，干脆用手掌去抓去拍打，一遍遍抚摸热乎乎的土地。这就是通向收获之路，从泥土、种子，再到成熟，到田野上万千生命与四季与时光的奇特关系。他们的劳动就是关于这些淳朴而巨大的命题的探索追究，是人类寻求真实的又一种，也是最基本的方式。

用力地、不倦地、一代一代地从土地上开掘出支持生命的食物，这就是人类所追求的最大真实。这正是在求救于自己的知性。

我说过，因为人类走入了剧烈竞争的时代，所以朴素地追求真实、求救于知性的人必然走入贫困。

这就是鼓额一家，还有这个珍贵的母亲一样的平原上的大多数人贫穷的原因，也是我把他们引为同类的原因。

我们的羞愧不是因为贫困，而是因为面对无休无止的自然，痛感自己渺小的结果。

无可奈何常常取代顽强，等待常常取代追求，正是这些与生俱来的弱点和伤痕使我们自卑。我们感到了它，正像不断地感到了自己的渺小一样。羞愧是自然而然的，羞愧本身并非是一种渺小。从这点上讲，不懂得羞愧的人永远也不能走向伟大的人格。

你如果熟悉鼓额就好了，你会发现她由于难以掩饰的羞惭而变得脸色更加红润。她有时极像一个微黑的、粉红色的小孩子。她站在夕阳下的剪影是真正美丽的——有好几次我想能画下来就好了。她望着别人的神态，让人想起一只无辜的、将来必遭不幸的羔羊。是的，这种感觉是对的。不过它眼下还没有迷途，它正在一片有篱笆的草地上吃草。

［古歌片断］

……

他是蛮荒之地巨人，

他是狄戎之王。

殷纣比起他之强暴，

不过是九牛一毛……

取名嬴政，目如鹰隼，

扫六国兮如狂风驱叶，

吮尽了江河脂膏。

嬴政王身背之剑为卢鹿，

斩削闪电兮截断五岳山峣……

咸阳城乃旷世之都，

阿房宫乃神殿之隅。

更有粉黛万千兮，

陪伴于嬴政王之左右。

卢鹿指向西，长城起嘉峪，

卢鹿指向东，瞬忽堕临淄……

大内赵高，丞相李斯，

文官武将兮虎啸狼啼。

鹰目烁烁兮，百鸟无声；

狼嗥千里兮，四野寂静。

大王最恨自然天籁，

禁绝水流与风鸣。
喝令收尽典籍简册，
捉尽天下名士儒生。
焚典册于长街，
埋俊彦于深坑。
诱天下学人入峡谷兮，
滚木火雷丧生山岭……
……
浩浩车队兮流出咸阳，
巍巍大王兮远巡东疆。
过临淄，入莱夷，
海茫茫兮神渺一方……
登琅琊又去成山头，
叩天威兮临汪洋。
登州海角有莱山，
月主祠兮金碧辉煌。
拜月主入黄县，
嬴政王兮三询徐乡……

徐乡之北有座乾山，
方士登临兮祭祀求仙。
言说云雾缥缈处，
隐下了天外之天……
黄县境内异士云集兮，
乾山之下祭火不断。
大内赵高传下大王旨意：
寻求长生不老之丹丸，
遍访东海神仙术，
宣方士齐人徐芾前来拜见。

徐巿登莱山，

月主祠拜见赫赫始皇。

狄戎之王端坐于上，

双目滚滚兮放射寒光。

手持之卢鹿尽染六国血色，

恃蛮武践踏莱夷之英邦。

"臣拜见始皇帝，

祝皇上万寿无疆！

臣见东海有三神山，

名曰蓬莱、瀛洲、方丈……"

徐巿即时上书兮，

巧言说神采飞扬。

嬴政王赐予美酒玉帛，

曰：归来日重加犒赏。

莱山下徘徊三日兮，

车队浩荡征尘蔽阳。

昏昏千里如雾似云兮，

东方一线不见晖光。

君不见三载倏忽黑旌复摇，

琅琊台下血浪滔滔……

37

　　……这越来越像是一场守望，面向一片苍茫。葡萄园是一座孤岛般美丽的凸起，是大陆上最后的一片绿洲。你会反驳"最后"这个说法。是的，但我自信这样的葡萄园不会再多出一片了。我为此既自豪又悲凉，为了我特别的守望，我母亲般的平原。

　　在这守望中，我一遍遍翻动着关于登州海角这些陈旧而新鲜的文字，特别是这断断续续的古歌，心情常常不能自抑地激动。几千年前的徐巿他们也进入了一场守望，而他们的先人曾经成功地坚持了；到了他这一代，却即将迎来另一种结局。

这些古歌流传于民间，尽管有时呈现支离破碎的形态，却往往比皇皇正史更有力地战胜了遗忘。遗忘通向卑劣，我们最终要摆脱卑劣，也只有求助于某种战胜遗忘的方式。

我多次去士乡城遗址，它位于黄县新城西北十五华里，所谓大名鼎鼎的乾山就在这儿，今天看只不过是个小土堆。我想这是因为莱山落水携带大量泥沙淤积的结果；它在两千多年前一定是一座可观的土山。古籍中没有高度记载，只有求仙盛况的描述。近年来乾山遗址出土了一百三十七件秦汉时期文物，已经发掘了十二座古墓，那一大批青铜器和彩陶看得人心里发酸。

……守望中，一种从未出现过的紧迫感逼近了。我相信它逐渐会走到葡萄园中每一个人的面前，甚至连护园狗斑虎也不例外。如果地下海水倒灌的趋向不能遏制，那么几年之内我们葡萄园的灌溉和饮水都会成问题。现在离海边两华里左右的乔灌木都开始了大片死亡，只有依赖地表水的莎草才活得下来，只有盐碱地植物如刺蓬、盐角草等才生机盎然……园艺场正准备搞一个引水工程，求助于芦青河，可近来这个计划也不得不停止实施——一方面没有资金，另一方面他们的热情已经投放到与外资合作办厂上来；更重要的是芦青河的污染正在变得无法收拾，河水开始变黑。平原上，所有引芦青河水的工程都在考虑下马，因为这样做已经没有意义……芦青河是小平原上最重要的一条河流，它的毁灭也许最终会导致小平原的毁灭。

谁来救救我的平原我的河流？

毁灭真的是唯一的选择吗？

我在这沉默和无法沉默的长夜里呼唤着自己生存的勇气和力量——哪怕它剩下了最后的一丝一缕。它存在，既然存在，就让我紧紧地抓住它吧。

似乎一切都在与我们对峙。四哥老婆响铃在最需要人手的秋天里病倒了。她往日里简直是健康的象征，粗壮和蔼，对一切困苦都笑脸相迎。她胖胖的身躯以前像母亲那样抵挡着风寒，为小鼓额也为所有人操劳，这会儿却蜷在土炕上喘息。她没有食欲，焦渴而烦闷，唇角烧起了白皮。几次请医生来诊治，都不见效。她渐渐说起了吃语，躺在那儿，不断地呼叫四哥，又呼叫斑虎——她好像在提醒自己原来的那一段生活，数念着那个家庭的成员……我与四哥商量送她住进医院，他正犹豫时，响铃又开始了好转。两天之后，她已经能下炕走动了。

这使我们长长地松了一口气。

响铃后来彻底地恢复了。她对鼓额说："好孩儿，你也得过病，是不是这样——睡大觉似的，睡梦里你不高兴，还有人领着你逛呀逛呀，走不完的山路野地，累死了累死了；你最后拉下脸来，说一声：累哩，不走哩，俺回哩！那人一撒手，你的病也就好哩——对啵？"鼓额拍着手说："对耶对耶！"

她的病好了，对于我们葡萄园至为重要的那个酒厂工程师却病入膏肓。他与爱人的离异成为定局，已经难以挽回。这件事对他的打击太大了，他很快神志不清，思维错乱，厂里不得不考虑让他住进精神病院了。这个事件引起四哥夫妇一阵叹息。多么好的一个人，仪表堂堂，而且是一个酿酒天才，在别人看来是多么值得爱的一个男人。可他的女人却转而去爱一些毛头小子，没有立场也没有才华的下三烂。

我们的这位朋友太浪漫了。在时下这么一个世俗物利的年头，浪漫是危险的。可是他的那位爱人在我们眼中更为浪漫。看来这个时代无论如何还是愿意接纳浪漫的女人——她的处境比我的朋友好多了，简直是人人喜爱，成为大众心中理所当然的宝物。唯有我们葡萄园里的人个个都想恨她；但后来试了试，发现恨不起来。

她太美丽了。

……再三踌躇，还是得告诉你。这个消息太可怕了……这无论如何是个沉重的打击，对我，对所有人……我简直没有力量和勇气向你从头叙说……

鼓额遭到了不幸。是在探家归来的路上。

本来有了上次的经验，这是不该发生的。可是……怎么说呢？她父亲送了她一路，眼看快到我们园子了，她就让父亲回去。事情就是在从那片灌木丛到我们园口不到一华里的小路上发生的。

斑虎最早听到了声音。它扑出去，接着我们都追上去了。

可是太晚了。暴徒已经逃离，鼓额身上血迹斑斑，头发蓬乱，脸上手上沾了好多血，沾了沙土……她在搏斗中已经使尽了最后一点力气。我们一声声呼唤，她一直闭着眼睛。她蜷在一团树叶茅草中，显得那么小。响铃把她紧紧抱在怀里。响铃全身都抖。

四哥气喘声大得可怕，猫下腰四处看，又领上斑虎奔跑起来……晚了，那个恶棍早已无影无踪。我们都认为这与上次出现的是同一只狼——一只恶毒的、锲而不舍的狼。他的目的达到了。

他所要做的一切只是为了满足一份贪婪，他毁掉了一个贫穷无告的少女……

我怎么指责鼓额呢？她竟然对我的一次次叮嘱充耳不闻，非要把父亲拒于葡萄园之外……一个老人来送女儿，走了那么远的路，却不能到女儿打工的地方坐一会儿……这真是一个悲惨的故事。我也不知道自己该在这个故事中承担什么责任——但我的责任显而易见是重大的。我被这个事故击懵了，一想起面对两位老人的那一刻，就格外惶恐……

他和女儿仍然是因为那个"羞愧"才没有一起走到葡萄园里。多么不可思议的一种情感啊，它的名字叫作"羞愧"——莫名其妙的"羞愧"，它把好端端的孩子给毁了……"羞愧"的人不幸地遭遇了一批肆无忌惮的东西，这就是问题的全部！

响铃已经流干了眼泪。四哥一声不吭地攥紧了手中的枪。我仿佛听到火药在枪膛里滋滋锐叫的声音。响铃不停地规劝，哄着鼓额，用手指梳理着她的头发……

鼓额躺在那儿，她太累了……我让大家都离开。

他们都待在我屋里。谁也不说话。待了一会儿，响铃不放心，出去看了看。一会儿传来她的哭叫声。我们立刻跑过去。

响铃喊着——鼓额正愤怒地剪着自己的头发，那些长长的乌黑乌黑的头发被无情地胡乱剪下，扔了一地；她还在发疯地剪……

"我的好孩儿呀，你怎么能，你这样……"响铃去夺她的剪刀，怎么也夺不下。

我和四哥定定地望着她。一地的乌发……

第二章

——

老胡师

1

……

我无法忘记您的帮助、您的友谊和教诲。但这应该、也必须记在心里。我一直担心我们的误解在增多……您记得我们那一次一起谈论柏老的情景吗？——那一天我们喝了很多酒。这是我离开您之后最长的一次交谈，因为激动，我也不自量力地喝起来。后来头疼了好几天。那次我忍着头疼离开，没有多久又直接去了很远很远的那个地方。因为我心里被一股劲儿顶着，简直是一口气找到了那个农场……

一切都出乎我的预料，似乎又没有。我现在不明白的是，您当时为什么不全讲出来呢？您差不多知道一切啊！也许您故意让我有这一次长途跋涉？是的，这样亲身感受一下真的对我有益。

这一次我算是经受了一次洗礼。

整个过程都让我忍不住地难过。我想了很多——我感到奇怪的是，口吃老教授，他的同伴，以及所有不幸的好人、苦命人，从来都这么让我揪心。为什么？为什么？

　　我因他们而想起了自己的父亲、外祖父、外祖母，特别是我的母亲……我总觉得他们在很多方面都惊人地相似，比如那种执拗和热情；最后的命运也相似。我是为这些不可改变的命运感到难过。

　　我不能理解的是，在弄懂了这一切之后我该怎样开始——我正在开始吗？我这一生该沉默着还是呼号着？如果呼号，就等于是要毁掉喉咙；如果沉默，那就是要等待内火自焚。结局都是一样的。我身躯内积聚的一切可以燃烧的热量会在一瞬间爆发出来，形成一个火亮的光点，把自己烧毁。我知道，一个生命能做到这一点也许就足够了。

　　孤寂中，长久地想着您那双专注的眼睛、脸上的深皱、银色的头发。您极少讲述自己的经历、身世。对于一个知识分子而言，过多的讲述从来都是危险的。如果不是一个浅薄之徒，那么一个有心劲的知识分子在畅言这一切之前，必定做好了更为激烈的一场准备。那等于是点燃自己的全部，以对付四周的黑色。与有些人不同的是，一些极为无聊的人才在这个世界上靠"忆苦"求得施舍。您的艰辛只装在自己心中，只用温和来安慰自己的朋友，特别是自己的学生。

　　我相信您的眼睛正注视着，并在冷冷地观察——周围的世界、各色的人、事故，特别也包括了您的弟子——他们如今已走向四方，手持一把地质锤的已经不多了，大多待在明亮的办公室里。但您说起自己这些学生总是表现出少有的兴奋，您并不把他们当成背叛了自己专业的人。

　　在您眼中，背叛者好像只有我一个了。您说这是万万想不到的。而我也极少辩白，因为我的确离开了〇三所，进了一个杂志社，如今又成了一个种葡萄的个体户。这种种改变令您不能容忍，您几乎全部地失望了。

　　当一个地方一个行当集体地失去了最可宝贵的东西，比如对真理和正义的起码的一点热情，而陷入百无聊赖的境地时，它也就失去了神圣。离开它只能是一件好事，是一条正路。

　　我从一开始喜爱的就不仅仅是什么地质学，而是这门专业的诗的本质、真的坚实。我为它的浪漫的寻找和固执的叩问而激动。我如果离开了它的这一精神，那就真的算背叛了。

　　请老师不要失望，真的不要……我那么想念您，您缓缓呷茶的模样、突如其来的愤怒和犀利、您的正直无私。我不敢想会失去您的教导和友谊。您多次表示的气愤和失望都引起我的深长思索。我会及时地汇报自己的一切……

2

您不止一次明白无误地表示：我当年离开柏慧真是一件幸事。您多少将她和柏老连在了一起。您对梅子却完全是另一种态度。您对柏慧的责备似乎太过了，对此我一时说不清心中复杂的想法。

面对现在的柏慧，您几乎没有说什么，好像她就应该走到这一步似的。我觉得她太孤单了。女人的孤单总是让人同情。女人的孤单简直有点像殉道……好在她异常坚强；她愈坚强就愈让人同情。那个小提琴手也是不幸的，他为了自己的艺术头发都搞秃了。他的艺术是可爱的，他对待艺术的态度也是可爱的，但他这个人不怎么可爱。我一开始看见他就明白：柏慧不会持久地爱他。柏慧太优秀了，优秀得一般人难以企及。她当时对他的选择是赌了气——人在气头上往往什么也做不好。

您知道，我心里有多么牵挂她。您作为我们两个人的老师，对我们的爱护应该是一样的。您多帮帮她吧。

我回忆学校生活时，总是无休无止地想到她。现在我还能记起第一次见面的情景，一想起来心里就泛起一阵温热。

那是个秋天，九月了，风有些凉。我们刚入学不久的几个男生到校园东边的果园去散步，尽量掩藏着心中的喜悦。天不冷不热，绿色还那么浓烈，新的生活又刚刚开始，就是看到路边草丛中蹦出的一个小蚂蚱也想与之交谈几句。总之心里涨满了兴奋。人都有侥幸的时候，我那时就很侥幸。那种幸运大得多少有些不真实。我注意了从身边走过的同学，他们的服饰、神态，都同样有新鲜感。少不了看几眼女生，一个个长脸的、圆脸的、胖的瘦的、喜欢打扮的不喜欢打扮的，反正个个都有适时而至的温柔。她们对这所有名的地质学院，对这儿的男生，都有一种初来乍到的好感。我们互不相识就点头微笑。

我看到了一位高个子姑娘，她穿了一件黄绿色的细条绒上衣，衣服的式样很特别，好像衣领很开很大；裙子肥肥的，花格的。她的脸有点黑，比一般人红一倍像是正在害羞——看久了就知道，她的脸色总是这样，火烫烫的。在夕阳的映照下，谁会不注意这样的一张脸呢？真的，我的老胡师，您猜我当时想到了什么？想到了红薯。我认为红色之中，最美最令人难忘的，就是刚刚从土壤中掘出的红薯——它的表皮的红色。她微笑着用目光掠过了我们几个男生，但只有我深深地接受了她的微笑。那时她刚刚二十多一点，长得可真结实，一点也不胖。她的健康和青春的热情，简直是四下流溢。她的眼睛微微凹陷，黑得令人想起紫黑色的苞朵。她在笑，但发出清脆笑声的只是旁边的姑娘；她一个人在笑……特别的、永远不会埋没的笑。我与她擦肩而过，整个时间不超过几秒钟。可是我记住了一切，特别是她害羞的脸庞、火热的脸庞。她的额头是微鼓的、光洁的……她的鼻梁被我忽略了，可能是微微翘起。

主要是那张火烫的脸庞。

她没有来由地、令人心动地害羞呢。

但第二次见了她我就明白是个误解。她不是因为害羞才洋溢着那样的一张脸，不是！她天生就有那样一张脸庞。

这一来我也明白了，世界上最动人的姑娘会长出一副什么样的面庞。也许她的五官所传递出的美，远远没有那张火烫的脸庞感人。它传递出的可怕的热量只一下就烧灼了我的心。

……一切都是往事了。一切都过去。我只沉浸在这些回忆中，希望从中找出至为重要的东西。我找到了吗？

从她身上，我又重温了对至亲的平原、山岭，以及我面对其中某种偶尔闪现的，难言的崇高和庄严的美丽时刻，所涌现的那份战栗。它是存在的，永生难忘的……我今天坚信这才是人生的全部意义。意义就是这样：它凝缩在极短的一小段之中，却值得人一生追索。

我的人生之路在继续。由于认识，由于知性所达到的那个片刻，以及由它而引起的生命震动的那一刻，才是我全部期望之所在。舍此就没有了我，没有了意义。

对于它，我必须忠诚如一。

我的怀念就基于如上的理解，所以我可以对您、对柏慧和梅子同时讲出这一切。我的倾诉既使我幸福，又是对自己的一次次提醒。我害怕自己的灵魂睡去，就让它永远醒着。

但我不会因为柏慧而原宥柏老。恰恰相反，当我那份热烈的情感洋溢不息之时，正是对柏老一族深深追究的一刻。它是关于我的吗？是的；可它又远远超出了我。我因为自己的若有所悟而感动，我再不会在懵懵懂懂中荒废宝贵的光阴了。

我想对老师说的是，如今看来，一般的善和爱已经是远远不够了。因为这样的爱和善常常容易偏离，容易被遮掩和利用——这正是我对您的担心。请您原谅我的直率吧，因为我只能说出我的心里话。

当一个人看过了陈旧的血和新鲜的血，并且看得太多时，就远远不会满足于一般的爱与善了。他会要求铭心刻骨的、执着纠缠至死不舍的那一份。这太苛刻了，如果在一片苟且妥协之声中就会愈加显得苛刻；但也只有如此苛刻如此专注，才能稍稍挽救我们自己。

您对我表示了某种失望，您实在是因爱而失望。您常提醒我做一个好的学人，远离无所不在的纷争。您害怕这一场场消耗会最终毁掉我。我知道，自我离开您来到〇三所之后，您一直在注视着我的行为。多么感激！可现在我在感激中又怀着那么大的委屈。

3

显而易见的是，有人在对您的汇报中歪曲了事实真相。我知道，对于任何事件，那种世俗化的理解都是合乎口味的。它好比软甜的瓜儿，人人乐于入口。您有各种各样的朋友和学生，在我工作过的〇三所中就有不止一位。他们之所以更具有杀伤力，是因为他们并不那么明显地站在邪恶一边，所以他们成了"谦谦君子"。这个危急的时刻，我最害怕的就是这样的"君子"了。但并不是每个人都害怕。"君子"的谈吐通俗入心，"君子"总是可爱的，不介入纷争，超然而公正，似乎永远不错。

他们虚伪的本质就是这样给悄悄地掩去了。人们看不到他们在重要的选择面前躲开了，逃避了。如果说这种逃避本身尚可原谅，那么他们对苦难、对那些含辛茹苦、肝肠寸断的抵御和坚持的中伤，以及他们在明明暗暗遮遮掩掩中给予的诬陷，就不可原谅了。

更苛刻一点讲，在血泪之争当中，在这场由来已久的反抗之中，他们是有罪的。

您知道，他们应该比我更洞彻〇三所的一切。他们比我整整早上十年或五年来到了这儿，无论是对所长副所长以及其他人，都非常熟悉。这儿的历史清晰短暂，对于大家都没有眼障。这一段短短的历史并不需要特别锐利的目光才能击穿和识别，所需要的只是一颗公正之心，是发言的勇气。而他们面对一个个血泪交织的故事的方式，是背过脸去。

这就使我想起了一个人在大路上流血呻吟，而行人视而不见，只顾匆匆赶路的场景。

而有人像怀抱自己的兄弟那样抱起了伤者，让鲜血染上自己一身……

这本来无须评说。一个怀抱伤者泪水汪汪、自认是弱者伤者不幸者的兄弟的人，还需要谁的评说？他只是怀抱着走远了……评说者藏在背后，在那些不理不睬的行人之中。他们没有自羞，只有冷酷，冷酷地嘲弄着远处的身影；他们的嘲弄中渗露着因自卑而泛起的怨恨。

您当然不希望我做那样的旁观者。可是在另一个场合，您却令人吃惊地肯定了那些旁观者。您的理由只是：他们在赶路，他们一直在沿着自己的道路向前，什么也没能干扰他们……

是这样吗？

您还可能指出，问题没有那么严重，〇三所没有那样的残暴和流血。而我今天要用手指点着告诉您：事实就是这么严重，就是在流血。而且这血直到今天还在流，流个不停……

柏老的故事您是清楚的。那个跪着死在口吃老教授身边的儿媳曾让您热泪长流。您心中至为尊敬的口吃老教授死前已经半疯，自己用手把全身抓得溃烂……这是您亲身经历的一个真实故事，它已经不需那些"正直"的旁观者向您转述了。

实际上类似的故事正以各种形式在不同的地方展开。它们并不因逃出了我们的视野而变得虚幻。这些故事有时竟是那么相似相同，雷同得几近抄袭。从鉴赏的角度看，它们已经毫无意趣了，它们在诞生的那一刻就因雷同而丧失了新鲜感。

可是我这儿不是鉴赏。我面对残酷的真实只剩下了证人般的庄严和激愤。我有一天将不惜篇幅记下所有雷同的故事。因为不雷同就失去了真实……

刚来到〇三所时，我是怀着怎样的敬重，小心地拾起自己的一份工作，带着双倍的热情。我们的头儿叫"瓷眼"，几乎与柏老到处一样：有不错的经历，它经得住任何推敲；有几册著作，在专业上难以动摇，尽管这些著作骨子里并不高明，但作为那个历史的产物，拙劣中仍有它原来的一点真情和分量。他的所有副手都那么怕他，虽然他大多数时间都显得非常和蔼。副手一共两位，一位是胆小怕事的老好人，像侍奉父母一样对待头儿；另一位是个沉默寡言的著名专家，对工作认真到令人不解的地步，好像故意要在这种投入中加快耗尽自己的全部热情与精力。

我不知有幸还是不幸地走近了这后一位，他成了我的导师。他几次领导的大项目都有我参加，于是我能够如此切近地观察一位在岁月中消磨了大半生的学者是怎样生活的。他差不多把所有时间都放在了事业上，几乎没有厌倦和疲惫的时候。任何一位专家都明白，专业上的失望和冷漠总会时时袭来的，而唯独我的这位导师没有过。当时我除了敬佩没有别的，更没有想到其他。我万万没有想到，他那时已经在追赶生命的余声——就是说他剩下的时间很少很少了。他在这种可怖的预感中热烈燃烧着，像进行一场生死之恋……

他业余时间也写诗，这又像那个山地老师！我看过他写下的那些东西，全记在黑乎乎的本子上，大概伴他走了很多地方和长长的岁月。我为自己的幸运而惊讶，也明白这是一种福分。那些朴实的吟唱深情而专注，巨大的热情潜隐在字里行间，竟与他的学术著作有着类似的气味和色泽。这使我心上怦然一动，至此突然悟想：到底什么才是学问，什么才是科学，什么才是诗？我明白了真正的知识会化而为诗，它们是一致的、合而为一的。一切脱离了诗性的知，或脱离了知性的诗，都会程度不同地冒出一丝浅薄气和虚假气。

我会永远感激踏出院门之后这第一位导师，他是如此的淳朴。

在日常的学习与消磨中，我无论如何也想不到他瘦弱的身躯中贮藏了那么多的思念和愤慨，他的坚守和忍受太沉太沉了；我也想不到正是这一切，才构成了他的学术与诗情的第一块基石。

他也有一位悲惨倒地的老师，这点与您何等相似。但那时他自己正经受着可怕的罗织，一只凶兽居于一侧，虎视眈眈……这与您的处境又似乎不同……

那个"瓷眼"的和蔼是有理由的。因为他这些年里想做的事情差不多件件顺利，在大多数时间里他是心满意足的。只有当更大的贪婪泛起的那一刻，他才是狂暴的——捶打桌子，跺脚骂人。这样的场面也有人见过，那时他们吓得目瞪口呆；好在这种情况一般是不出现的。我有好几次到过他的办公室，那儿可真是气派得要死。宽宽敞敞几大间，有会客室、办公室和小休息室，在内部串成一体。橡木地板磨得很平，镜子一样闪亮，中间铺了纯毛地毯——其中有一块蓝得让人心痒。办公那间又是小书房，一大排书架上文史哲各类精装套书金光闪闪。他就坐在宽大结实、上等木料做成的大写字台前，抬手轻轻梳理着背头，瞪着一双瓷眼看人……

他极少谈到学术问题，话题远离专业。这点又与柏老相类。他提到的专业术语都是最为简单、生活中出现频率最高的那一类。好像一个学海巨人已经不言高深了。其实我们都知道这究竟是怎么一回事。

如果说"瓷眼"内心深处尚有什么不安的话，那就是他极为害怕我的导师——害怕那一张冷冷的沉默的面孔……就是这种沉默使他不安。无声无息的存在，没有一点回应的对手，这往往让人无法忍受。即便是"瓷眼"这样一位占据了天时地利的人物，也仍然恐惧对手的沉默。这是我长久以来的体悟。只可惜我对于故事本身，对于这个故事所传递的道理，明白得太晚了。

这儿要像对待柏老一样，追究一下"瓷眼"的历史了。

他的经历与柏老大同小异，他参与的一切也与柏老极为相似。我早就说过，这是一个"雷同"的故事。但也恰恰是这种"雷同"，让我更加不寒而栗。因为大致相似的故事发生在同一片土地上，就使人有理由深深地怀疑，想到为什么会如此"雷同"呢？……"瓷眼"也以柏老的方式吞噬了另一些人的劳动，而且那些人的结局并不比口吃老教授好出多少。他们都消失在农场、劳改队和林场之类的地方，消失在无声的田野中。其中有一个至关重要的人物，即"瓷眼"在这儿的一个对手——原来的老所长。老所长在混乱年头里受尽了折磨，而那时候的"瓷眼"也酷似柏老，正是春风得意。他以极为卑劣的手段，简直是乘人之危，攫取了那位老人的一切……

那时我的导师只是老所长的一个弟子，是老人最为器重的一个青年学者。他们也许依靠一种"血缘"，只一眼就识别了。老所长对他的奖掖极大地刺激了那个"瓷眼"，所以机会来临时，"瓷眼"决不会饶恕这两个人。老师和弟子一开始在同一个农场，后来又把二人分开，让他们失去最后的一点慰藉。在非人的折磨中，老人终于没有挺过来。因为谁也想不到冷肃的季节会漫漫无期，他已经捱不到自己的春天了。我的导师那时还有些青春气血，硬挺着，最后挺了过来……

有谁比他更熟知"瓷眼"及其这一类人的历史？当然，挺过来的人中还有老人的其他弟子，可是经验和历史早就证明：历尽磨难的人中，精神上仍然活着的人是少而又少的，比想象和预料的还要少，更不要说恶意的背叛和跟从了。那些混迹于学界的可怜虫，背叛比比皆是，他们已经不止一次地助恶行亏。除此而外还有令人叹息的遗忘：忘掉了不快的一切，忘掉了昨日的血痕和尚未平复的伤口……他们极容易就走进了今天的生活，步履轻松。

所有的背叛者、遗忘者、跟从者、无聊的学人、胆小鬼，都不是"瓷眼"所关切的。他念念不忘的只有一个人——我的沉默的导师。

他才五十多岁，看上去却接近七十，头发疏枯，脸色灰暗。我一认识他时就是这么一副模样，所以后来并没有特别为之担心。只知道他曾经胃部大出血，心想这是过去的劳改生活和长期野外作业造成的，并未想过还有其他可怕的隐疾在折磨他。他又一次吐血了，这才引起了"瓷眼"的极大关心。"瓷眼"探听他的病情，当了解到只是旧病复发，就发出一声叹息。

"瓷眼"遗憾地走开了。

当我的导师从医院回来时，我才稍稍得到一点安慰。我决心尽可能地帮助他恢复，哪怕稍稍健康一些；我知道让他强壮起来是不可能的。我想为他承担所有的辛劳，包括他后来日夜放心不下的那位老所长的遗著：这是隐卜了斑斑血迹的手稿。工作之余，他一个个长夜都是为了这些陈旧的纸片。我常见到导师面对它们久久注视，直到脸色变得铁青。

但他闭口不谈那个老人的事情。

我不止一次追问。我害怕这种沉沉的空气，因为我听到的已经足够多了。我内心里急于得到坚定有力的证实，而且清楚地知道，这种证实只能来自老人最忠诚的学生……可他总是缄口不语。

好像在他看来，那一切已经无须谈起。那不是秘密，而是涉及高于秘密的某些东西，比如说它是尊严、正义、勇气。然而当他觉得对方——交谈者——尚不足以承担和理解这些的时候，就宁可闭上嘴巴。也许我的导师是对的。在今天，我愈发知道这种信念的深刻。我那时还太年轻，仅仅是一个热血青年——至少在导师看来是这样的。

就这样，我们常常一起枯坐长夜，度过了一些平静而又难忘的夜晚。

我感到了什么，就是导师与我难以交流的痛苦。我为此多少有些委屈，觉得他太不了解我的经历了——他或许把我当成了一般意义上的大学毕业生；他无法知道我所从属的那个家族，我的长长的流浪，我的亲人给我的血脉，我们家沉沉的故事……这一切又无法说明，无法宣讲，因为它们也是我心中的禁忌。

导师是痛苦而自尊的。他面对的是一颗伟大的心灵和难以对话的世界。他一遍遍抚摸老师当年的墨迹，偶尔抬头瞥我一眼。

他的目光今天犹在眼前。

可是我凭感觉就跟定了导师。我自觉地站在了他的身边。我所能做的，就是站在他的身边。我多么想用自己的躯体为他遮挡什么。那些沉默的长夜难道我真的什么也没有听到吗？我已经捕捉到了他急躁而有力的心声，并且牢牢地记住了。

没有人相信我们在沉默。"瓷眼"身边的人不止一次询问——那个人在做些什么？有人甚至直言不讳地警告我：那个人可是暗中把刀尖指向"瓷眼"的，险恶之极，你要小心。

我的心收得紧紧的，忍受着。

他们放肆地往我的导师身上泼着污水，搜集他的一切：说了什么，做了什么。

他们多么恐惧他啊！他们感到恐惧的真的是一个人吗？

我感到吃惊的还有，"瓷眼"身边的人如此之多，不仅是一般的势利之徒，不仅是年过半百的官迷，各色不学无术的骗子、俗人、酒色之徒，甚至还有"纯情少女"。她们穿着牛仔裤，不戴首饰，夏天穿着这座城市最漂亮的长裙，混在那帮乌七八糟的人中间。她们年轻，可是嗅觉极敏，一吸气就弄清了所有的气味，明白了所长"瓷眼"喜欢什么、反对什么、仇视什么、心里正盼望什么人早死……她们娇滴滴地叫着"所长"，含沙射影地告状，含情脉脉地看人……她们有几个是相当迷人的，可是她们坏得让人不敢去爱。她们大概天生就是为蛆虫准备下的腐败的尤物。

由她们出面刺探什么是非常方便的。果然有一个姑娘在我面前深情地诽谤起我的导师。这之前她已经暗暗地出卖了我好几次，我还蒙在鼓里呢。我不忍心怒斥一个美丽的姑娘，可我实在不能忍受。我在严厉斥责她的同时也会有点小小的怜惜，觉得她太不幸了。

我觉得她们简直都是一路货，卑贱到了极点。她们的丑闻人人皆知。

我懒得谈论人群中的这一类人——不合时宜地卷入丑恶的人们。在一个角落里，如果连老人和少女也参与了阴谋，那么这个角落就真的格外荒诞、不可救药了。

您可能会不解地问我：那么你的朋友呢？你为什么不谈谈自己的朋友？难道你和你的导师连一个同情者也没有吗？

我们当然有自己的朋友。我的导师如果这几十年来没有那些正直的人各式各样的维护，恐怕早就不在人世了。要知道他所处的环境是异常险恶的，直到他去世的前一年，这种状况都没有一丝一毫的改善。我对真正正直的人的要求并不苛刻，在我眼里，您的某几个学生绝算不得正直的人。正直的人看上去并不一定勇敢，他们可以一声不吭，但却不会见死不救，更不会把心交给魔鬼。他们从来没有附和过那些无所不在的强大势力，有时就像哑巴一样。可是我相信他们在时刻叮嘱自己，诱惑和胁迫都没能使他们移动。他们总算艰难地保住了心中的洁净。这就是一种正直。他们用沉默抗议了强暴，这种沉默会让人时常感到，因为它有重量！

有人也曾沉默过，但那是轻浮地躲闪，没有重量。他们的沉默，只是为了有一天能够获得乖巧说话的机会和权力。

正直的沉默啊，它有金了一样的重量。

正是这种重量长久地平衡了一个世界，使我的导师能够存在。他的存在是多么重要啊，这儿不能没有他的身影。

这一点不仅善良的人们明白，就连"瓷眼"也非常清楚。于是他把希望寄托在对方肉体的消逝上。他只是没料到，人的精神是不会熄灭的，正像那个死在黑暗年代的老人还要时常纠缠他，使他恐怖一样。

他身边的人时不时地前来探询：那个人与你谈论过那个老人了吧？他在谈到老人死的时候，是怎么说的？

老胡师！当他们一次次提醒我的时候，我想到的不是"瓷眼"一伙加害的那位老人，而常常是惨死于小城监禁地的口吃老教授。

您的那几个学生把我的导师说成了处心积虑争夺权力的人，说什么当年的老所长一心钟爱的这个人没有得到所长一职，而是落到了"瓷眼"手上，当然一直耿耿，所以他仇恨"瓷眼"也是理所当然的。既然是一场争夺，那么双方都一样无聊。也就是说，在他们眼里他与"瓷眼"等人简直差不多，甚至还不如"瓷眼"呢！

瞧瞧吧，这就是您说的"一心扑在事业上"的那些人，这就是"不介于无谓纷争"的那些人！

我从来不信那些心灵积满了污垢、对基本的是非失去判断能力的人最终会有什么"学术"和"事业"。那是骗人的鬼话。"学术"和"事业"是两个好词儿，在这儿却被他们用来遮盖自己的卑劣渺小。其实早在他们失去正义的那一刻，已经失去了谈论学术的权利。

用那样的口气谈论我的导师，本质上是很残忍的。

他们真的不懂得什么是强暴和无耻吗？他们真的对极度的丑恶视而不见、没有见到有人在流血吗？不，这一切都发生在光天化日之下，他们什么都看到了也听到了。他们之所以故意混淆视听，只能有一个结论，那就是心地的卑劣和残忍。他们没能适时做一个帮凶，那只是因为他们比帮凶更胆怯也更狡猾。

这就是我真实的、恰当的结论。尽管这也许会使您感到不快。

接下去我要讲一点人所周知的事实，这些事实就连那些"正人君子"也不会否认——既然无法否认，那么我们就有理由问一句：当发生这些的时候，"正人君子"们又在哪里？

我的导师第三次吐血时，我和朋友们再也看不下去了，不管他再三拒绝，还是为他联系了医院。他不去，我们又为他请了医生。没有经过好好检查，只是一般地看看，当然不会有准确结论。结果还是当成一般胃病去治。他这病至少也有二十年了，容易使人麻痹。结果他大把大把吃药，当年春天又率领勘察队到东部平原上去了。

与此同时，〇三所却在对他组织一场围剿。这听起来有点小题大做，可笑又不可理解，但的确在发生。我相信"瓷眼"一直在做最后一击的准备，苦于找不到机会下手——没有由头。他处心积虑，这会儿终于看准了时机。

大楼上长期有一种淫荡的气氛在蔓延。这说起来足够幽默——一个大办公楼看上去按部就班，上班下班，传达室门卫一应俱全，各种组织形式、小组会总结会样样俱在，提水擦地临时工勤杂工一个不少，怎么会那样呢？但实际上就是如此。一个新来乍到的人还带着惯常思维，短时间内也许捕捉不到这种感觉。我刚来时只是觉得这儿有点奇怪，比如总有人蹑手蹑脚地走路，神秘地微笑，用特别的手势打招呼等。少女们衣衫鲜丽，做着大楼内的各种工作；有时大楼内正欢声笑语，突然间死一样静寂……

头儿"瓷眼"很慈祥，对女人尤其这样。他两只眼睛与常人不同，闪着一种陶瓷的色泽；其中的一只眼略略外凸，僵硬而严厉，平时微笑的只是另一只眼睛。女人在他面前有一种特殊的拘谨，他就努力使她们放松，有时不得不伸手抚摸对方的手和肩。女人对其害怕又钦佩——他有多么神秘，简直太撩拨人的好奇心了。他竟然在这儿的学界算个有名的人物，照片印在当地杂志上，那么隆重的大会他坐在中央……她们这会儿在近处看他，看见了他的白发、皱纹、凸起的那只眼发红的角膜、掺杂了白色毛发的胡茬，以及得到及时修剪的发白的鼻毛。他的年纪往往与她们的父亲差不多，与他在一起有一种面对长辈人的安全和信托，一种探险般的快乐……"瓷眼"越来越放肆，她们哭了。"瓷眼"最后不得不严厉地呵斥，她们才收住哭声。

"你到办公室谈过话了吗？"她们之间有时诡秘地问一句，对方噘嘴，那就是谈过了。

谈话是经常进行的。所长一个内部电话，就得去了。走过深深的三道门，踏上花地毯、黄地毯，最后是一张蓝幽幽的地毯。这儿还有一张双人沙发，大得像席梦思床似的。所长的工作太忙了，太神圣了，然而却并不因此而变得麻木不仁，不食人间烟火。他善于利用各种机会与群众打成一片，即便是刚刚从高中和大学毕业的小姑娘也并未轻视，从不因她们资历短浅而摆什么臭架子。他总是对扭扭捏捏的姑娘说："作风要再泼辣一些嘛！"

他常常讲严酷的战争年代，把战场上的血迹描绘得一片淋漓。少不更事的姑娘吓得大气也不敢出。他一阵感慨："我们有什么理由不好好地珍惜今天呢？"他一咧嘴，露出了金黄色的镶齿，这多少令人心寒。但他很快就抓起对方的手掌拍打起来，一边拍打一边说："多么好啊，多么好啊……"他拥住对方，使对方喘不过气来。终于在憋闷中有了一声伤心的大喊，引得其他房间的人一步跨到走廊里。人们站住谛听一会儿，如果再也没有什么声音，就回去了……

平时上班整座大楼几乎没有一点声音，静得掉根针也能听到。好像所有人都在小心翼翼地挪动，连翻书也要轻轻地。大家尽可能不说什么，要谈话更多的是使用眼睛——丢下一个眼神让人久久琢磨。怨恨的眼神、埋怨的眼神、娇嗔的眼神……各种神色飞来飞去，紧张得人汗流浃背。有一次我终于忍不住，大喊了一声说："你不会说话怎么的？"对方吓得掩住了自己的嘴巴，小声说：

"你怎么了？你这样非挨训不可……一再强调要肃静、肃静……"我那时的对桌是一个四十多岁的胖女人，每天都把脸搽成杏红色，眼睑搽成蓝色。她甚至把脚指甲也染成了血红色，用力地伸到我的面前。我只瞥了一眼就不看了，她很不高兴。她不停地朝我使眼色，我不太明白，她就捏我一把。我很反感。后来她一边去旁边的橱上拿一摞书，一边把胸部挤压在我的脸上。当时我正在专心读书，毫无预料。我跳了起来。

"你啊，你非得让人好好训训不可！"

她的声音小极了，但我听出是恶狠狠的。

"所长是个老资格了吧？人家也不像你这么傲气。听过这句俗语吗？——'到什么山唱什么歌儿'！……"

我知道这是个乌烟瘴气的妖山。夜间回到自己的宿舍，一个人到水房里，大把大把地把水捧到脸上。水凉凉的，一直流到胸前，舒服极了。我回忆着来到这座大楼工作的前前后后，心里有说不出的失望。我恶心。

可大楼又是吸引人的地方，不少有权势的人物都把自己的亲属送去工作。因为这儿的名声听起来好，而且福利奇高。"瓷眼"专门搞了个第二办公室，连续多年搞一些奇怪的买卖，专发不义之财。这笔钱除了用来专门挥霍之外，就是以各种名目的"津贴"和"补助"发到各科室，夏天分瓜果，秋天分核桃香黑米，冬天分高级衣料。

胖女人上班时依旧走来走去，我不理她。她开始咕咕哝哝地讲这座大楼的奇闻轶事。什么有一天天黑了，她去库房找东西，一进门就有人爬到桌下藏了。一男一女，女的是办公室的小李子，刚来不久；男的你猜是谁？所长……刘科长、李秘书，都是些热情人儿。现在嘛，又不是被工作任务压得喘不过气来，又不是战争年代，都想明白了。不过关键时候要清醒！原则不能丢！大的方面要搞明白……领导也不止一次这样说了。所长啊，心慈面软，就是这方面随便一些，手头也大方。听说小李来大楼上班，头一个月就被叫去谈话了。她一开始不从，在屋里跑，跑到门前开不开门……还有小栾，所长说：你当我的秘书吧！当不好也不用怕，反正一回生两回熟……小栾就不像小李，小栾大方，想得开。她心疼老所长，人家说天冷了，开会时她当着大伙儿的面就给他披一件厚衣服，他连忙说：谢谢！……

她像一个蜘蛛一样不停地吐丝，想把我缠裹起来。四周的空气充斥着一股霉烂、烟臭味儿。我不怀疑她说的这些全是事实，因为她正处于非常放松的状态。我终于明白弥漫于整个建筑物的邪异气息是怎么来的了。"瓷眼"就是这种淫荡气氛的营造者。

我那时最不明白的是，他为什么会如此狂妄无忌，如此贪婪？他显然在冒险，而这对于一个骗子是异常危险的。骗子在任何时候都有特定的脆弱性。他们有时的确需要小心谨慎、道貌岸然。我觉得事情够奇怪的了。

现在我总算有了个理解。我知道"瓷眼"这一类人开始进入一个肆无忌惮的时刻了。这个时刻对于他们而言是百求不得的一个机会。他们凭自己的嗅觉不失时机抓住了它。还有时光对于一个恶棍的催逼，使他完全地处于一种疯癫状态。他要最大限度地利用这段时光，甚至不惜铤而走险。"瓷眼"与一般人的不同之处，是他头上还有一道"著名专家"的光圈，他心里完全清楚这个光圈的作用。他像柏老一样，对这个光圈在内心里极为厌恶和鄙视，但又不忍放弃；因为他实在太需要它了，没有它，他简直就不能生存，就成了毫无价值的一个废物。

总之"瓷眼"的事情早已是半公开的了，几乎没有人持有异议。可笑的是"瓷眼"自己的主动出击——他有一天突然提出要追查"流言"，要定一些人的诽谤罪——连同这个一起，揭出一场可怕的阴谋。他说这场阴谋由来已久，其目的完全不是什么道德方面的损伤，而是出于极其恶毒的报复。

整幢大楼一下子冷肃了。我对面的那个胖女人马上对我声明：天底下再也没有比老所长更为严肃的人了，他在个人生活方面简直是个清教徒——"你知道什么是清教徒吗？"我不吱声，她又马上随一句："就是不近女色！"我说："是的。对于有些无耻的女人而言，她们根本算不上什么'女色'，而直接就是一些雌性动物——生疥的母猪！"

胖女人惊得大睁双目看我，半晌叫出一句："你是不是说过老所长的坏话？哎呀你……"

她一溜烟跑走了。

不久一些身份不明的人进驻了大楼，开始找人谈话。这样谈了大约有半月，空气越来越紧张。不少人在走廊上见了我都要小心地规避，好像我身上有什么毒素似的。我突然醒悟了：他们从来没有找我谈过！

这时我的导师已经从野外营地回来，好像什么也不知道，在办公室待了不到一周，又返回了营地。我曾对他谈过大楼里发生的事情，说出了自己的判断：我认为有人为此酝酿了好久，他们正在抓一个把柄找一个借口迫害人。导师黑瘦的脸干干的，肌肉好像贴紧在了骨骼上。我在看他的一刻，突然意识到他已经病得很重很重，也许正在坚持……我后悔不该向他报告这一切，这有点太晚了。我的导师点点头，一只干枯的手搭在了我的肩上。他没有说什么，那表情好像在说：这些都在意料之中……

他返回了营地。

就在他走后第二天，进驻大楼的那些人也撤走了。没有了外来的声音，大楼又变得一片死寂。空气冷冷的，天突然就凉了……都在等待着。同一个办公室的胖女人索性什么也不做了，只是端坐着，等待。

平时与我来往比较密切的几个朋友像我一样感到费解。他们也没有被找过谈话，这就很清楚谈话是针对谁的了。

一天，我正在宿舍里洗衣服，突然有人敲门。门开了，一个穿酱色夹克的中年人阴着脸看看我，又看看手里的一张照片，说你就是某某吗？我说是。他说请跟上走一趟吧——我不清楚他要干什么，迟疑了一下，他就掏出一个证件晃了晃。其实这根本无法看清。我拒绝了。那个人"咦"了一声，走开了。

第二天，大楼办公室的负责人通知我到某某地方去见一个人，还安慰我说："不要怕，他们不过是随便问问，了解一下情况。这也是公民的职责……"

我听出通知者的语气有些油，有些幸灾乐祸。出于愤慨，我按他说的去了。

一间窄窄的小屋里放了一张桌子，桌前坐了两个人，一个就是去过我宿舍的那个中年人——这会儿他脸上一点笑容都没有；旁边是一个穿制服的小姑娘，大概负责记录。不能容忍的是桌子前边两米远处放了一把椅子，那显然是让我坐的。中年人冷冷一声，"坐吧！"

"站着谈就行。"

小姑娘也冷冷一句，"叫你坐你就坐！"

我再未理他们，而是直接走过去，走到桌前。他们不习惯这么近的距离，再一次让我坐到我的位置上去——那是个被审判的位置。我说你们非要让我那样我就离开了。中年人摆弄打火机点烟，哼一声，"这不是你说了算的，我们要求你这样，你就得配合，这是你的义务！"

接着他们对我说：你多次说过所长生活作风方面及其他一些事情，这是严

141

重的诽谤，所长已经在人格上受到了巨大伤害。这一点我们是经过广泛了解的。但是为了爱护同志，我们很慎重，认为你来所里工作不久，有些情况不了解，肯定是有人蒙骗过你。他说了什么，希望你能告诉我们——这样就与你无关了，你只是个轻信者……说吧，抓紧时间。

我说我不是个"轻信者"，也从未"多次说过所长……"

中年人拍了一下桌子，对旁边的姑娘说了一句："给他记上，他否认。"又转脸对我，"你太年轻了，考虑问题太简单了。你以为这样就能顶过去？你就是顶上一年也没有用。你不说出那个人来，那么散布那些话的就是你，你就得认罪！"

我冷笑一下，尽管笑得很勉强。

"笑吧，有你哭的时候！"

我想我绝不会哭的。现在我最想弄明白的是：谁给了他们如此大的权力，随便审讯一个人，把他喊到小屋子里来？有谁又会因为这种可怕的野蛮和黑暗而惩罚他们呢？

我不得不一再询问，他们代表谁？谁给了他们这样的权力？

被问的两个人相视而笑。这是真正的冷笑。他们的回答是：这你管不着。我们想审谁就审谁。一直是这样。难道这也是你问的吗？我们还可以再进一步，把你和你的一伙抓起来……中年人越说越气，后来竟口吐脏字。我请他礼貌一些，他越发骂得凶了。

时间过去半天，他们疲乏了。后来小姑娘离开了，中年人喊进另一个人，把我推拥到隔壁一间小屋里，让我"好好考虑一下"。这显然是故意折磨人，等于拘留。我问他们凭什么拘留人？符合法律程序吗？中年人看看另一个脸上有红色斑点的家伙，说了一句：

"没有把你揍出尿来就算符合'程序'！"

他们把我推搡到那间小屋里。里面黑洞洞的，只有一桌一床。桌上放了一把水瓶，摇了摇是空的。床上有一条脏臭的毯子，一掀毯子，立刻有一些小虫飞跑四散……我闭上眼睛安静了一会儿，想弄明白是怎么一回事。我无论如何还是觉得有些突然。这一切来临得好像太快了，以前觉得这只在故事中。我很快想到了被监禁的父亲和我小时候住过的茅屋，我特别想念我的母亲和外祖母……

　　一会儿门开了，那个中年人走进来，这次是他一个人。他这一回和蔼一些，递给我烟，我没有接。他重复了上一次的意思，只是口气软多了。他强调这次不会轻易放过什么人的——"什么人"显然不是指我；他有些神秘地说："早知道你们背后有人……那个人出于政治目的，利用年轻人嘛……他谈过了以前老所长——就是前一任所长的一些事了吗？"

　　他停止了吸烟。

　　我的心像被戳了一下。我立刻什么都明白了！他们原来想逼近一个人：我的导师！我紧紧咬着牙关，只差一点就跳起来。我忍受着。

　　"你挺顽固啊！"他失望地重新叼上烟。

　　我再没有吭声。我一直闭着眼睛。这样一直等到他离开。

　　这一次大约关了我两三个小时。走出黑屋子是傍晚时分，太阳未落，外面亮得刺眼。走在炫目的夕阳下，我想，从今以后，那些虚幻的想法是一点也没有了。我早就领悟过的绝望不过是又一次得到了证实。好吧，来吧，我在这儿等待着。

　　只是担心我的导师。

　　接着又接二连三有人被喊走，他们都是平时与导师来往较多的人。有的被关在那个小黑屋中长达六七个小时，而且被不断推搡、呵斥。其中的一个人实在受不了，心脏病复发了……

　　我鼓起勇气找到上边，痛诉了一番前后经过，接待者很漠然。但他还是表示要过问一下——我不知道"过问"是什么意思，是"阻止"的意思吗？就这样，我怀着一点希望和困惑离开了。

　　"过问"好像并非"阻止"，因为还是眼看着一个又一个人被传讯。终于有人忍不住了，直接去找那些骚扰者的头儿。

　　谁知对方的回答是：我们从来没听说这种事儿！

　　这真是奇怪了！但凭经验分析一下，这么多人被传讯和短期关押，绝不可能是"瓷眼"私自搞的；可由于上边矢口否认，又可看出这不是什么光明正大的事儿。既然这样，那我们只有毫不留情地揭露。

　　传讯仍然在进行，而且"瓷眼"的人叫嚣："告诉你们几个，不好好坦白就别想溜，看来这一回有人是要进去蹲些日子喽……老所长可不是一般的人，岂容随意诽谤？"

又有人通知我去那个小屋。我干脆不理。我已经做好了一切准备。"瓷眼"的一个跟班在大楼走廊遇到我，锥子般的目光死盯了一会儿，压低声音问："您想挨过去呀？我劝你是不是主动些，免得吃后悔药……"我只觉得拳头发痒。我问："你和非法审人的那一伙儿是什么关系？你凭什么逼我催我？你想干什么？"那个人猛地往旁边闪了一下，不停地眨眼，嚷叫："这可是你说的，你记住，你记住！"他跑开了。

我直接冲到三楼，砰砰敲"瓷眼"办公室的门。我敲得凶急，因为我听说他的门是很难敲的，因为这家伙屋里常有个把女人。有人实在要找他，即便住在隔壁也要打电话……狗娘养的，快把人逼疯了，他这边倒一切照旧。我想用脚把门踹开。直敲了三五分钟，过来一个陌生人，黑着脸说："别敲了，所长住院了！"

大楼上人很多，常常出现一些从未见过的，谁也弄不清他们来自何方，是否占据所里的正式编制以及分工做什么等。但有一点是肯定的，他们都是"瓷眼"的人。"瓷眼"长期在一个保健医院占有一套高级房间，每年都要去几次，虽然没有什么大病。他在这个时候躲进去，显然是别有用意。

果然，几天以后有人传出话来：老所长被诽谤者气病了，身心受到很大伤害，住院了；这一回，恐怕事情闹大了……不严肃处理，老所长是出不了院了……

有人照旧来传讯，一次比一次凶。我拒绝传讯，也拒绝上班。朋友们很少来玩了，他们都处于惊恐之中。一天深夜，一个被多次传讯的人找到我，小声说："怎么办？坏了，他们看来非得查出一两个人来不可……他们引着我说副所长，还有，还有你……我总不能胡编。我说关于所长那方面的事儿，其实在大楼里都知道的，平时常有人议论……我这句话没怎么考虑就说出口，他们立刻抓住威胁：'谁说的？谁议论过？说，说，说不出就是你造谣！'他们把我的话记下，还让我摁上了手印……糟了！"

我安慰他。后来他哭了。快四十岁的男人，肩膀一抽一抽地哭，看了让人难受。我试图给他鼓鼓劲儿，但没用。他已经完全被恐惧所笼罩。最后还告诉一个消息："瓷眼"的人伙同搞审讯的那一伙，目前正在搬弄大楼里一部分人的档案！"为什么？""因为有人写了骂所长的匿名信，他们要核对字迹——专门找了有这方面技术的人……"

好长时间我的头嗡嗡响。"档案"两个字一下就让我想起了柏老的暴怒，以及他围绕我的"档案"做的文章——特别是想起了我的父亲，我在大山里的流浪……我轻轻自语："好吧……"

"怎么办？"他像个孩子一样望着我。

我紧握着他的手……我们往前走去。天上没有星星，阴得黑黑的。这座城市因为电力不足，疏疏的路灯像萤火虫。北风掀掉了一个小屋顶上的铁皮，发出了巨大的声音。他拐过一个巷口，用衣服裹紧身子跑了。

就在我走进宿舍楼楼梯口时，正好两个人下楼，黑黑的楼道看不清脸。他们两个故意往中间靠了一步，挡住了我。我想侧一侧身子让过他们，他们却故意挤在那儿。这样闪了两次挡了两次，我什么都明白了。我的拳头在衣兜内攥得紧紧的，我啊，我只是独身一人，没有牵挂——这个世上我已经没有亲人了……靠左边的一个飞快扭住我的手，同时用膝盖狠狠顶了我一下。巨大的疼痛使我弯下了腰，差一点顺着楼梯滚下去。可我最后攥住了扶杆，憋足了全身的劲儿撞过去……那个家伙倒下了，另一个抽出橡皮棍打在我的背上——如果不躲闪，它就会打在我的脸上。我不顾一切扑上去，刚刚抓住握橡皮棍的手，刚才倒地的那家伙就拉住了我的腿。我倒在楼梯上，又滚动了几下。他们一齐扑上来……

那个夜晚是我走出大山以后遭受的最重的一次肉体折磨。整整几个小时我动不了也不想动，鼻子里淌出了很多血，嘴里也是血。我在楼梯口一直躺到了黎明。

不知何时起，那座大楼开始安静下来。好像上边干预了一下，那伙偷偷审查档案的家伙溜走了，搞传讯的也不见了。大楼又恢复了死一样的寂静。这期间有人联名上书呼吁，〇三所之外的朋友闻听了这场骚扰大为愤慨，他们都以各种方式援助——大概是这一切才促成了眼下的结局。

但我相信，我和朋友们对此一生都不会忘却。

……留给我们的似乎比预想的残酷十倍——我甚至来不及包扎一下伤口，就要急急地奔到我的导师病榻前了。他又一次吐血，由野外勘察营地转回，不得不一次次到医院检查。"瓷眼"仍然待在医院不出来，整座大楼依旧充满他的气息。我的导师作为副所长，在去医院检查时连一辆车子也要不出来。分管车辆的人笑嘻嘻地说：打招呼晚了，车都派出了，实在没有办法。谁都明白这是故意刁难，因为楼下停车场上小车班的司机都在一旁打扑克……当时我不在场，不知最后我的导师是怎么去了医院。但这的确是他生前最后一次需要动用公家车辆了，因为他接受了这次检查之后再也没能出院。

检查的结果是胃癌晚期。

医生说已经没有希望了。我伏在导师床前，强抑着没有掉下眼泪。他微笑着看我，问我这一段忙些什么，我脸上的伤是怎么回事。我不想把那些事情告诉他。伤嘛，是在黑夜中跌成的……他枯干的手啊，那么温暖地抚在我结了瘢痂的脸上。为了这抚摸，我会一生爱着恨着，永不遗忘。我将因为对这抚摸的回想而幸福，感激。我告诉他：我全知道了，老师不该这么折磨自己……他平静地望着我，手指插在我肮脏的头发中，"我原以为时间还够用，只是有些紧，现在看……"我再也忍不住，几乎是喊道："老师，听从医生的安排吧，赶快手术吧！"

他点了点头。

大约是准备手术了。医生又进行了一连串的检查，然后让人通知单位和家属。单位的人姗姗来迟，来的是一位搞行政的副主任，从头至尾皱着眉头。他被医生告知，需要单位派值班的人，派陪床的人。他都皱着眉头。

半天的时间，医院里涌来了十几个人——他们被医院的人赶走又涌来，哭着。更多的人从门缝望着床上蜷成一团的病人，满脸悲伤地低下头。医生把大多数人都阻在门外。我提出由我自己值班，顶多再找一个人。

一直到最后，亲属也没有来。找亲属的事儿导师既未同意，也未反对，只是嘴唇动了动，说出了电话号码等。我们都知道他与爱人分居二十多年了，一直是一个人生活……

手术的事情已经是不可能了，因为医生们会诊之后告知，一切都太晚了。

这最后的决定使我忍不下去。我躲到走廊上哭了一会儿。导师喊我，那微弱的声音一传到耳膜，我赶紧擦干眼泪……他的枯手伸着，伸着。我奔过去抓住了它。他的声音越来越弱，"……我那些笔记全交给你，还有……"

这是我所度过的最长、最艰难的一个个夜晚了。疼痛开始折磨他，他忍着，尽量不发出呻吟。这使我想起在野外作业时，我常常在夜晚听到的牙齿磕打声和屏气声，原来他早就开始忍受了。我求医生打止痛针，一夜里打了好几次。

他偶尔昏迷，但一转醒过来就伸出手臂寻找我……我一直伏在他的床边。

一天，两天，第三天夜里他又吐血了。这一次吐得好凶，好像再也不想停止。我吓得大叫起来，一边托起他的后背，一边叫喊。走廊里响起啪啪的脚步声，医生们跑来了……我的左侧沾满了他的血。他的头歪到一边去了。

他昏迷了。他再也没有醒来。

4

我的导师离去了，从此整座大楼都空空荡荡。我踏着走廊，踩着台阶，都像是走向了一片荒野。死亡的气息在这儿第一次压过了淫荡的气息。那些男男女女暂时待在角落里，再不到处乱窜了。往日他们像白天的耗子，迅速而无耻地游动……

老胡师，这差不多就是我参与那场所谓"争执"的全过程了。您真的认为倒下的是一个势利小人吗？他直到最后还在维护着人的尊严。他面对的是一个生满了疥疮的雄性恶兽。

您的轻信，您的满怀善意的指责，已经深深伤害了我。我对您几次想放弃回答辩驳的机会，因为这差不多已经有点多余。那时我被郁愤压迫得喘不过气来，心如死水。我满眼里看到的都是那只雄性恶兽作践的狼藉。我用了很长时间来平复着创伤，咀嚼着往昔——我不能不怀念您银发下闪动的善良的眼睛，于是我最后还是对您说了。我认为这不仅是叙说我的导师一个人的苦难历史，而是关于我、你、他——我们所有人的历史。这更不是在为我自己辩白，而是为了我们所有的人——那些可以被称之为"人"的人——的辩白。

我已目睹着几个人死去：外祖父家里最忠诚的男仆，即后来开创林中茅屋的老爷爷；我的外祖母；大山里结识的地理老师；再就是我在〇三所的导师了。他们化为了我生命的一部分。他们分别是我的恩师、长辈、亲人，是我心目中最值得信赖的人。可是他们死去了。这就不能不使我思考死亡。原来它离所有美丽的人生如此之近，而离那些蛆虫和兽类好像又如此之远。死亡的神秘较之于生的壮丽，不知要大上多少倍。人不可能忽略死亡，可是人不能害怕死亡。一些最美丽的人生突然中断了，那么还有什么值得斤斤计较呢？

如果不怕死亡，那么剩下的就是专注于美丽的人生了。它们将长存于我们心中，再也不会消逝。我们在这之前没有竭尽所能挽留它们，而且还偶尔地、不同程度地容忍了对它们的毁灭。于是我们现在的怀念、小心翼翼的维护，还有满腔的挚爱，都不过是一种赎罪。

回忆他们，我对自己充满了愧疚。那一张张或微笑或沉默的面孔，无一例外地显示了强大。他们的强大在于他们的纯洁，人纯洁才能高贵。半生过去了，我才有了对"高贵"这个概念的重要认识。这对我太重要了。人应该是高贵的。

人为了追求高贵，可以贫困，可以死亡。这是不变的至理。关于它的认识，一直存在于一部分人的心灵之中。但他们究竟靠什么才把这种认识传递到遥远的未来？我一直不解。过去我曾认为依靠典籍，即纸页和竹简，现在看这种理解多么浅薄。文字只能是提供过去的证实，是个记载和提醒，而难以构成最有力的承接链条。其实传递的真正奥秘存在于血液之中。

……

人如果不顾一切地规避危险，追求自己的利益，满足欲望，与动物就没有什么本质区别。人性等于尊严和理想的同义语。如果一个时代是以满足和刺激人类的动物性为前提和代价的，那么那个时代将是一个丑恶的、掠夺的时代。那个时代可以聚起粗鄙的财富，但由于它掠夺和践踏的是过去与未来，那么它终将受到惩罚和诅咒。

我们这座大楼的"瓷眼"在实现自己的计划中，别无选择地使用了传统杀手：金钱与性。这就使他与人类所有的敌人一脉相承，他们所采用的方法毫无二致。一方面极尽所能地、破坏性地投机赚钱，发放补贴；另一方面又对低俗的性关系暗中鼓励，并身体力行。在如此严肃的一个机构中，竟然随处可见黄色下流的图片和杂志。人的心弦松弛了，神色模糊了，锋芒折断，勇气也就丧失了。再没有人专注于原则，苟且成为普遍现象；只要不亲手去实施耸人听闻的恶行就已经是难得的好人了。人们对道德和责任的要求已降到了历史的最低点。

而一个真正淳朴的人，有教养和有知性的人，就会本能地做出反抗，他绝不会无动于衷。

——这样的人由于身处这样一座大楼中，就等于踏入了一片可怖的荒漠。他听不到回声，只能眼睁睁看着无边的焦沙吸尽身上最后的一滴水汁。

"瓷眼"几乎满足了所有的"人"，因为他发现并发掘了人体内的动物性，集中地代表了它们。

我为什么感到惊愕？因为除了面对这些血痕，还要面对可怕的"雷同"。"瓷眼"与柏老的行为轨迹，他们对待"敌手"的办法、吮吸和占有的过程，都惊人地相似。他们都曾攫取劳动，都曾利用一个时代所特有的动荡和混乱，在劳改农场、工矿窑井、荒郊野地等场所，从肉体到精神地摧毁障碍。

雷同，毫不介意的重复，既说明了一部分人想象力的枯竭，又表明了某种癫狂和无忌；同时也更加突出了人们的容忍、漠然和遗忘有多么彻底……后者才是更为可怕的。丑恶和残暴不断用"雷同"来刺激和提醒我们，可我们就是视而不见。

但幸好还有些例外。比如我的导师，他记住了每一个细节，于是有人就要磨碎和消灭他的记忆。他顽强地回顾，有人就顽强地磨损。一场持久的抵抗最终使我的导师血气耗尽，最后患了绝症。如果不理解这场持久的抵抗，就不会理解一切的残酷是缘何而生，又为什么一次次重演……原来他们恐惧的不是某一个人，而是他所代表和辐射的精神，是一种被一代代继承又一代代扼杀、最终总是存活的——精神！

他们太恐惧了。

就为了这一切，他们有时可笑地烦琐和用力。谁如果看到我的导师，看到他孱弱的身体、全力倾注于事业的模样，就会对"瓷眼"一伙的兴师动众产生惶惑：这是毫无必要的。

动用黑道上的人传讯、偷查档案，这只是他们孤注一掷的举动。而这之前已经有过更为拙劣的、荒诞不经的尝试。他们几乎不放过任何机会来做点什么——只要对方不放弃记忆，他们就不放弃。他们不允许一个人有记忆。看来记忆是一种很特殊的东西，它可以燃烧，可以顺着血脉流动……

由于我的导师在学界享有难以动摇的地位，他的成就和品格令人景仰，所以"瓷眼"一时也没有办法。他总想设置一个过不去的关卡，可惜总也难以做到。

在这之前，即我刚来〇三所的第二年，正赶上有关部门进行大面积的资格考察活动。这次考察据说是非常重要的，采取无记名投票方式，票上设有"称职""不称职"和"基本称职"三栏，以供填写。如果一个人"不称职"票超过了半数，就将对其"重新加以考虑"。

　　这其实是一场无聊的游戏。对于"瓷眼"而言，却似乎来了一个小小的机会。他们紧急动员起来，表面上却伪装得无事人一样。大楼里的气氛有些异样，但这只有仔细观察才看得出来。我那时对内情一无所知，基本上还是"一张白纸"。于是"瓷眼"身边的人就把我列为"他们的人"——他们认为新来的没有理由不投入他们的怀抱。先是给我调换办公室，把我由一个四人房间调到了二人间，待遇似乎也提高了。从此对桌就有了一个胖女人。她快言快语，爱笑，笑起来皱着眉头，里里外外携带一个饭盒，里面装有排骨、酱菜、点心，甚至是酥糖等。她高兴时随时捏一点东西吃，还非要我尝尝不可。我不吃，她就硬塞到我嘴上，咕哝说："你个小狼嘴儿！"

　　我成了"狼"。我在她眼里如此可怕吗？她塞入的是一块酱菜，咸得甜得让人发抖——一个女人没事了竟咀嚼这样的东西，真令人惊叹。

　　她每一次吃过东西都一阵兴奋，在屋里走来走去，说："我最讨厌那些上班时间窜来窜去的人了，他们不好好工作，从这个屋到那个屋——你知道所长管这叫什么吗？叫'窜堂'！……"她常常像自语又像忙里偷闲地传授我一些知识和消息，像什么"七月十七号十九点十分月食""三处处长有可能提拔——一个老姑娘帮了他""男女都……"

　　有一回她暴躁地骂起了我后来的导师——副所长，说他是"伪君子""下流坯""吃里爬外的白眼狼"，还说他"最小气""野心比谁都大""说不定还是个'色狼'"……我对她骂的人当时不太了解，只觉得那是一个内向的、工作态度极为严谨的人。她附在我耳朵上说："活该，这个月要考察他了——你一定要填写'不称职'！"

　　我看了她一眼，发现她是个双下巴，敞得很开的胸口那儿吊着一尊金佛。

　　她皱皱眉头，严厉地叮一句："听见了吗？"

　　"……听见了。"

　　"你发誓！"

　　我怔怔地看着她。我见她一双空洞的眼睛这会儿水汪汪的，好像她心怀巨大的冤屈，刚刚寻到了一个复仇的机会，随时会像个厉鬼一样扑过去。我说："我不会为这种事儿发誓……"

　　"可人家都发誓了！"

　　……再没有谈下去。我已经察觉到什么。我那时才感到，这座阴森森的大楼内原来如此地无聊和腐臭。我那次在填写考察表时认真地思考了一下，我凭着自己的感受和印象，认真地给我未来的导师填上了"称职"两个字。我觉得坦然多了。

事后我才知道，"瓷眼"身边的人得知考察的消息之后，大约提前两个月就行动起来，分别派人一盯一地做工作。大概我是被胖女人"盯"的对象。他们还派出骨干，开着车到下边的几个野外作业营地——做工作，并根据谈话对象的不同情况，分别许愿和收买。遇到难以影响的人物，就下大力气拉拢，送礼品、请客吃饭；如果仍不成功，就最大限度地孤立和威胁对方。令人难以置信的是，他们还专门印制了所谓的"对照表"，表上对应开列了所长的伟大功绩和另一个人的恶行——由于都是捏造的，所以这些"对照表"不准复印，而且原件编号，事后收回，严密得令人吃惊。那些答应投否定票的，则必定要被再三叮嘱，最后发誓，还要发"毒誓"——我第一遭明白了什么才是"发毒誓"：即由发誓者念出"誓言"，然后说自己若有违"誓言"，则遭受如何如何恶报，自己的至亲至爱遭受如何如何恶报……不仅如此，还要最大限度地辱骂某个人，同时对所长表达无与伦比的尊崇敬仰。

发过"毒誓"似乎也就万无一失了。但事情远没有这样简单。因为投票场所设在大楼会议厅内，厅很大，投票人可以坐在远离别人的地方，于是所里就建议编制座位次序表——每个人都必须坐在被指定的位置上。这样，就有人暗中警告投票人：你最终是否按誓言投票，我们都知道，因为你的前后左右都有我们的人！被警告者战战兢兢答：我一定一定……

于是一场闻所未闻的、最无耻最无聊的投票就这样开始了。结果无论对谁都不算理想。对于我的导师而言，他得到的肯定票比应有的少多了。这绝不是他的不幸。

那些投反对票的人，其中一大部分都是导师的学生，是在他的直接和间接指导下成长起来的。他们喝干了母亲的奶水，却要接受驱使回头噬咬母亲，有可能的话，就把她撕扯得鲜血淋漓。世界上再也没有比这更无耻、更无义的了。当然，这样做的都是在学业和生活上毫无指望的学生。

这一切，简单点说只是这样一个故事：几个可怜虫怎样围困一个天才……

对于我的导师，这当然是微不足道的、可笑之至的插曲，但从它揭示的本质而言，又足以令人绝望。人的背叛和无义，蒙羞和可耻，竟会达到如此地步。

我在那之后曾注意过几个人的眼神：他们都是在导师精心呵护下长大的，亲耳聆听过他的教诲，一滴一滴地汲取营养，可是在那个时刻却残忍地投下了石块。违心和不义带来的痛苦使他们不敢正视别人，一副胆小鬼的模样，看上去比以往更显得猥琐，走起路来缩手缩脚，说话分外和蔼，像呵气一样……他们从此将被不幸攫住。

至于那些"瓷眼"身边的死硬分子，在这之后因为失望和嫉妒，脸都灰了。他们在这之前太乐观，他们到死也不明白：按照发毒誓和收受好处、受过威胁的人数来计算，再保守也不止收获这些反对票啊！这是怎么回事呢？

尽管这只是一场小测验，一次资格考查，但因为涉及如此严重的事实而使我倍加重视——不得不认真对待知识分子的判断。

因为谁也不能否认，参加者百分之九十都是专业人员，都是有一定资历的〇三所人士。那么再苛刻一点的要求都是应该的。可怜的是，一场最不可思议的无聊又无耻的游戏就在这所大楼里发生了。

这就有理由让我们思考和怀疑：即便在所谓"知识分子成堆"的地方，也并没有太多的知识分子——真正的知识分子。他们在基本的、并不复杂的检验面前，很容易就显露了自己的卑贱。

真正的知识分子应该有起码的洁净。首先是心灵的洁净，其次才是专业上的造诣。污浊的人是不会有好的判断的，污浊是罪恶蔓延的根源。

我同时还注意过我的导师。他刚开始对这一切只是有所察觉——面对一场围剿自己的阴谋毫无警觉是不可能的；但他无论如何不会想到在这样一次微不足道的活动中，有人竟会花费如此巨大的精力，动用如此原始的方法去运作。这真是令人难以置信的荒唐和可笑。他在事后知道了这些，虽然稍有吃惊，但还是微笑了一下。这笑容是温和的、遗憾的和蔑视的，更包含了深深的同情。

我会永远记住他的微笑。

那些丑类在这永恒的微笑中将永远卑贱着，绝望着；那些苟活者在这永恒的微笑中会因百无聊赖而煎熬着，痛苦着。他们在这无所不在的微笑中绝找不到其他出路。

5

我因导师的死想到了父亲。他曾被我恨了好久，我长久以来都把整个家族的不幸，把一切的责任记在了他的身上。因为我亲眼见过他在最后的几年里怎样折磨小茅屋里的人。他去世时我没能守在身边——这也免除了一生的记忆之苦。

父亲与导师的病一开始大概是一样的：心口疼。我记得父亲刚从南山回来时，被押到一个小村里干活：刨地、翻土……所有的脏活累活都让他干。有一次让他去掏一口枯井，井壁塌了，他差一点给活埋在里边。正做着活，不一定什么时候犯了"心口疼"，疼得死去活来，满地滚动，豆大的汗珠从脸上滚落下来。他呼喊着，到处寻找土坎，把肚子死死地压上去……我看着，见旁边的人笑，就认为这可能不要紧。他们说：疼一会儿就过去了，不要紧。我就和他们一起等待这疼痛过去。他是我的父亲啊，我眼见着他把十根手指插到了土里。我等待着。这样不知过上多久，一个小时，两个小时，反正不会更短，父亲的手才慢慢从土中抽出。他开始蠕动，试着爬起来。我不记得去搀过他一把。他的身上到处沾满了泥土，脸上的土屑把他弄得肮脏不堪也丑陋不堪，我真不敢看他一眼。他的脸蜡黄蜡黄，差不多不看任何人，一站起来就弯腰寻找那把铁锹。他重新默默干活了。

都知道他有"心口疼"的毛病，好像这是理所当然的。除了母亲之外，没有人想起让他看看医生……直到今天，我只要一想到父亲，就要想到"心口疼"，想到他在田野上滚动的情景。

那个秋天好像只是一晃就到了结尾，大片的树叶被寒风扫到山壑里，接着是降霜。一个孤独无援的人搂紧自己单薄的衣服，站在山崖上看茫茫晨霜，那感受一辈子也难以忘记。我还能记得，那天太阳一点点升起，山地毫无暖意；太阳首先照亮了山下一片红薯地——前不久还是碧绿的叶蔓被一场早袭的大霜给洗成了焦黑。看着看着，我突然觉得胸口那儿塞得难受，但说不上是疼痛还是怎么——我被这突来的感受弄得站也站不稳，不知为什么只想向着北方奔跑……我真的跑起来。一大早腹中空空就跑，吸着寒风，像被什么牵引了催逼了，只是一个劲地向北、向北，荆棘刺破了脚踝都在所不惜，血流霜地也浑然不觉。

北方，那是大海的方向，那是平原的方向；那儿有片丛林，丛林中有个小茅屋——我原来是在向着它飞也似的奔跑啊。

我的脸在晨风中冻得木木的，嘴唇像冰，抿都不敢抿一下。我总不能这样一口气跑完几百里路程，可奇怪的是我想都没想过在哪儿停留，只是要往北，北方有个揪心的东西，它是什么我说不清……

不知跑了多久，反正在那个秋天的一个漆黑的夜晚，我一头扑进了茅屋……我的千苦万难的父亲再也没有了——他就在那个普降大霜的凌晨犯了"心口疼"……照例是滚动、滚动，一直滚动到黎明。太阳刚刚升起时，他离开了这个世界。

他在人世间走过了多少曲折，曲折多得没有尽头，千难万难得没有尽头——可是一大早他就穿越了这一切。这个世界与他有好一场苦难的缠绵，真是难分难解，血泪交织。他好不容易在一大早与之分别了。

多么神秘和费解的"分别"。我难以全部理解这"分别"，但可以感觉到它在一瞬间浓缩了几十年的时光，并因为这浓缩而变得更为坚硬。

为了领悟它，我前前后后地想着父亲：在茅屋，在母亲身边，在回到山区之后……想啊想啊，总离不开他在地上滚动和他将肚子紧紧贴在土地上的场面。我突然心上一震——我想到了什么？我想到了他那姿势，正是恨不得将自己的躯体与泥土融为一体——他正全身灼热地贴紧，再贴紧；把手指插进去，那是要抓紧，就像抓紧母亲的衣襟……他最后就这样消解在土地之中，与之再也不能分离了。

我用力地想着父亲。略过一个个细节，简单些说他是大山里的一个穷娃娃，因为跟上一个大官僚资本家——他的叔伯爷爷——才得以走出大山。从此他彻底地改变了自己的命运。他多么便捷地、理所当然地找到了一个幸运。世上的多少人无耻、做狗、在地上爬，无非就为了找到这样一个幸运而已。但父亲长大之后，却开始慢慢地往自己的血脉上靠拢，这个过程简直就是靠本能来完成的。他大概记起了自己是谁的儿子——那片大山的儿子、贫穷山民的儿子。于是他的生命开始有了着落。

原来一个人最最重要的，是先要弄明白自己是谁的儿子。

这简单吗？一点儿也不。这是最最基本的，可无论是过去还是现在，人们都常常缺乏面对这个基本问题的勇气。人不愿意在血缘上确认自己，总是首先忘记自己是谁的儿子。

父亲很快离开了那个了不起的叔伯爷爷。

不仅如此，在后来他的同志决定处死对他有过抚养之恩的叔伯爷爷时，他并未依靠自己的影响力去改变这个决定。全部理由很简单：叔伯爷爷是他信仰的死敌。

那个人被粗暴地处死了。但神灵会爱护和宽恕一个怀着热烈信仰的人，为着他的纯洁。

他的后半生受尽煎磨，在大地上滚动、十指插进泥土深处时，他拥有的还是那份热烈……贫困、羞辱、难以忍受的摧折、剧烈的病痛，都不能改变那份热烈，这不是个奇迹吗？

不知道。我只知道，我今后要好好地爱我的父亲了，虽然这已经太晚。

回想导师的死，不过是作为生者给他的一个总结。我的从身心深处泛起的尊崇和神圣感，不是因为他专业上的高深造诣和无人比肩的成就，也不是其他的一切，而仅仅是——他始终记住了自己是谁的儿子——牢记了作为儿子的使命。

我从今以后要好好地爱我的导师了。

6

自从我懂得了人是可以分为"污浊的"和"纯洁的"两类之后，我的心就变得清明了。从那以后我的判断就极少出错。当然还可以依据其他标准，但我发现那样会使我长期处于矛盾和混沌状态。一个人只要是纯洁的，他就有可能胜任任何事情，他起码不会欺辱和出卖，不会背叛自己的母亲。

爱母亲是一个重要的标准，不爱母亲就不会是一个洁净的人。

一个伤害和欺辱了母亲的人，无论穿上怎样的衣服，操着怎样美妙的言辞，仍然需要拒绝他。他必是善的死敌。

生活中一再地验证了这个原理。

我无比仇视那些欺辱了母亲的人。我这儿只不过再一次转告了我的警觉而已。

"瓷眼"身边常常充斥着类似的污浊。他想用污浊的水流淹没〇三所。他器重和唆使的人物无一例外都是些钻营之徒，是真正的势利小人、渣滓。其中有个最肯卖力气的、外号叫"肝儿"的人，曾一心要承接"瓷眼"的遗产。"瓷眼"常常训斥他几句，以表达内心难以抑制的欣悦。在他看来，这个"肝儿"真是再好也没有的人选了。"肝儿"的调动、提拔重用，都是"瓷眼"一手办的。前不久"肝儿"还在一个野外基地做后勤工作，是老式屠宰场的工人。"肝儿"的一个亲戚是某部门负责人，就把他推荐给"瓷眼"。"瓷眼"有些为难，说〇三所无论如何是一个著名的科研部门，调动有些难——那要有论文有著作，起码……就从那次接触不久，"肝儿"竟然奇迹般地发表起论文来了，而且接二连三……

这样〇三所就增添了一个重要人物，叫"肝儿"。"肝儿"先任行政负责人，不久又获得了高级职称。大多数人都不太知道这个人的历史，只有极少数搞人事的才得知一点来龙去脉。这个人绝无斯文气，像是野外钻出来的一条狼，在整个大楼中显得太不和谐。他几乎成了"瓷眼"的贴身保镖，一天到晚被一伙身份不明的人簇拥着，驾着摩托和高级轿车到处驰骋。只要是反对过"瓷眼"的人，家里总要出一点事儿，不是爱人孩子在路上被人揍了，就是宿舍玻璃被人砸了。"肝儿"与这个城市最有名的黑道人物都有来往。那一次我在楼道口的遭袭，所里一批人被私讯、偷查档案，"肝儿"少不了都是重要的参与者。

人们纳闷的是他那些论文。后来才慢慢传出风声来：所有论文都是请人捉刀，他只负责出钱。捉刀人嫌钱少了，在酒席上吵起来，这就传了出去。

现在他不必付钱了。〇三所可有不少"合作"者。

有人亲眼见"肝儿"的母亲从遥远的乡下赶来，找儿子要钱——儿子已经住在漂亮的单元房子中了，门口安了绿色的防盗门。可她怎么也叫不开。她守在门旁，一动不动地坐在那儿。时间久了，屋里的人熬不住了，开门出来，老人就一把抱住儿子的胳膊，喊着："我的肝儿，妈可盼你出来了，妈在冰凉的楼道上坐了半天……""你来干什么？这里挤巴巴的哪有住的地方？要钱给你钱，拿上走吧！""肝儿"掏出十元钱塞给老人，头也不回地下了楼。老人仍坐在严实实的门前，眼巴巴地望着防盗门，她巴望再有谁出来……屋里没有人了，她哭了。

她不知道儿子已经住到了外边一个招待所，短时间内是不会回来了……她的哭声惊动了邻居，他们把她接回家去，当问清了她是谁的老人时，都吓得不吱一声。他们熬了热汤给她喝，又给她准备了食物，赶快找了车送到车站——分手时反复叮嘱："大娘，一路走好。见了你儿子那天，千万别说是谁家送了您……"

他们告诉我：老人山里人打扮，老实得半天说不出一句话；脸给晒成了黑色，与头上包裹的白头巾对映着，显得更黑了；她七十岁，小脚，右拐肘上挂个带补丁的包袱。她对邻居说："俺前些年能做活儿，一分钱也不花娃的；娃在杀猪场那时候，还从家里拿走二十块钱；那空当他爹还在人世……他进门要钱，扔下块肥膘肉就走了……他爹去世他也没回，奸娃哩……"老人哭着骂着。

他欺辱了自己的母亲。

这样的人怎么会不是善的敌人？既是善的敌人，又怎么会不是我们的敌人？我们如果容忍了这样的丑类，还有什么不能容忍的？

老胡师，您至今为我离开〇三所还有说不出的惋惜。我明白您用心良苦。您希望自己的学生能够挚爱事业，不辜负多年培育；还有，〇三所毕竟是〇三所啊，能到这儿工作幸运还来不及呢……可是您想一想，当一个屠宰手和黑道上的人都成了这儿的专家，当我们之中最优秀的人也被逼成了绝症，整座大楼出奇地沉默的时刻，我除了离开这之外，还有更好的选择吗？

这座大楼上没有了导师，没有了正义，又怎么会有学问呢？

我就是这样毅然离开的。我想骄傲地对我的朋友和这个世界宣布：真正的知识像真理一样，它没有什么形式上的中心。它的中心只存在于人的心灵之中，只有心灵才是它的居所。只要我有那样的一颗心灵，那么我走遍天下，走到人迹罕至的荒原，都不会失去"中心"。我藐视那座森森堂皇的大楼，藐视以它为标志的"中心"。

我离开了污浊，才有可能走进清洁。

老胡师，您应该为我高兴。您担心我孤独无援，还不如担心我的堕落。

我害怕的不是阴谋黑道邪恶，我只是厌恶。厌恶与惧怕是不同的。是深深的厌恶使我离开了。我将在这种回顾和独守中积蓄力量，特别是认识的力量。我不是退却，而是在前进。在这个严峻的时世上，我从来不相信退却。我不止一次看到撤退者到了最后，又去做丑恶的苟合者。因此，我请老师不要把我划入"撤退者"一群。

7

　　您多次表达的一个意思就是，让我超脱或超越于〇三所的斗争，还启发式地问：如果你的导师真像你说的那么好，那为什么仍有那么多人维护"瓷眼"？可不要一叶障目啊，等等。

　　我已经详尽叙述了，这之后我想大概再无须解释什么了。但我还是忍不住，我不忍心让我的导师遭受一丝一毫的误解，也不忍心我的老胡师走入一丝一毫的误识。

　　不用说，您这些看法都来自您其他的几个弟子和朋友。我现在想再一次直言不讳地告诉您：他们都是一些品行不端的小人，是污浊的人。如果说这时候要做一个超脱者，还不如说想做一个苟活者。我观察过，那些貌似超脱的家伙，实际上在关键时刻几乎无一例外地站在了恶势力一边。

　　我还常常听到有人鼓吹所谓的"大悲悯"，可惜对于究竟什么才是"大悲悯"一无所知。"大悲悯"不是同流合污的代名词，不是对丑恶的暗中送媚，更不是对迫害的悄声唱和。"大悲悯"恰是由现世的具体组合的，它尤其来自清醒的战士，来自面对生活的正义和决心，来自一份迎上去的勇气——这样长长的、不间断的历程，才能最后造就出一份"大悲悯"，才能最终通向那个"大悲悯"。

　　"大"不是无缘无故的，"大"是艰辛的汗水和殷红的血流浇灌才得以成长的。"大"不是享用的结果，不是因为等待了别人的供奉，它需要一个人自己冒着危难去寻找和追求……我的老胡师！

　　我的导师可不是简单一个"好"字就可以概括的。他是一个烈士，已经为真理殉了……

　　他在这个时世沉默着，低吟着，怀念着自己先逝的师长和如水的岁月。我仍能记得与他在野外共住一个帐篷时听他说的每一个故事。那时他还年轻，像蓬勃生长的茅草一样葱郁旺盛。他那时足踏山野，对自己的事业迷恋到了痴处，迸发出无数烂漫奇想，对未来的一切都视为生长的、簇新的、即将结果的、光明灿烂的。他那时正处于热恋之中，爱上的是一个比他还要激进的、对天才不折不扣的崇拜者。后来他们结合了，再后来又有了自己的孩子、家庭；这样过了十几年，他们分开居住了。他仍然像过去一样跋涉，她则没有力量跟上来。

她已经厌倦了。于是他差不多一直一个人，只跟紧了自己热烈的理想。

他是个第一流的学者，更是个理想主义者，而且一生都没有松弛下来。那些难以忍受的摧折在他这儿都被坚定的意志磨碎了。他在专业上是个天才，这早由他那些闪光的著作作了最好的注解和证明；但他却没有仅仅龟缩到专业的壳内。他就这样走向了信仰的高原，一个人迎接着扑面而来的寒风。他能够一生清洁，拒斥污浊到最后一刻。他的一生如此完满，简直没有什么缺失。

与您的那些运送"耳食"者不同的是，他从来没有公开教导和倡议我"原谅""宽容"之类，没有让我做这样的"老好人"和"君子"。他知道这个年头被喊得最多的就是"原谅"和"宽容"了，这类东西廉价得很。谁胆怯和亏心，谁就首先想到用"宽容大度"的彩纸把自己先包裹起来，随时随地准备与罪恶的勾当联手。事实上他们已经那样做了。当有一天再不需要遮遮掩掩的时候，他们就会赤裸裸地显露。在一个特别需要苛刻、正义、立场和勇气的时代，有人却一再倡扬"谅解"和"宽容"，这就不得不让人分外警惕——他们极有可能是不怀好意的。我的导师的遭遇，特别是他生命的最后几年里的所有遭遇，就足以说明了一切。谁又对他"宽容"了呢？我的导师是对的，现在是个决绝的时刻，而不是个"宽容"的时刻。他的沉默其实已经与那些言必称"宽容"的家伙们划清了界限。

那些没有能力贯彻原则、守住本分的人——更不要说那些腌臜不堪的卑鄙者——都嗅觉灵敏地及时躲开了危险。他们几乎同时被告知，靠近我的导师是危险的。在不义和背叛得不到惩罚、反而受到公开鼓励的时候，他们这样做丝毫不会令人吃惊。他们过去因为那一分朴素的情感——对天才的尊敬和向往——曾自然而然地靠近过我的导师，而且一度这种靠近是必要的，并不伤害世俗物欲。现在则不同，整个大楼充斥了同一种气味，有人已经全面地巩固和设防，没有给中间分子留下一条走廊一个窗户，简直是逼着他们赶快归属。于是他们就理所当然地从我的导师身边走开了，溜掉了。

这可不是导师的不幸。

在任何地方，真正清洁的人并不像想象的那么多。那些溜掉的人曾经是有幸的——能与一个天才的、品行高洁的人同处，而不仅仅是同生于一个时代；他们天生有靠近和接触的机缘，但却因为自己命薄，主动地、像避祸一样逃避了——这又说明他们真是不幸，天生是些没有福分的人；这也多少有点令人同情和叹惜。

我在导师逝世以后陷入了长久的悲哀，多少天不能使自己去想别的问题。我从医院、从火葬场走出后，渐渐回到这样简单的事实之中：他再也没有了；我将再也听不到他的声音、看不到他的笑容。我只是有幸地收集了那些黑乎乎的本子——那上面记录了他一生不倦的吟哦。我相信他一生、特别是他不幸的中年之后，如果连这样的自我倾诉也没有，那他会疯狂而死的。抚摸着导师的遗物，想过了整个学界及导师长长短短的历史，我终于明白了、认定了，这几十年来，能像我的导师的，我们这儿还没有。也就是说，他是这里几十年里才出现一个的杰出人物，无论是品行还是才情，都是难以企及的……我为自己感到庆幸，因为我没有失去机缘，找到了足够享用一生的幸福。而我也对那些加害于他的人有了无法言喻的仇恨。我为那些离他而去的人发出了悲叹：他们与这样的导师在心灵上没能契合，真是失之交臂。

我由我的导师又想到在大山里流浪时遇到的那个恩师。他的瘦长的、身背行囊的身影难以从眼前消逝。我觉得他们简直像一对同胞兄弟，命运和经历都如此相似。于是我又被另一种"雷同"给震惊了。

像我的导师一样，大山里的恩师也迷于吟哦；在生命的后半截也是独自一人，也没有家眷的追随。他在个人生活上失去了陪伴，而不仅仅是在精神上。这个事实让我咀嚼得心冷如冰。显然他们已经走得太遥远，从闹市走到旷野，从得意走到失意，从青春走到衰老；他们的伴侣渐渐惧怕了，跟不上了。这种失伴是他们早早倒下的又一个原因。

我想象，如果在他们的最后几年有个女人陪伴并安慰他们，那将会好多了。谁在长长的孤夜听他们的絮语？谁在那个时刻分担他们的忧愤？谁的手掌抚动过他们枯干的头发，在寒夜端上过一碗热粥？没有。他们要自己面对自己，守望自己。

我记得年轻时候读过一本革命者写成的书，那基本上是一本自传体小说。主人公的真挚、革命的热情、信仰的热烈，至今打动着我。我今天仍想重读一遍那本书，可惜找不到了。因为在这个时刻，嘲笑理想成了一种时髦，所以那样的书找起来分外费劲儿……我记得主人公在与他的恋人——好像她是一个没有文化的洗碟女工（？）——谈话时，双手紧紧握住了她的手，表达了这样的意思：我要让你学文化；我要把你变成一个为最美好的事业和理想而献身的人；我如果没有能力把我的爱人变成这样一个人，那我自己就太无能、太可怜了……大致是这样的意思。我读着读着多么感动啊！我差一点热泪盈眶。手捧小说，我差不多在构想未来了：我将来有一个女伴，一个恋人，也要面对着她，紧握她的手，发下这个宏愿——这肯定是容易做到的！

时光一晃就过去了。我在现实中终于明白，要改变一个人，要影响她或他，哪怕是更动一点点，都将是多么困难。就因为这是血液中流动的东西，是由分子因子组合的东西，所以言称必使之改变的话，那真是夸下海口了。

像我的两位老师，凭他们伟大的人格、思想的力量、事业的造就和过人的才华，都没能做到改变伴侣，甚至没能让她们起码在表面上同行……这真是冷酷的现实。

我仿佛看到了这样一个画面：一个人与一群人一道往前行走，他们一开始是一个整体，步伐也较为一致。他们在走向一个遥远，于是当继续前行时，人群中就有人频频回首，观望故地炊烟。再后来，他们当中的有止住了脚步。继续走下去，不断有人停住，回返。后来只剩下了三五个人，最后剩下一个、两个，或许只有他的爱人与之一起，她还不时地伸手搀扶男人一下……再继续走下去，他的爱人也止住了脚步。他不得不召唤她，一声又一声，她还是没有跟上去。他只得一个人走了……

8

您认为我与柏慧的分开是必然的，而梅子与我才是一样的人。而我觉得，她们两个才是一样的人。

她们或许都不能伴我往前走了。这是我不得不面对的一个现实。我也曾经发出过改造最亲近的人——类似革命者的豪言壮语，但后来也不得不放弃了。一方面我发现这是异常艰难的，另一方面也出于对人的尊重。

我不能近似于强迫地让她们走向我。无论我多么坚定地认为自己走上了大道，都没有理由强制别人离开小路。我只是对她怀了一个热情、一个希望，这就足够了。

梅子心中肯定我走向的是一条大道吗？如果她不认为背弃了世俗的道路是大道呢？如果她不懂得这条大道一定要穿越世俗呢？

　　她来葡萄园时的兴奋令我难忘。她的眼睛只有在这一刻才未被什么蒙住，没有忽略这儿的逼人的美，这就是她使我欣悦的所在。也许我的母亲般的平原最终会被弄得一片狼藉，会千疮百孔，但她仍会有一种深沉的美滋生焕发出来，以不同凡俗的面目打动一些人。梅子该是个能够被打动的人，她的那对眼睛应该是明亮的、洞彻事物的。

　　无论她们两人之间有怎样的差异，在我看来，她们的血脉是近似的。但她们都值得珍惜。一个曾给予我永生难忘的安慰，一个则决心陪伴我一生。虽然她们眼下都遥遥地站住，只投来关切的目光。

　　这怨谁呢？

　　不过她们那些真挚的、非同一般的关切也足够让我感激的了。世上有多少人配得上她们这样的目光？对于一个男人而言，这已经足够了……当然，我还将走得更远。

　　在那里，你们的目光还能够望到我吗？我再也不能回返，将一直走下去，走向一个清贫险峻的高原。在那里，我将遇到新的兄弟。

　　……柏慧的境况很特殊，也许只有您能帮帮她，哪怕是宽慰一下也好。她生来第一次面对这样的生活，一定备感艰难。她过去是被人呵护惯了的，她是院长的女儿；她被那么多人爱慕，明明暗暗的追求者数不胜数。她一直处在柏老的荫庇和关怀之下。

　　她一个人搬到单身宿舍，自己做饭，从不回柏老那儿，也不愿见他——这个消息刚开始使我震惊，后来才多少有些理解。

　　她是个外柔内刚的女人，只是柔和的语气和那看上去充分女性化的举止性格，长时间地掩去了她内心深处的坚忍。这样的人在关键时刻也许更容易走向决绝。

　　我相信她这样做首先是对柏老失望了，进而又对那个小提琴手失望。小提琴手对柏老这个庞然大物是绝对服从的，这种服从与深藏的世俗性是系在一起的。所以在妻子离开父亲的时候，小提琴手却能与之往来如初。

　　我们在这之前都小心地回避了她的父亲，从来没有对她详谈关于柏老的一些细节。因为于心不忍。她完全是凭自己善良的感知离开了柏老的，而且现在看来已经不可回转。从此她将走向孤单和清贫，这一点她清清楚楚。我对她开始有了空前的崇敬。在这样一个得过且过的、追求现实物利的时世，她走向的竟然是另一端，这需要何等的坚强啊！

我对她这种抉择十分矛盾。既怕她无法承受，又希望她能有另一种人生——远离柏老的人生。所以我在矛盾、痛楚和欣悦交织的情感中，第一次酣畅淋漓地向她讲述了我所知道的柏老。

这样做是为了让她原谅我吗？有一点，但仅是一点点而已。我当时面对的是一种庄严得多的情感世界。我是想，让我们都拿出面对真实的勇气吧，让我告诉她，我究竟从哪里走来，还要向哪里走去——我今后将会为自己的每一次苟且而后悔，决不妥协，也不忘记——我的爱与恨都是相当牢靠和真切的，就是这样。我为当年的行为说出了坚实的理由，也向她宣布了我的未来。对未来我是看得见的，那就是顽强坚持之下的一个结局。这个结局对我一点也不神秘。我以这样的结局区别于我的四周，我的时代。

柏慧的可贵之处，还在于她能默默收集感知，这种感知渐渐积累，终于到了不可更变的时刻，她便毅然地采取了行动。她的方式与许多优秀人物相差无几：先设法一个人待着——因为这是清洁自己的必要步骤，虽然它看上去并不难做。

她选择的道路有可能通向大道，只是这对于一个女人太苦太难了一点。

9

……我无遮无拦地说出了自己的看法，有的言词未免激烈。在〇三所时，我对那些信任过的人也曾这样谈话。我对那种委婉曲折、转弯抹角的表达已经厌烦了。因为那样既费工夫，又会助长这个畸形世界的曲折。直接和简洁是一种朴素，一种追求真实的必需。可惜现实的要求正好相反，它总让人在各种场合迂回，把宝贵的时间白白耗掉。

您说，〇三所的不少人认为，我已经非常不谦虚了，而我过去并非这样。

您向我一再地指出这种危险，到后来您都不屑于谈了。我想这不仅是别人的看法，也是您不快的原因之一吧。

我不能同意您的看法。那样就是欺骗您。我认为欺骗是一种丑恶，而骄傲顶多是无知。我大概永远会是个执拗的学生——这种顽固既然使您不快，就请您接受我的歉意吧。但我决不向〇三所那些希望我"谦虚"的人致歉。

对于那些人，我应该再骄傲些才好。

世上的事何等奇怪！有人希望别人一再地表达自己的谦卑，却从来不问问自己有什么高贵的德行和超人的才华。他们并没有像您一样，辛苦地教导过我，真诚地爱护过我，却一心等待我喊他们一声"老师"——我那时是一个初来乍到的青年，把期望当成了现实，真的喊了"老师"。他们当中有的有一把年纪，我觉得岁月给了他们知识，他们应该是长者、兄长，也应该是"老师"。

可是随着时间的推移，我发现"老师"这一称呼可不是随便乱喊的。我不过并未轻易改变这一称呼罢了，但已在心中有了保留。可怕的是对方提出了越来越过分的要求，越来越增加了与之品行和才具绝不相称的、莫名其妙的优越感，非让别人毕恭毕敬不可……他们做得太过分了。面对"瓷眼"的荒谬乖张，以至于面对暴行，他们表现得何等恭顺。本来是个尾随者、胆小鬼，却偏偏急于得到别人的崇敬。我渐渐发现我的善意和良好用心正在被利用，被践踏。我对多少人喊过"老师"啊！他们还要怎样？我差不多把一只兔子也喊成了"老师"，他们还要怎样？！

我越来越明白，面对着这混浊一团，需要的只是及时地啐上一口。因为这有点欺人太甚了。他们别想再从我这儿得到一个谦虚恭顺。

这是个需要尽快学会骄傲的时代。

在一个为炽热的理想、为自己的事业贡献了一生的导师面前，我觉得"老师"两个字何等神圣！

我的导师吐血而死，死在我的怀中；此时此刻啊，那些自诩为"老师"的家伙又在哪里？他们在一个角落，吓得不吱一声，无耻地缩成一团。后来，事后很久他们才从角落里走出来，但仍然余悸未消，见了"瓷眼"满脸堆笑。这就是他们。

我骄傲，我能在最后一刻与导师在一起。我骄傲，我将告别一批"老师"了。让诅咒留在背后吧，我背起背囊走向山野。

山野上那么多兔子，它们在草中一蹦一蹦地觅食。这时我才觉得当年出于激愤和委屈，把一些没有原则没有品格、资质低劣的人比成兔子，对真正的兔子是多大的污辱。它们的形象是可爱的，它们远比他们圣洁。原谅我吧，山野上的兔子！

您有一个在〇三所的学生比我早来几年，有一次竟然当面索要"老师"的称号。他虎着脸问："你刚来时叫我'老师'，怎么这一二年就不叫了？我倒不是喜欢那个叫法，我是说……"我愣了一下，我说我过去虽然有乱喊"老师"的恶习，但我不记得曾喊过你"老师"——如果喊过的话，那么从今以后我将戒掉这一恶习。

他红着脸，一声不吭地走了。

我在一个人静下来时，常常陷于深刻的苦恼。我走进了自己的世界，这儿寂寥清冷，是最后一个回避的角落。这个世界的入口是从儿时荒原的茅屋那儿找到的……

……

自从父亲归来后，我们的茅屋就笼罩在一片恐怖之中。半夜里狗一叫，准有人盯在小茅屋旁边。我曾蹑手蹑脚走出去，结果看到了漆黑中闪动的烟头。大青吓得一声不吭——它刚才鼓起勇气报告了一声，这会儿趴在那儿，屏息静气。我想它像我一样，一颗心扑扑乱跳……不一定什么时候就有个背枪的人踢门，他们呵斥着，狼一样的目光在脸上划过，像棘尖刺人一样疼。

外祖母总是迎在前边，她在不自觉地用身躯护住全家。那些凶暴的家伙伸开胳膊推搡，外祖母矮小瘦弱的身体一下就给推个趔趄。我握紧了拳头，母亲拉住了我。她一声声叫着他们，那是想平息对方的怒气。他们不停地盘问：来了什么人？到没到过远处？这些天又干什么了？母亲一一代答，他们说不行，他要父亲亲自来答。父亲正病着，这时弯着身子过来，艰难地答了。他的额头不止一次被他们戳来戳去。

来人每一次都带着生锈的、卸下来的枪刺。

我们在夜晚没有了一点声音。全家的呼吸都轻轻的。风在丛林中穿过，它拨动的每一片树叶的响声都听得清清楚楚。一只柳莺在枝丫上弄出细小的响动，接着是一滴露珠跌落下来。小得像刺猬一样的四蹄动物一溜溜地从窗下跑过，那急促而收敛的脚步让人分外悲凉。

我睡不着，又不敢用力翻身。我只好听着夜声，听着全家人的呼吸。父亲咳了一声，他的胆子多大……在这一个月里，他已经被十几次押走。有时他一连几天不回，母亲出去找他，回来时领着个血迹斑斑的人……多么深重的罪孽，无法探究无法思索的罪孽。

在这样的日子里，我有时一连几天说不出几句话。在学校，我不敢正视同学和老师的目光。我回避一切询问的、敌视的、嘲弄的、不解的……花花色色的目光。我只希望黑夜快快来临，那样我可以沉浸在想象的、一个人的世界里。

当老爷爷默默出逃，死在荒路上之后，真正的灾难降临了。我们家再也没有了一位老爷爷的照料和呵护，没有了他熟悉的脚步声，他呼唤我们吃饭的声音和他与大青对话的声音，这儿成了死寂的世界。茅屋空旷了许多，也冷清了许多，好像随时都有被什么给碾碎的危难。大青真的哭了——我有一次蹲在院里，听到身后有什么哼了一声，一回头，见它卧在那儿，垂着头，眼里闪着泪花……我捧起它的脸，泪水哗哗落下。

白天，只要父亲一回来，我就跑进丛林中，爬到一个茂密的枝丫上，让身体隐在其间。我害怕、自卑、羞愧、梦想，更多的还是渴望……渴望像别人一样无拘无束地谈话，或畅声大笑……我整整好几个月没有连贯地、大声地说过话了。自从老爷爷逝去之后，我就没有好好说过什么——我甚至没有说话。我大约只用点头、用眼神表达着意思。好像家里人大抵都是这样。

我可以一整天盯着大树上的裂纹、地上的小甲虫和飘落的叶子。我心里这时涌起了滔滔话语，叙说不停，一直到口干舌燥才快快回返。这时天就要黑了，林子里的老野鸡不停地啼叫。我小心地走出丛林，走回我们的茅屋——那个小小的、屋顶像铅一样黑的茅屋，这时被暮雾压得喘不过气来，它悄无声息……我每一次跨进小院都有点战战兢兢……

我这一次注意到大青的脸色异样——它像人一样无法隐藏自己的心情。

屋里，所有人都一声不吭地坐着。我觉得空气中有一种瓷器被粉碎那一刻的尖利利的声音——我知道空气中只要出现这种声音，大难就要降临了。

我靠紧了外祖母。她伸手抚弄了一下我的头发。我等待着可怕的消息。这时父亲低低地、恶毒地咒骂了一声。母亲忍不住，擦起了眼睛。我不得不开口问一句："怎么了啊？出了什么事啊？"

外祖母把我搂到怀中，继续抚弄我的头发。

母亲抢答："什么也没有，没有——你吃饭吧……"

我不信。但后来大家都坐到饭桌前了。什么也咽不下。父亲吃得最多，他好像与往日没有什么区别。

第二天，外祖母说要领我到林子里拣干柴采蘑菇。我当然高兴。这已经是很久没有做过的事儿了，这要专门让两个人去林子里，太奢侈了。自从父亲归来，我们就没有好好地到林子里采过蘑菇和浆果，外祖母也没有再做蜜膏……

这一天到了中午外祖母还不想回家。我们不知不觉走向了丛林深处。我召唤只顾低头干活的外祖母：该回家吃饭了。可她说：就在这儿吃，你看我带了午饭呢。这可是从未有过的事儿——在林子里吃饭！我们的茅屋就在丛林中，离这儿并不太远啊！不管怎么说这太让我兴奋了，我抱住了外祖母。

那顿午饭我真难忘。有咸鱼块、锅饼、米粥，还有一大堆水果——有带来的，也有随手在丛林中采的野果……

天快黑了，外祖母一点也不急着走。我提醒她：天完全黑下来时就没法走出丛林了。她说不要紧，不要紧。我们往回走时天已经黑透了，结果我们在归路上差一点迷路。收获是足够多的了：一大捆干柴，一大口袋蘑菇。

进院门时大约是晚上八九点钟了。小院静得可怕。我抛下柴捆就奔屋子，外祖母小声叮嘱：慢点，慢点。

门没有关，虚掩着。原来爸爸妈妈都没有睡，他们坐在炕边，像在凝视黑夜。他们故意不点灯。他们在等我和外祖母吗？

"妈妈妈妈……"

妈妈一声不吭。我去扯她的手，发现这手冰凉僵硬。我拥她一下，她搂住了我。

我感到有泪滴流下来。我害怕了。

那个夜晚多静啊！

不知怎么熬到了天亮。我醒来了，好像突然觉得院子里缺少了什么。啊，是缺少大青的声音，是它一扭一扭在屋里跑动的样子！我一冲跃到院角，那儿有它的小窝……小窝空了！

"大青！大青！"

父亲和母亲，还有外祖母都站在了门口。

"大青呢？！"

母亲看看父亲，父亲沉沉地哼一声："跑了！"

母亲转过身，回屋了。

我四下寻找，后来发现院子有些不对劲儿：铺上了一层洁净的沙子。而这在过去，只有下过大雨之后才铺这样的沙子，那都是老爷爷亲手去做的……我一声声呼喊大青。没有任何回应。

　　我这时看出来，我们的院子好像被铲过，然后又铺了沙子……我只觉得身上烧得像炭一样，就快支持不住了。我似乎明白了什么。

　　……事情又过了很久我才弄清全部缘由。

　　原来那些来我们家的人早就恨着大青了。他们说：它咬人，必须宰掉。母亲不知赔了多少礼，说它是多么懂事的一条狗；它从不咬人；而且住在荒原上不比住在村落的人家，离了狗是不行的。他们不睬。又过了几天，来人通知说：你们在三天之内必须把它杀了；如果第三天还不杀，会有人替你们做。凶狠的家伙害怕我们把大青送走，就强调：必须见到狗尸才算数……三天过去了。我跟外祖母到丛林中去的那一天，是第四天。

　　院子被大青的血溅红了。刽子手离开后，父亲把血迹刮去，又担来了沙土……那时母亲已经起不来了。

　　在我眼里，大青是个小妹妹或小弟弟，它与我们情同手足。它知道的茅屋的故事太多了，它到后来深深地沉浸在茅屋悲惨无告的气氛中，几乎一年里没有真正欢跳过。

　　有人竟然杀死了一个儿童般纯稚的大青。

　　从此我永远也不会轻信什么了。害它的人必遭恶报，那恶报将是可怕的。

　　妈妈和外祖母头上的白发飞快地生出。不久，外祖母就病逝了……

　　我再没有一个独特的对话者，只好更加沉默。我回避着，逃窜着，躲开所有人。最好的去处就是黑夜的梦想，是一个人的丛林深处。我在自我的世界中喃喃，我渴求，我追忆，我仇视着、爱着。

　　在善良无欺的、贫穷如洗的农民面前，我羞愧难耐。在那些流浪汉面前，我感到了煎熬。我不敢长久地去看洁白的小羊、聪慧的小狗与和顺光滑的鸽子……因为我不敢想它们的结局。我一生都因为不能挽救善良的弱者而愧疚。我知道这种愧疚已经构成了我的素质，我正忍受着无所不在的戕害。

　　这就是我的世界，自己的世界。谁来这个世界的边缘与我对话？没有，这儿永远只是我自己的呼吸之声——时而急促时而平静……而在我的对面，在那个肮脏的污团中，一些满是油渍的脸大仰着，埋怨我"骄傲了"。我岂止是骄傲！

　　……

　　追求高贵的时刻来到了。我将永远骄傲着。是的，我开始直接说出我对他们的藐视了。

10

　　我的导师去世以后，悲愤和绝望压迫着我，几乎无法走到办公室去。我开始用另一种目光审视那座大楼了。我心里非常明白，眼下必须尽快离开那儿，因为无法容忍的污垢已经堆积如山。我陪伴我的导师走到了尽头，使命暂时完成了。我该走开了，走到一个稍微清爽一点的地方，呼吸一口新鲜的空气——我害怕窒息。

　　到哪里去？我首先想到的是去一个环境宽松之地，当时最羡慕的是某个不必坐班的单位。环顾了一下，这座城市中这样的单位不多，其中包括几个杂志社。一个朋友联系了一家，我以前注意过，这份杂志还比较严肃，就答应下来。

　　现在看我的选择又是一个错误。但这在当时好像是自然而然的。一方面我急于躲开、安顿自己，另一方面我所需要的那种环境原本就不存在。我在选择之初还处于相当模糊的时期，在痛苦、犹豫和决绝之间徘徊，追求中还抱着一分幻念。

　　杂志社的头儿是个四十多一点的女同志，矜持而端庄，看上去只有三十左右，是什么学院常务副院长的第二任妻子。她用一把磁化杯子喝茶，在一个与他人合用的大办公室里办公；她常常与大家一块儿讨论平时遇到的一些问题，给人和蔼随便、认真并有原则的印象。她的对面正好有一个空桌，这会儿就成了我的地方。

　　每天我都能闻到她身上散发出来的淡淡的丁香味儿，她大概使用了那种香型的化妆品。她是一个十分干净利落的女人，打扮上真是一丝不苟。她微胖，白皙，一双眼睛黑亮得像婴儿那样，平时很喜欢吃零食，上班时常吃一点新疆葡萄干、松子和话梅之类，每一次都递过来一些。

　　比起原来的头儿，我觉得她好多了。在这样的单位工作，累一些也没什么。本来杂志社规定一三六上班，可我愿意每天都来这儿。与过去不同的是，我现在要参与讨论版面、稿件、文化科技动态和艺术等，新鲜而富有弹性。这十分合我的胃口。不久，就由我亲手编发了我的导师的遗作——那些动人心弦的诗作。我们的杂志有文学艺术版面，它以前由主编兼管，这会儿就让我接替了。

杂志社与〇三所相比，工作人员的福利要差一点，但也相当好了。每个编辑人员除了按时发放工资外，还有坐班费、编辑费及好稿奖励。整个杂志社共二十余人，有一幢办公楼、一座宿舍楼，还有四辆车，经济上独立。由于杂志发行量几年来一直稳定在二十万份，所以非常宽裕。后来各种严肃报刊的发行量受电视和通俗读物的挤压，数量急剧下降，我们的杂志也保住了十万大限。这样经济收益仍然很好。加上这份杂志一直是政府支付经费，所以它注重的是社会效益，即便发行量下降到几千份，工作人员的工资仍然不成问题。

主编柳萌经常把丈夫对刊物的意见告诉我们，使我知道她非常看重男人的意见。每一次她都让大家一起分享那种特别的欢乐，"他看得才认真哩，哪个标点不对都用铅笔标出来；还有，哪个'的'该用'地'，他都画了记号。他说插图太草率……"我注意看了看，发觉除"插图草率"一条是绝对正确之外，其他的都搞错了。

她特别注意收集社会上的反应，如果是某个领导的意见，她就会召集大家议一下。所有杂志社的人胆子都蛮大，一些敏感的稿子也敢端到主编面前，她一高兴就签发了。我发现她与一些领导打电话的时间比较长，说话非常随便，而且还不时地插一句："就不！""我就不！""我才不管哩！"当然，这不是什么人胆的顶撞，电话另一端的人绝不会恼怒的。

凭了柳萌的关系，我们的杂志几次化险为夷——有些稿子当然要得罪人，有的告到上边头儿跟前，头儿就抓起电话直接找柳萌。柳萌据理力争，不时地吐出几个"就不"，问题就解决了。

柳萌是杂志社绝不可缺的人物。我觉得她唯一的缺点是容易接受影响，自己内心并无什么固定主张。但她人的确不坏，善良，单纯，心态绝不像四十多岁。同室的一个三十岁左右、毛发非常浓重的男编辑，好像可以约束柳萌。他不愿做的事情，柳萌也没有办法。男编辑脾气很大，有一次我上班略晚了一点，一进门发现他把一个水杯子扔在地上，柳萌的脸正转向窗外。我坐下来，柳萌还站在窗前，一只手在掏手绢。后来她转过身，让我看到了发红的眼睛——她刚才哭过！

我稍稍有点吃惊。

她极力显得什么事儿也没有，马上笑着问我，说封二的裸女画怎么样？我最不喜欢一窝蜂跟着上了——现在几乎所有的杂志都要刊登裸女半裸女。她说："我们家那位这一次比较解放，他说：'人体美嘛，这有什么不好？不要太保守'！我松了一口气……"我觉得这与"保守"毫无关系。这其实是一种迎合，与真正的勇敢并不搭界。柳萌仗着一点什么，很喜欢扮演思想解放的勇士，言别人所不敢言，做别人所不敢做，骨子里却很愿讨人喜欢。她并没有在真正的意义上坚持过什么。这是我一眼就看得出的。

柳萌在两个方面都会被接受：上层与民间。日子久了，我终于明白那个男编辑与她的关系非比寻常了：他们一起出差，一起参加笔会，一起加夜班等。她有时注视对方的目光是十分青春的，那往往是短促的一瞥。而那位副院长老头儿也与她恩爱非常，常用自己的车接送她，她对老院长也像对待一个大孩子。

有一次她与我讨论起"瓷眼"的事情。我不愿提到他，她就一个人说："都知道那家伙那方面太糟烂，像畜生一样。我最讨厌这样的人。有一次开会见面，他握住我的手就不放，两眼直勾勾地看人……还与我们家那位是老朋友呢！什么玩意儿！他对你的评价根本干扰不了我们，我知道他的德行。当然了，男女的事儿也不能像过去那样大惊小怪——关键看是不是有真情实意，就是说感情深不深，两个人如果真……"

她端起磁化杯喝茶，没有了下文。

可惜这样悠闲的日子很快就过去了。大约是我进杂志社的第二年，关于刊物自养、自负盈亏的风声就大起来。柳萌让大家不要慌张，说不管它，全城剩下一份刊物由政府补贴，也得是我们。大家对她的话坚信不疑，因为她到时候会说"就不"，而且凭我们杂志的地位也不该有问题。

果然，全市刊物自补会议开了好几次，不少刊物都从补贴名单上划掉了，我们的刊物仍然照旧。大家暂时松了一口气。

第三年春，又是传言刊物自救，说政府改革步伐加大，将把各种各类刊物一律推到市场经济之中，砍掉所有补贴。我觉得这一次可能是真的，因为那个男编辑已经受柳萌之托，动手去搞一个"基金会"了。他差不多停止了正常工作，一直开一辆专车在外面奔波，社里的小女打字员随其左右，称为"女秘书"。我们问主编刊物前途，她说："找过上边头儿了，没事。"

男编辑越来越忙，他开始到很远的东部去搞钱了，而且正式提出车上要装备一部无线电话。柳萌同意了。她自己一直想装这样的电话，但没舍得。

基金会进展缓慢，柳萌说现在办什么都难。她开会布置工作，特别强调杂志社的"创收"问题，说尽管我们刊物没事，但仍要提防"无米之炊"，要求我们每一个编辑都要关心经济问题，想点子，出方法，还特别提出一个规定让大家讨论：在"创收"中效益显著者的回扣——即从全部款项中抽多少归其所有？她说这以前是严禁的，但如果形势严峻了，这个问题就由不得别人，这关系到一份杂志的生死存亡！"挽救刊物就是挽救未来！"

美丽而庄严的一句警语——从哪儿学来的？这不像她的语言，也不像她那个胖乎乎软绵绵的老头儿的。

我心里非常清楚，我们这个杂志不同于其他杂志，物质基础相当雄厚，长期以来又得到上边的有力支持，而且订数直到目前仍居高不下；再加上广告费，自保当是没问题的。从长计议对，但如此惊慌，磨刀悬赏，似乎有点危言耸听了。如果我们过去不是那么大手大脚花钱，基金会早成了。大家得捞且捞，比一比那些勉强维持着基本工资的严肃杂志，比一比那些长期发不出工资的企业，我们这样搞钱实在有愧。我们办这么一份粗浅的刊物，有什么理由大把地分钱？

我知道她真正害怕的不是刊物办不下去，因为根本不存在这样的危险；她担心的是不能像过去那样随心所欲地分钱。

真正有经济之虞的杂志当然有，但它们大多是那些真正严肃和纯洁的刊物；而这样的刊物，我们这座城市暂时还没有呢。

那个男编辑的地位本来就特殊，这一来更是目中无人。他仗着那身浓重的毛发，交往了不少不道德的女孩子。不止一次有姑娘眼泪汪汪地跑来，诉说她的幸与不幸。这种时刻如果柳萌在场，整个杂志社就乱了套。她会一改平时的娴静温和，大声训人，噔噔噔楼上楼下地喊……这样忙上半天，直到小姑娘溜了，她才能坐下喝茶。她的脸汗津津的，说现在这个年头，什么事都有啊，还说不准她是什么东西呢！"你看见她了吧？连脚指甲都染成了蓝的！"

多毛男子十天半月不来单位一次，带着身材娇小的女打字员飞一样来去。有一天他回来了，柳萌立刻不失时机把他关到里屋，叫嚷："好好谈谈，该好好谈谈了！"

里面很快就传出一阵吵闹。男编辑嗓门大得吓人，一会儿又发出委屈的鼻音。接着是一阵寂静，静得让人担忧。谢天谢地又有了声音，是柳萌弱小而坚定的声音："就不！就不！……"

半个多小时之后，两人和颜悦色地出来了。多毛男子向我、向其他人举手行礼，又对柳萌说："我先去了，主编！"就下了楼。

柳萌微皱着眉头自语一句："这个人哪，唉，也不容易……"

但无论如何，柳萌对他的不满还是明显增大。首先是嫌他走了不及时回来，再就是"名堂太多"。"名堂"大概指那些花花绿绿的事儿。于是只要她逮住男编辑，就要往狠里剋一次。弄到最后有一个人沉不住气了，就是小女打字员。她平时不言不语，这会儿突然勇敢起来，在主编独自喃喃的时候，竟然噘起嘴"哼"了一声。柳萌砰地放下杯子，"你哼什么？""我哼不公！""你懂得什么公不公？""就是不公。人家为社里跑断了腿，还不如'吃饱蹲'赚好儿！"

柳萌差点跳起来。所有人都停了手里的活儿。这"吃饱蹲"三个字太刺激人了，而且矛头显而易见指向了大多数在办公室编稿子的人。好像倒是我们不务正业似的。柳萌手指着小女打字员说道：

"你懂什么？再胡说八道我停你的职！"

小打字员弓着腰进里屋躲了。

柳萌长叹着，环顾四周，"你们有时间也出去跑跑，找找门路，不能让哪一个人垄断了！"

整个一天气氛紧张，大家都非常不快。我明白，这儿最后的一点宁静也完结了，我们开始走入喧嚣。

柳萌与多毛男子的口角只是偶尔发生，他们相处仍大致愉快。有好几次主编亲自与他到外边拉赞助、谈项目，回来时眉飞色舞，"他这方面是个天才，接触人快，切入正题快。我们杂志社今后就依靠他了……小怪物！"

那即兴而出的昵称正好表达了她无法自抑的兴奋和快乐。这一来大家都叫男编辑为"小怪物"了。其实他粗壮高大，与"小"毫不沾边。他身边倒真有个人又小又怪，那就是女打字员。她现在已经不能坐在打字机前了，跑野了脚，腰上挂个传呼机，加上长得小巧，看上去真是奇特。柳萌告诉大家：跟企业家打交道就得忍。有一次他们喝醉了酒，一抬手就把小女打字员举到半空……

有关方面终于送来一纸严厉的通知：自下半年开始，所有杂志都终止财政拨款，实行自收自支，并指出这是实行市场经济的重要举措。

柳萌跳了起来，所有人都拍起了桌子。"这是釜底抽薪！这是不顾后果！把我们跟黄色下流小报杂志一锅煮了！不行，我得去找他们算账……"她马上往外拨电话，拨了几个都不通，"他妈的，肯定别的刊物也在吵，吵个什么？它们平时光知道胡来，现在又……"

她风风火火跑走了。一连几天没见她的影子。好不容易又出现在办公室，无比疲惫。我产生了深深的同情。起码在某一点上她没有说错——可怕的挥霍正蔓延全城，人们在发疯般追求物质享受，几十万上百万的高级轿车在这片贫瘠的土地上已经挤得水泄不通，在乡村城镇，一个小股长甚至民兵连长都坐上了高级轿车，一些满脸油污的下流坯已经坐上了带紧急充气垫的超豪华轿车……随便把他们一辆轿车的一个轮子卸下来就可以养活一份严肃杂志，而如今却决心停止支付全部的出版经费。这是任何一个有希望的地方都难以做出的举动，是物欲冲击下的疯癫。

在这样的情势之下，势必催生出一大批下流读物……谁来为一个民族文化的崩溃承担责任呢？

这一天并不遥远。

柳萌疲惫之后就是温柔的叹息，"哎呀，各有各的难处。不管钱不知柴米贵，国家得顾大的，我们也得体谅。没有办法，只有自己想办法了，只要积极想办法，杂志不仅能办下去，而且还能办得更好……"

我的心凉了，全部同情立刻飞得光光。她的本质就是苟且和妥协，是很容易被说服的。她竟然丝毫看不出整个问题的性质，它所蕴含的粗暴、不负责任和无知的肆虐。她很快就被安抚下来，又像个刚赌过气的小媳妇了。

接着刊物理所当然地走向了"恶俗"——一个接一个所谓的"企业家"登堂入室，照片、长文、手持电话的封面封底人物……下贱甚至黄色准黄色的图片和文字，撒谎、吹捧、征婚广告，一应俱全……浊流汹涌而来，淹过了编辑的小桌。小女打字员第三次流产后刚刚上班，如此虚弱又如此愉快，在桌子间扭着喊叫："早就该这么干啦！……"

我真想把她抓起来扔到楼下。她顶多有三十多公斤，我一挥手就能把她扔出几米远。

基金会极有"前途"，柳萌向大家报告：现在苗头很好，这样下去，我们大伙儿就是躺着玩儿也不怕了。除了搞基金会还有刊物自身收入——通过改革编辑方针，盈余大约是过去的三倍！"怪不得上级让我们下海呀，这是逼着我们动脑筋，学会'游泳'。我们对待这个第一是不怕；第二是'战之能胜'！是吧是吧！是吧？！"

　　她端着磁化水杯，一个个环视，最后把目光停留在我脸上。我们对视了一下，只一下我就发现她变了：涨了满脸的欲望使她的面部肌肉变了形，整个人显得陌生又丑陋，简直就不是过去的柳萌了。

　　"你也该多出去走走，一回生两回熟，常了就习惯了，刚开始我也不好意思……"

　　我明白这是对我一个人说的。她鼓励我干什么？当然是搞钱，可她说得多么牙碜，乍一听还以为她在讲自己别的什么生涯呢。同样是这个端着水杯的微胖女人，前不久站在这儿还说"挽救刊物就是挽救未来！"看来她这一次是决意要断送"未来"了。其实她从来也没弄明白什么才是"未来"，她那些关于这一切的讨论，不过是一个浅薄的、嘴尖舌快的女人的另一种时髦罢了。对她太认真就会上当。在这个世界上，并不是每个人都长了一颗心，其中有相当大一部分人是"空心人"。

　　夜间，我躺在宿舍里一阵辛酸，难过得睡不着。我一遍遍想着〇三所、"瓷眼"，还有我的导师最后的日子……这一切是不会忘记了。那时我愤然离开，决心走出那座阴森的大楼，让阳光照得双眼迷蒙……我走在大街上，像个游子一样茫然四顾，真想不到最后又落到了这样一个鬼地方！

　　星星在窗外闪烁。我长久盯着宝石一样的星星，心里一阵纳闷：怎么如此美丽的星空之下会忙碌着那么一帮污烂糟？这真有点不可思议，这真是可怕的存在……我一直望着星星——它与我童年所张望的真是同一片星空吗？我不敢想下去。童年的星星好像比现在大、亮，它们是低垂的，一次次想亲近土地上的一切：草、树丛、石竹和鸢尾花。星星在三十多年的时间里退远了——一丝一丝退去，带着失望的歉意退去——大地及大地上的一切使它们失望了；它们是对的。我们这儿的一切即将被星空抛弃，我们将没有光，沉入浑浊无绪的、铅墨一样的黑暗……

　　天亮了，仍不想起床。我开始对那个杂志社感到怯懦和厌恶。头一阵阵疼痛，我想我是病了。

　　我病的时间好长，一连十几天没有上班。柳萌来了，她肩上那个小挎包像拳头一样大，看上去令人气愤。一个人居然可以背着这样小的挎包，什么荒谬的事情还干不出来？她坐在床边，伸手试试我的脑壳，说一声："多么可怜！"

她身上丁香花的气息又浓烈地喷涌而出……这么柔软的手掌，这么好的手指甲，干点什么不好？为什么偏要去干那些"一回生两回熟"的勾当呢？

"好好养病，争取早点上班，好多事情等着你呢！"

她鼓励，询问，不断地关怀。看来这份杂志正处于非常轻松自如的阶段，她还有闲心在我这贫寒的小宿舍中待那么长时间，而且笑口常开。

她走了。后来再登门的是会计，他是送我这个月的工资和补贴来的。补贴一下子比工资多出好几倍，黑乎乎的一叠儿放在床边。

……整整两年时间我都在若即若离的状态下。我知道，我正在接近一个痛苦的决定。

这期间又经历了许多，比如与梅子的结识，我写下的几本歌子……梅子大大抵消了我的痛苦，她和我有了一份与常人大同小异的、火热而安定的生活。但我无法把那些铭刻在心的苦痛挡在小屋之外。我对梅子说：我想离开，离开。她问我离开杂志社吗？我说是的，不过……也许，我反正要离开——我感到有什么催逼着，我需要离开了。我将在一个全新的、稍稍遥远的土地上，回首我历经的全部……这已经有些晚了，但这是必需的。

这个想法逐渐坚定，清晰。但要实现这个想法，那真是太难了。

那会儿辞职风席卷这座城市，有时甚至是得到某种莫名的鼓励。人们都感到自由多了，可以辞职了，可以选择职业了，这实在是个不小的进步。我于是对这座城市正式提出了告别。因为这几年中我借着到东部出差，已经发现了那片葡萄园。某种孤注一掷的心情支持了我，也使我更加坚定。我的岳父以空前的严厉阻止我，但最后是我胜利了。他认为我是"脱离队伍"，就像战争年代一样，是个"逃兵"。我说不，这是"入伍"，是走上"前线"……当然这是蒙他——我还远远没有走上"前线"。我只是没有忘记"前线"，我如果踏上通往"前线"之路就已经很幸福了。

当污浊埋上喉咙的时候，我的第一反应首先是跳出来。对我，对任何不愿死亡的人而言，暂时也别无选择了。

<h2 style="text-align:center">11</h2>

老胡师，在这静谧的葡萄园的午夜，我多想再一次与您促膝长谈。那回对

饮长久地留在我的脑海中。我需要看到您的银发和微笑，您的黑色大烟斗。作为一个令您遗憾的学生，我先是离开了自己的专业，尔后又离开了学界和工作单位，回到了这样一片荒原……我在前面为自己也为我们这一类人做了辩解，指出那场由来已久的、不可避免的冲突的原委以及迎击的光荣。我现在想说的是，这儿比我离开的地方洁净一万倍；如果说到事业和知识，这里从广义上、本质上讲，也比那个地方深刻和真实一万倍。我在这里成长的机会远远大于那里，我有一天必定会从这儿出发远行的。

在有关柏老的那个故事中，您也是其中的人物，是个介入者。所以您在那时没有任何怀疑和误识。但关于"瓷眼"、我的导师、导师的恩师、○三所，您却没有表现出那样的清晰性。这是因为没有感同身受。您对于这个时代里某些故事雷同的严重性还有些低估。我却要一再地揭示和记录由于一个时代想象力的枯竭而带来的可笑而残酷的"雷同"。

可笑的"雷同"，令人啼笑皆非的"雷同"，使人流血流泪的"雷同"！就是这些一再重复、大致相似的故事，把我们一个又一个纯洁、朴素的兄长和导师沉入了深渊。

我在这个小平原上有幸搜集到几千年前秦王东巡及徐芾的故事——这故事家喻户晓，偌大个中国有谁不知道有个叫徐芾的人？有谁不知道他采长生不老药一去不归的故事？

徐芾是个幸存者，他逃得太快了。

……

我在这个葡萄园里，享受着一段有别于过去的时光。我咀嚼着那些故事，梳理着来龙去脉，只在默想中与一类人对视，感知着他们的目光。这目光射穿了遥远的时空，依然那么生动和温暖！

12

……您出于对学生的关切，对我的未来一直担心：这样下去怎么办呢？

我张望着面前这个世界，常常发出与您类似的叹息…… 怎么办？怎么办？我离开了，再一次离开，离开。人最终都得离开。但一个人却不能屈服地撤离。我在一次次离开的时候，想到的就是这些。

　　我不害怕什么，我只渴望有效地加入。我没有回避，我藐视汹涌的浊流。有时这种离去是必须的。它恰恰源于一种渴望。我不能忍受，这种"不能"既使我陷入，又使我离开。我判断着，回想着，寻找着我的来路。我在滔滔的时代合流之中不可能不葆有这种状态。有时我像一个孤儿——一个时代的孤儿；有时又像一个扶老携幼的男人。我觉得自己早早地衰老了，又奇怪地停留在童稚时期。我是谁？是什么？我在哪里？类似的迷茫偶尔笼罩我，令我惧怕……所以我一开始，一直到今后，我的一生，都会专注于一个最普通最基本的问题：我的立场。在越来越多的人羞于谈论立场的时候，我却要在自己内心深处死死地咬住它不放，一直到把它咬出血来。

　　我离开了这个平原近三十年了。这等于离开了母亲，失却了最可靠的保护，受伤流血。我带着伤残归来，紧紧依偎着她。失去得太久太久，母亲也在苍老。面对着衣衫褴褛的母亲，那种痛苦才是真正的痛苦。最后的和最早的依靠、爱和怜的源头，如今成了这样。谁忍心看一眼母亲苍凉炽热的目光？

　　我的平原啊，我挨上了你，我紧紧地依靠着你。可是我身上的血口尚未平复，我又要为您去重新迎接。母亲身边的危难叠成了山，这就是我的母亲啊！

　　我一大早起来就走向原野，想让脚板贴近昨日的青茅和葛藤。它们没有了，早在十年前就枯萎了。现在更多的是荆棘，是吸饱了绿汁而变为金色的地衣。地衣嫩软的须丝让人想起章鱼长了吸盘的长爪。它们把大地吸贫了，还要吸，吸，它们曾经怜惜过大地吗？

　　那潭碧绿清澈的水呢？那一丛连一丛的灌木呢？那呜呜呜响的白杨林松林和青冈木啊，已经被一处处起伏的沙丘链所埋葬。白如云朵的羊群没有了，灰色的天空看不到一只鹰。麻雀倒还不少，可是更体面一点的鸟儿一只也不见了，如鹭鸟、大雁、花喜鹊、雄野鸡……据说它们已为数极少且躲到更安全的地方去了。

　　如今持枪的人多了，他们向我的平原开枪。他们都从外地涌入，一个个都有一张油渍麻花的脸，看了让人恶心。本地土生土长的也有，不过大都不是良家子弟，而是自小染上恶习学外地人穿上小花袄的败家子。他们给野心勃勃的外地人领路，充当奸细，殷勤指点哪里有水源、矿藏、果子、沃土，哪里有花姑娘。他们亲手把自己的姊妹献出，以领得一串沾了油污的小钱。

　　为了把轿车、卡车开进美丽海滩最深处，他们修了一条条柏油路。这些路像黑色的脉管，通过它们将全部宝藏都抽空了。他们什么都要，只要能换来钱就行。于是当地人惊讶地发现：一卡车一卡车的沙子运走了，大海滩上到处留下一片片坑穴。大海涨潮时，这些坑穴又给灌满了盐水，于是仅有的一些植物也死掉了。洁白的沙子是构成海滩最基本的东西，是我们立足的根据。于是我们不难发现，有人存心要移动和毁坏我们的根本。

怎么办呢？

我终于发现自己无法撤离。我从学院到〇三所，再到杂志社、平原……这原来都不是撤离，而是转移。

一生都只能转移。这是我独特的命运。我守住自己的命运了。

我在午夜难以入眠时，想得最多的就是：这片平原到底是谁的？法律上对此是怎样界定的？又是怎样制定了法律？好像有人指出这平原这广阔的海滩也是我们的——"我们"指大多数人，即平常一群群在野地里奔忙、皮都晒焦了的那些人——可这些人显然未曾决定过什么。

看来在这片平原的真正归属问题解决之前，我们就不会得到安宁。

13

……您对我几年来的激烈言辞都原谅了。但从未真正赞同过。这既使我不安，又让我迷惑。因为我所说的一切在我看来都简单明了。您一再强调的意思常常是：也许你说的都是真的，都有道理，但仍然还是要学会宽容——再宽容一些吧！

您不断重复的这些归结性的话使我失望极了。我开始觉得有一种无法走近无法沟通的痛苦。这一回它那么真实地告诉了我……

"宽容"——多少次听人这样说了呢？他们好心好意劝导我，让我领会和运用。据说号召"宽容"的人一辈子都不会错，所有品行高贵的人都善于劝导别人"宽容"，讲"和为贵"。但我逐一分析后发现，在最需要表现出宽容精神的地方，他们是绝不谈论它的。

实际上他们悄悄地换掉了一个概念。他们在讲忍耐和妥协，甚至公然主张与污流汇合。

我有一种被侮辱被欺凌的感觉。因为在频频侵犯中我已遍体鳞伤，血迹斑斑——也许这血汁流了不止一人一代，而是一家一族——有人却劝我承受，顺从，或直接跪下。这太不公平了。

对于好人，您这样的长者或朋友，我才愿意指出这种不公。而对于另一类，我就要毫不客气地指出他们的猥琐和虚伪。他们指责别人"不宽容"，自己却时刻准备加入丑恶势力。他们的理由是：既然你如此地"不宽容"，就不要怪我不客气了。我几乎能听到他们唰唰挽衣袖的声音。

在那个口吃老教授的儿媳跪着死去，在我可爱的导师吐血而去，在那大山里的地理教师孤单地倒于雪地……这样的时刻，是谈"宽容"的时候吗？我不明白他们为什么那么喜欢这个词儿。我怀疑他们在用这一独特的方式为自己不够磊落和体面的昨日辩解。

那些流血的时刻，言必称"宽容"的人又在哪里呢？

原来"宽容"是一个陷阱，你一不小心踏入了，就会被吞噬。

我绝不"宽容"。相反我要学习那位伟大的老人，"一个都不饶恕"！

不会仇恨的人怎么会"宽容"呢？宽容是指宽阔的心胸有巨大的容纳能力，而不是指其他，特别不是指苟且的机巧。那些言必称"宽容"的人还是先学会"仇恨"吧，仇恨罪恶，仇恨阴谋，仇恨对美的践踏和蹂躏。仇恨有多深爱就有多深，仇恨有多真切爱就有多真切。一个人只有深深地恨着那些罪恶的渊薮，才会牢牢地、不知疲倦地牵挂那些大地上的劳动者。他们已被太阳炙烤着，像茅草一样，数也数不清——记住了他们才算真正的宽容。

在这个时代，在人的一生，最为重要的，就是先要弄明白自己是谁的儿子？

这是一个寻找和认识血缘的、令人惊心动魄的过程。它绝不是生而知之的，它的认识有时需要付出半生或一生的血泪汗汁。每个人出生后都将跟从，都将被认领；如此他才不会背叛，才会有个立场。

第三章

—

柏慧

1

我深信，人的一生即便只改变了其他人中的一个，也是非常了不起的。实际上一个人对另一个人的影响力比想象的要小得多。但有的人只要一息尚存，就愿意努力地说服别人，引导他制约他，使他符合自己的愿望。这是人的美德还是恶习？

我发现自己也是这样的人。我特别寄予希望的是两个人：你与梅子。我这样做了很久，直到现在才明白我根本不能改变你们。我说过，面对着纤弱的梅子，我有时忍不住想，她体内何以贮藏了那么多的执拗？

有人生来不理解一种事物，有时最终都不能理解。这期间他（她）无论做出多大的努力，认识却没有多少增长。人好像一开始就被划分了和规定了。比如说梅子与鼓额，她们之间的区别简直是与生俱来的。

梅子每一次来葡萄园，她们俩都会有惊愕的对视，让人在一边看了发笑。鼓额知道对方并无恶意，但还是像看到了一头陌生的巨兽一样，一边看一边绕到响铃身后……我对梅子说："她见了你害羞。"梅子哼一句："她可不是害羞。"

鼓额摘最好的葡萄给梅子吃，梅子指导她剪了一个时新的发型，但她们之间还是很少说话。梅子背后说：

"这个小姑娘怪极了——我从来没见过这样怪的小姑娘！"

我告诉她：鼓额一点也不怪，她平凡得就像地上的一株庄稼。你只要走遍了这儿的村庄，就会发现她们个个都一样……

梅子认为这绝不可能。她对那个鼓鼓沉沉的额头、黑亮的大眼睛，都感到一丝神秘。"她就像个精灵，一个小精灵。她不说话，可她什么都明白——她那个大脑瓜里装的事情多得吓人。我害怕不声不响走来走去的人……"

那时鼓额还没遭到那次袭击，如果现在梅子这样说，我会特别受不了。但即便那时我也很敏感地感到了某种刺疼般的难受。我忍着什么，替这个贫穷的孩子辩解，我告诉妻子："别这样说她，她是个淳朴到极点的好孩子。她生下来就没穿过一件像样的衣服，吃的也是一些粗糙的食物。她缺乏营养，所以没有长成高个子。那鼓鼓的额头可能是小时候缺乏钙质造成的……她走路没有声音，那是害怕，她真的害怕……"

"别胡说了，这儿有什么可怕的？谁对她都很好，怎么能害怕呢？"

她不耐烦地打断了我的话。

我只有进一步解释："不，对比起来，她比其他人还是胆小一些。我也不知道她为什么要害怕——但我的确知道她有些害怕。好像因为出生在那样一个家庭吧，村头儿、民兵连长，差不多任何人都敢呵斥他们，她觉得要处处小心。还有，她在你的面前有陌生感，活泼不起来……"

"我对她怎么了？"

"你对她没有像对待亲姊妹那样，这点她感到了。你是另一种人，这点她也感到了。"

"天哪，我对她多好！我甚至亲手为她剪发……她的头发多硬，像男人的头发一样。"

"那也不行。你离她太远了，你们是两个世界的人，她见了你就不会放松……"

梅子定定地望着我，像要探寻一些重大的秘密，"她在你面前就能放松吗？她就不害羞不害怕吗？"

我如实回答："是的。"

"为什么？"

"……"

"为什么呢？！"

我努力地想了想，说："因为我属于他们，属于她的父母那一类人，真的。我离他们近，我走入了他们中间。他们凭感觉就能明白这一点……你不要怀疑我这个推断。"

梅子越发不解地望着我。后来她噘噘嘴，忙别的去了。她会接着想下去。她大概想——我们夫妻之间反而离得远——是这样吗？！

是这样。这是天生的。但是我爱梅子并终于结合了。我爱上了一个不同血脉的"异族人"，我早说过。但她本能的、与生俱来的一切对我构成了挑战。也许我是怀着改变一个人的宗教般的情感爱上她的。我发现自己正在失败。

后来梅子在背后又议论起鼓额，对她红薯般的肤色、衣着、微腆的肚子、走路屁股撅起的样子……——表示了不满。这太过分了。我想大喝一声：住嘴，别污蔑我的姊妹！但我没有那样做。我忍住了。我只是从她的议论中，强烈地感到了来自另一个方向的歧视——是的，这是歧视，对穷人的歧视……

梅子也许并不富有，正像我不富有一样。可是她以另一种目光看着这块土地上的孩子。

我发现无法说服梅子。

……她给我留下的这个印象，让我常常想起。我有点对不住鼓额似的，因为我看到梅子走后，这个小姑娘立刻轻松了许多。她的笑也真切多了，她敢于大声呼喊斑虎、叫响铃和拐子四哥了。

现在鼓额遭受了强暴，这已经无可挽回。我端量她静静地躺在那儿，满脸的抓伤，头发散乱，突然想到的竟是梅子那时对她的一些议论。多么弱小无援的一个孩子，多么可怜。我现在算是明白了，对于被侮辱与被损害者而言，永远也不必乞求来自另一个方向的同情和支持；它们是那样不可靠。即便梅子这样的好人，一个善良的女人，也自觉不自觉地流露了歧视。世界多么可怕。世界上哪儿去找不歧视穷人的地方呢？

这同时也再一次说明，他们可能依靠的，永远只是自己。什么幻想也不能要，要彻底丢开虚念。

鼓额勉强吃了点东西，在响铃和四哥的日夜照料下恢复了一点点。她在我们稍不注意的时刻跑走了，一直跑到父母身边。这一下可把我害苦了。我尽可能不去想这事情的始末，不敢走进那个低矮的小泥屋。我不知道见了那两位老人该怎么说，怎么有勇气面对那两张疲倦衰老的脸……也许他们会问："俺把孩儿交给你了，你是怎么照料她哩？这会儿俺孩儿怎么办哩？"

那时我会无地自容。

但无论如何我还是要到那个村庄去，去看望鼓额。那天我走在长满了荒草的田埂上，看着满地黄瘦的庄稼，心想，这个世界多么危险哪！这个世界对于穷人而言是最危险不过的了……

如果这条荒土路上走着梅子，她与我一起，我的心情会好得多。她一时不会到这条小路上来的……

2

我们尽了最大的努力，才让鼓额重新回到了葡萄园。她遵循了多么奇特的逻辑啊，她竟然或多或少地认为这一来自己有了新的罪孽。她害怕见到园子里的每一个人，连斑虎的注视也受不了。她扑在响铃怀里哭着，响铃最后忍不住也哭起来。

她很快消瘦了，本来就弱小的一个人，这会儿变得让人目不忍睹。响铃偶尔把她拥到怀里，拍打着，安慰着，像护住了一个小娃娃。几乎一整天里听不到她一句话，她只是默默做活，劳动会使她忘记什么，所以我们都没有阻止她。她有一次定定地望着我，说一句："……我完了。"我告诉她：你一点也没有完，像过去一样，谁也不能改变你！她不听，木木地重复一句：

"我完了。"

我心中的怜惜和自责无法用语言表达，只觉得重若千斤的担子压在了肩上。我心里一遍又一遍叮嘱自己：这一下你更明白了吧？你好好地保护她吧，她是你的亲姊妹，这种保护再细致、花费再大的精力都值得，都不过分……

鼓额在园子做活时，四哥或其他人都在旁边。这样她一直活动在大家的视野中，好像她随时都会失掉一样。可是我们面前的路太长太长了，又有多少像鼓额一样的人？我们就永远注视着她吗？有一次鼓额隐在了一丛葡萄树的后面，久久没有声音，大家发现后都跑了过去——她和斑虎依在一起，紧紧搂住了它的脖子，脸贴在一块儿，泪水顺着鼻子两侧流下。斑虎头颅昂起，直直地盯着面前的葡萄树，像个男子汉那样坚强。我们走开了……

　　一连多少天，我心里都像塞了一把草，无处诉说无处求告。四周被荒芜所困，雾霭笼罩四野。我知道一个长夏的酷热蒸腾了大地上的铁与铅，它们浮到空中就会压迫万物。柏慧，你的那个城市呢？你怎样？愉快还是忧伤？你高高的身影仿佛在林荫路上晃动，站在秋天的法桐树前，望着北方……你还想得起那道山脉上的浪漫旅行吗？再往北不远就是我的平原了，这儿有我们的葡萄园，有我们被欺凌的少女……你什么时候来这儿呢？

　　我开始怀念那座城市，它给予我的全部痛苦和幸福，这会儿我都倍加珍惜。一转眼白发生出来，人苍老了。我以前遥遥观望的那一切都缓缓地、又是猝不及防地走近了我。还记得我们一起听的那场音乐会吗？我曾为不加保留地赞扬那个小提琴手而后悔呢，这多么可笑。不过那是我的真心话，他那时的确是个异常优秀的人物，一个艺术家。我觉得他从头至尾都传导着神秘之声，小提琴像从他身上长出来的一部分，是他的枝桠上结出的一枚果子。那一天我因为他而增加了额外的、巨大的幸福。你明亮的眼睛看看我，又看看他，羞涩异常地把脸转向了一边。

　　我多么希望再有那样的一个夜晚。哦，多少年了。当时三个人的头发都像漆过一样。青春多么强大又多么脆弱！它驻在人的心中，执拗地不肯离去……你告诉我与小提琴手青梅竹马般的相处，你们共同读过书的小学和中学，他在夜自习时怎样小心地捏过你的辫梢，让人嫉妒也让人兴奋。我不认为小提琴手还会卷土重来。大概没谁留给他那样的机会。我这个山里野人可不那么好惹，我想我可真算个人物啦。我瞅准机会就损一下小提琴手，说他眉毛长到了一起，屁股过大，一双眼睛像纽扣。你笑得合不拢嘴，露出了洁白齐整的牙齿。仅仅为了看看这样的牙齿也要说说别人的坏话啊。

　　今天想起来有些后悔。我在那样的时刻并没有表现出多少纯粹性。

　　这些往事润泽着我，缓释着我。你、梅子，还有我们这个大家庭——葡萄园茅屋中的所有人，包括斑虎，都是我人生之路上遇到的珍宝。我永远感激着冥冥中的某种力量和意志，他慷慨仁慈，给予我如此巨大的恩惠。没有这一切我是无法生存的。

　　所以我对于这儿可能遭遇的任何损伤和发生的变故，都耿耿于怀。似乎有千丝万缕连接着我与这儿的一切，无论是睡眠中还是劳作中，我们都紧紧相连……

3

由于我彻底辞掉了公职，所以不可能在短时间内返回某个机构。我有个朋友也这样做了，后来想复职，结果遇到想象不到的困难。这像背水一战，实际上这一切早就开始了。当明白了自己从哪里来、还要到哪里去的那一天，人就给自己断了世俗的后路。

梅子一家那时用了所有力量来阻止我，岳父甚至说"离开了队伍"。明明是一个机构，怎么会是"队伍"？他说那可是我们的"另一条战线"，怎么不是队伍？我说难道我们的平原就不是"另一条战线"了吗？那片广阔的土地不是任何人的，正是"我们"的……他一时无语，最后仍咕哝着："你父亲……也解决了……入伍不入伍可大不一样，入伍就是……"

岳母虽然也强烈反对我离开，但态度温和多了。她胖胖的手掌每天都要动动我的衣服、头发，说："你爸说得对呀，要有个组织纪律性儿……"我从不驳斥她，我感激她慈母的心肠。当我有时凝视她弓腰劳作的身影时，心里总忍不住一阵激动。没有母亲了，我世上只有这一个可称为母亲的人。我从他们的话中终于明白：在一部分人眼里，土地及土地上的人早就给抛弃了——那儿的一切都没有"入伍"……

岳父与柳萌关系融洽。柳萌与这个城市所有资格较老的同志都来往密切。岳父这样评价柳主编："年轻，有魄力，原则性较强，干群关系好……"最后一句不太恰当，她主要是与领导好。岳母对她的评价比较客观，说："这个同志啊，做闺女的时候就活泼，领导一揪辫子她就笑……"反正有一阵柳萌与梅子一家配合得天衣无缝，一会儿软一会儿硬。柳萌坚持不让我离开，鼻子酸酸地说："我多么想看着你成长起来啊！"

我说我已经成长起来了。她说我还要发展，干吗非这样那样的？看看那个"小怪物"，还有小女打字员，全社都动起来了，形势从来没有这样好过，你为什么要走呢？

我把杂志社的所有情况都向梅子一家罗列出来，我想让他们明白：这个"队伍"是很不磊落的一支队伍……

我决意离开。在做出这个决定之前，我又一次向梅子讲着大山里的流浪——不记得以前讲过这么多细节。我们两人都没有睡意。我像与她置身于山间石屋之中，四周只有重重叠叠的山影。夜鸟的啼叫非常遥远，它在艰难地呼唤。巨石不知被什么碰落了，从山涧里一直滚动而下，发出了令人惊颤的轰响。这是那一片大山哪，那一片莽莽苍苍的大山。

大山里有那么多甘甜的溪水，灌木尖梢上有那么多通红的野果，还有那顽皮的小狐、迷路的山娃、刚刚长成拳头大的草兔、老猎人的黄狗、山坡下一望无边的白茅花……一个可怕的寒冬，大雪封住山口四十天，我困于石屋，想着怎样突围……后来跌跌撞撞来到山下一幢小孤房子前，忍着腿上的伤痛去敲门。我这是第几天没有吃上一口干粮了？开门的是山里老妈妈，头发如雪。她六七十岁的样子，一手扶门一手打着眼罩看我，看清了，一把将我拉进去。我低声嚷叫着，这才感到鼻子冻得像针扎一样。我捂着鼻子继续嚷叫，那是饥饿求食、丧失了理智的时刻——这种情况人的一生也遇不到几次，所以我再也不会忘记。老妈妈把我推到炕上，将麻袋片改制的一床大被子捂到我身上，然后在炕下点火熬粥。不知是什么做成的粥，灰黑色，冒着诱人的白气，里面有干薯叶，还有两片咸菜。我一把抓牢了那个棕色大碗，一口气将这碗黑乎乎的汤喝光了。这是世界上最难忘记的美味，它让我一辈子都找不到言辞形容……

那个长夜我对梅子说：让我走吧，让我去找那个棕色的大碗，那一碗灰黑色的粥。

……喝过粥我就睡着了。不知睡了多久，醒来时那么温暖。我觉得像在山中石屋做梦。我想伸伸胳膊，发现像被缚住一样，一看，那位满脸黑皱的老妈妈正搂紧了我，闭着眼睛轻轻拍打我。我的头正枕着她的胳膊，她嘴里小声哼着……我一挣坐起来，她赶紧搂了，叫着"娃儿娃儿，哎哟我娃儿……"她伸长了两臂按在我的头发上、脸上，从上到下地抚摸。她后来又一次把我搂住，"冷吧娃儿？哎哟我娃儿冷哩！"她迅速解开油黑的大襟衣服，用它把我紧绷绷地卷裹怀中。老妈妈两臂有力得很，我觉得脖颈那儿被勒疼了。

不知怎么办才好，我只想哭，只想放声大哭。我还想尽快逃脱，可是……外面的大雪有好几尺深，飘飘雪朵又落下来。所有的山径都蒙住了。

我央求什么，我告诉她从山上石屋下来，因为有一天在那儿过夜，一场大雪把我困住了，我冒着天大的风险爬下山来……她什么也不听，嘴里呜呜哦哦地咕哝，我一句也听不清。她抱了我有半个钟头，又把我平放在炕上，盖了又盖，拍了又拍。她转身离去，一会儿捧来了一枚李子核大小的面饼——它存放得太久了，也是灰黑色。我不吃，她就放在炕席子上。后来她又走开了，再一次转来时取出了小铜铃、小老虎头帽儿、小枕头……我突然明白了，老人把我当成了小孩子——她的小孩子！这么说她曾经有过一个孩子？想到这儿我心上一紧。

老人再也不离开，一直坐在我旁边。她总要不停地抚摸我，贴我的脸，抚着我的头发看，有一次还扳开嘴巴看牙齿。她后来用力地拍着膝盖，啊啊叫起来，眼望着窗外的大雪。那声音时粗时尖，大概猿啼就是这样。她的目光和叫声使我害怕了，我决心赶快逃开，再也不敢在这儿过夜了……我再冒险也要踏上山径。

可是天傍黑时，老人又动手为我做饭了。灶里的火光映着小屋墙壁，美丽得无法言说。饭的香味儿飘散出来，把我紧紧缠住。我想吃过这一顿饭再走——这样肚子不空，我可以一口气逃得遥远，逃到一个村子里去，我相信这儿离村子不会更远了……这样想着又捧住了那个棕色的大碗，贪婪地喝光了。

老妈妈坐在一旁，抄着衣袖看我。这提醒我她还一直没有吃东西呢。我有些愧疚也有些慌，去看锅子——里面什么也没有，原来老人只给我熬了这一碗粥。我难过得不知怎么办，呆看着她。她把碗推到一边，又将我扳到跟前，用力搂到怀中，嘴里呜呜哦哦叫：

"娃儿来哩，我娃儿哎哟我娃儿娃儿！"

她这样搂了一会儿，又放开我，一个人跑到门口，望着黑漆漆的夜空，像上一次那样放声叫喊起来。大山寂寂，只有大雪在飘落。我终于明白这位老人神经已经不正常——也许有一天她唯一的小娃儿进山去了，去采野菜、去找野果子，天黑了还没有回来，然后永远地消失了。她从此站在门前盼着等着，面向大山不时发出一阵猿啼似的哀号。这凄惨绝望的呼叫之声，这会儿透着几分热烈和痴狂。大约她在回告大山和黑夜：娃儿回来了！

我被深深震动着，又很快随着黑夜沉入了无边的沮丧。我不忍离去，可是我要赶路，我要走向山的另一面啊……

入睡前，她勉强咀嚼了一点东西。我在灯光下仔细看了好久才辨认出：那是一碗掺了红薯粉的干菜叶儿……大炕烧得热乎乎的，她用力搂着我，下巴压在我的头顶上，一双手像锉子一样，耐心地磨着我全身的毛孔。她按着我每一块骨骼，从脚趾到手指。我的泪水不止一次流出来，因为我想到了天亮之后的决意逃离。

这一夜我几乎没有睡着，她也没有睡。神圣的母亲的手掌抚摸我拍打我——她大概从来也未曾想过或怀疑过我是个路人。她错乱的思绪牢牢地把我当成了亲生娃儿。我闭着眼，用力忍住泪水……我想到了丛林中的茅屋，我的妈妈、外祖母……正这时她突然爬起来，划亮了火柴，然后点上了小油灯。她端着灯走到炕前，一点声息也没有。我仍紧紧闭着眼睛。后来她给我解开了衣服——我被提醒了什么，一点羞涩泛上来——我已经不是个孩子了——实际上我在大山里流浪了两年多，我长大了，从来没有想过自己可能是个赤身裸体的孩子……她生气地把我护住身子的手拨开，叫着"娃儿"，直把我脱得光光。我的眼睛尽管紧紧闭合，泪水还是哗哗涌出……老妈妈像是没有发觉我的哭泣一样，端着油灯仔细看了又看，咕哝着，叹息着，把我的身体翻来又覆去。她后来把脸贴到我的背上、腿上，又抓起我的手指，一根一根轻轻吮过……

天亮了。我醒来了。什么时候睡着了？我只发现屋子里一片光亮刺眼，原来屋外有了太阳。身边是老人，她几天都不吃不睡，太疲倦了，这会儿香甜地睡着了。她的头发散搭在枕头上，像一捧雪……我该离开了，这是逃离的最好机会。可是——我怎么走呢？

"妈妈！妈妈！"我在心里叫了两声，迎着她跪了下来……

我逃出了屋子。

一出门，半空的太阳、泛着光泽的雪，一齐刺我的眼睛。眼泪流个不停，忍也忍不住。我摸索着，回身给老人掩紧了门板。

……

我走开了，一开始是小步奔跑，后来掉到一个石坑里，爬出来后就小心翼翼往前挪动。我不敢回头看那幢小屋子。我当然不会忘记，那里面有个疯迷的母亲，她令人恐惧，可是她挽救了一个迷路的孤儿。

我走过了不知多少山路。大雪融化了，太阳使整个大山流泪。我在向阳处的小村找一点活儿干，挣口吃的继续赶路。这个可怕的寒冬快些过去吧……走过了一个村庄又一个村庄，全力追赶那个春天。可是有一双目光永远追逐着我，有一种呼叫永远环绕着我。

我再也没有了安宁。我一次次在半路上设想：我如果在那个小屋中，与老人一起迎接这个春天呢？等到大雪化成溪水，大地裸露的一刻，我将去为老妈妈拣来果实，抱来干柴，备下满满一屋吃和用的东西——那时我再逃离就会好得多。

不难想象那个上午老人醒来会怎样。我不止一次在山路上驻足，定定地望向山雾迷茫的北方……

我对梅子说：这只是我经历的数不清的故事中的一个。我只想告诉你：那儿需要"儿子"。大山里，平原上，很多很多地方，都需要"儿子"。

大地上母亲太多了，而儿子太少了……

就这样，我默默走开了。我到记忆折磨我的地方去了——从那儿到平原，到热烫烫的泥土上去。我来得太晚了，过去的石屋已了无痕迹。我多么可怕，我这些年心硬如铁。

我想告诉梅子：什么都不能使我悔和倦，因为我已经开始了总结，开始了对母亲的偿还。我走得太远了，虽然找到了几位好兄长。兄长逝去了，我该返回了——我的那几位好兄长在世时也一定会举双手赞成我走去。

"柳萌多好啊！"梅子爸爸妈妈不停地赞扬，说什么人一辈子遇到这么好的领导不容易，要珍惜，等等。其实好什么好？我心里非常清楚：在她身边久了，说不定还会犯下极其严重的错误。

无论如何，我的归来是一生中的转折，它对我简直重要极了。也许这就是今天对我的最大恩赐。就为这，我也将格外珍视了。

4

我们附近那个国有园艺场正闹得轰轰烈烈。这本来是我所见到的最好的一片果园了，当年一步闯进它的疆界，立刻被它的开阔和绚丽惊得呆住了。多么好的水土，树木葱茏，浓密的叶子油亮油亮。当时是个初秋，只有极个别果树品种进入了成熟期，大多数树上挂着绿莹莹的果子。整个果园分成了一大方一大方，多年前培育起的地块中，长着高大繁茂的树种；而后来应用了矮化砧木新技术的林带，却像茶园一样规整，果树棵比灌木高不了多少，却缀满了果子。果林区被一条条大路方方正正隔开，路边是高耸的钻天杨、白杨和银杏树。大小灌溉渠纵横交错，像分布的脉管。抽水机房有规则地罗列在园林中，它的四周总是长满了蜀葵和千层菊。在园艺场工作的人都格外有福分，他们大都是技术工人，来自四面八方。这儿从大专院校毕业的果蔬系学生越来越多，而且有自己著名的园艺师。工人都穿了统一的工作服，那是浅蓝和湖绿色，左衣兜上方印了漂亮的手写体场名；还有工作帽，女性蓬松乌亮的头发从帽檐下溢出，美不胜收。

我记得那个初秋的上午，露水刚刚消失，工人们正伴着嘭嘭的压气机声手持喷雾杆给果树撒药。阳光透过喷成扇形的雾气射过来，映出一道道彩虹。我简直给看呆了，站在那儿许久。护园狗在园中穿梭往来，它们呜吠呜吠低叫，身躯不时地贴靠一下做活的人，以表达心中的喜悦之情。不知谁把一条红绸系在了花狗脖子上。无数的鸟雀在四周欢叫，它们互为应答，言说着人们无法明了的话语。这是真正的"外语"——传说园艺场中有一位八十岁的老护林员曾经初晓这门"外语"，可惜他在刚刚能够破译"早晨好""来人了"之类简单生活用语时，就被孙子接回老家养老了。

我来葡萄园后结识了一位女园艺师。那是葡萄树生病了，我到园艺场求援时认识的。她的母亲是国内有名的果林专家，眼下正在一座著名城市里任教。她受母亲影响，立志做个园艺师，又在大学时代的一次远游中看到了登州海角这片园林，一眼就喜欢上了，毕业时坚决要求来这儿工作。她如今二十八岁，依然独身；个子高高的，喜欢穿奇装异服，见了生人笑声朗朗。她问："你不觉得'女园艺师'这个称号很棒吗？"我说是很棒。她说当初选择职业，正是冲着这个称呼来的；如果有一天有关部门对这一行改了称呼，那她就坚决脱离这个行当。她说这话时态度严肃，使人想到这绝不是玩笑。

还记得酒厂那位酿酒工程师朋友吗？他眼下正因失恋而痛苦万分。他的妻子是那个酒厂的技术员，模样就有点像这个女园艺师。所以当他死去活来之时，我突然想到把他引到园艺场去。他去了几次，反正业务上也有联系。我注意观察了女园艺师，发现她并不厌倦酿酒师。实际上我的这位挚友一表人才，长得极有男子气。我试着谈论他，女园艺师说："这个人真好！你看到了吧？他的头发是弯曲的……"

我认为事情有了良好开端。后来找了个机会，我就直言不讳地希望他们能互相更接近一些，在情感方面……女园艺师大睁着眼睛，哈哈大笑，"你开什么玩笑？"我问："你不喜欢他吗？""我干吗要不喜欢！""那么你……你们不想谈谈吗？"女园艺师有些生气了，"我干吗要谈谈？我也许一辈子都不'谈谈'呢！"

她走开了。看着她高挑的身影和那因为偏瘫而有些跳达的步态，心想我未免太莽撞了。

我将类似的意思对酿酒工程师说了，因为我寄希望于他的主动性——那样也许会好一些。我知道有些姑娘，特别是一些姿色出众者，是非常善于使用反语的。谁想到我的这位朋友听了，一双眼瞪得像鹰那么圆，直盯着我，半天发出一声长叹："你真是胡闹！"

"为什么？"

"你以为我还会爱上别的个把人？"

"……"

他轻蔑地哼了一声，"我谁也不会爱。我这辈子就守着她过了……"

我觉得再也没有比这话更昏、更不可理喻的了。因为事情明摆着，那个人已经毫不含糊地离开了他，而且正着手组建新的家庭，他怎么能"守住"她呢？

我指出这一点。他瞥我一眼：

"我会在心里守着……"

我再也无话可说了。

面对一个"在心里守着"的灵魂，谁能将其征服或摧折？他就这样爱着，爱得深刻入骨。

我好像被什么击中了。

既然面对着一个悲伤无望的平原，那么就让我在心中将其守住吧。这不是一条欣喜异常的心路，而是执拗纠缠的开始。但我认识了守望的意义。我会守住她的。

如今那个园艺场再也没有了往昔风采。它正被另一种潮流所裹挟，毫无抵御之力……过去那方正平坦如棋盘的园地，如今正修起高高矮矮的厂房，黑烟一团团涌出，硫黄味儿呛人。蜀葵和千层菊刚刚绽开就被垃圾埋上了，刚长到丰硕期的果树被连根挖除，精心修砌的水渠如今已改作排污道……

果林仍在，但已是残缺不全。这是我所亲眼看到的最巨大的一次伤害，看得人心里发疼。

剩下的一片片果林还要忍受戕伐、等待海水倒灌的扼杀，以及土地下陷的折磨。因为那个临海矿区正逐步向北开发，一片片土地正在沉陷，脏臭的水洼不断出现。下陷地上长满了芦荻和蓼科植物，不知名的水鸟咕咕叫唤。园艺场的头儿就盼着接受矿区的土地补偿费，这钱现已用作办工厂，做流动资金。人们只得眼看着下陷地上的果树一点点沉入水中。

那些园艺工人呢？他们当中的一大部分已进入厂房车间，满身沾满了油污，一个接一个的夜班使其神情萎靡。这是个极容易使人变得无精打采、变得陈旧的年代。从他们懒懒的步态上看，他们的青春已经耗得差不多了，再也没有余力维护这片园林了。

那个女园艺师的称号依旧，但她所服侍的这片园林呢？我发现她脸上也有些倦，好像一连多少天缺少睡眠。以往那双闪着光彩的眸子，这时已有些暗淡。她穿了一双长筒皮靴，叉着腰站立，望着被毁坏了的园林，极不得体地骂了一句粗话。她说："我可能要回城去了。"

城里等待她的又是什么？我与她相反，我至今对这平原寄托的希望仍比其他地方更大一些……

她不会知道我心里正泛起无法忍受的痛楚，我正紧紧盯着这片园林——在它的南端，沉入水中的那一片土地上，很久以前有过一座小茅屋啊！

我牢牢记住了它的方位。那儿下陷以前，我一次又一次到它的近前，去抚摸，去守望。那儿早已并入园艺场的版图，茅屋毁掉了，只在原址旁盖起了一座看园人的小平顶房……我是眼看着我的童年、我那揪心牵肺之地沉入水中的，一阵剧痛让我什么也说不出。我只是张望着这片泛着气泡的污水……

我从喧嚣的园艺场走向海滩，一个人走了很久。我仿佛最后一次寻找童年的场所，追寻记忆，以平息忧愤和冰凉的心情……满地白沙绵软如雪，那些灌木丛稀稀疏疏，东一簇西一簇，像挨着清凉岁月的老人。沙上的千金子、滨麦，叶子焦干不含一点汁水。往日连成一片的棒头草差不多全部死亡。再也看不到繁茂的野椿树、短柄枹和柘树丛，只有零零星星的箭杆杨和响毛杨站立荒野，无望地等候。

哪儿是我跟上外祖母采蘑菇的松林？哪儿是我和老爷爷追赶幼兔的柞木丛？干沙上盖了一层烂草屑，冬天的大风堆积成一座座沙丘。我蹲在一簇小小的节节草前，凝视着这点点碧绿，心中涌起一丝欣悦。我记起小时候怎样俯在它的旁边，揪插着茎节，惊讶着大自然的奇迹。那时它的一侧必有马兰和瞿草，还会有鸢尾。可眼下四周都是死去和即将死去的碱茅和苫草。

一道道新掘的沙沟横在眼前，它们最初是直通大海的——它就在北方三四华里处。可惜一个冬春的风沙就阻塞了沙沟的去路。每条沙沟都是干涸的，沟底都凝结着黑色的沉淀物。这是从南边一些"开发区"引过来的。

站在我这里看去，往西不远是芦青河，往东十华里处则是黄水河——它比芦青河的河道要窄，但历史上却赫赫有名。黄水河湾是一个规模不小的古港，一度被官家征用，所以又称"黄水河营"。据专家考证，那位东渡日本、为秦王嬴政出海寻找"三神山"的徐芾，最后一次出海，就是从这个港湾起航的。

我一直踏着荒滩往东走去。

太阳落山之前我来到了古港遗址。这儿如今已完全不像个港口了，除了有一个石碑刻了遗址纪念地一类文字之外，引不起多少想象。多年的海浪风沙已经淤填了港湾；一个重要原因是黄水河上游植被被破坏，河流输送物质加快了一座古港的消失。但河湾如今仍停泊着三五只渔船——它们大概很久没有出海了，风干的船体胡乱抛在那儿，在阳光下像一堆兽骨。

黄水河已严重污染了这片海湾。上游的一处造纸厂和数不清的化工厂，使河水和一大片海水都变成了酱色。海风吹起，富含化学物质的浪涛扑到沙岸上，立刻堆积起雪白的一片泡沫，久久不能消散……

而两千多年前这儿是鱼米之乡，是天然良港。徐芾出发的船队在这儿集结，河边就是打造船只的营地，三千童男童女和五谷百工就在这儿汇聚……真像梦一样！

5

鼓额剪掉的头发又长得很长了。往日谁都不忍去看被胡乱剪过的头发。她长时间用一条头巾包裹着，看上去像个异族小姑娘。四哥在远处村子里找来另一个雇工，是一个十七八岁的小伙子。小伙子像小武士一样维护着鼓额，她的心情好转起来。但阴云仍要时不时地笼罩天空，她的眉头一锁，大家立刻沉重了。响铃常做一些好菜肴，一多半心意是为了鼓额。斑虎在园门口一阵急叫，响铃就沾着两手面粉跑出来，大声喊着招呼客人。

现在葡萄园的常客多起来，带来了各种各样的消息。这些消息大半都不让人高兴，比如说矿区发生的恶性事故，南部山区水库干涸、油库爆炸，海滨租让给外国人两千亩土地做"高新技术开发区"……总觉得一切都在向我们的葡萄园逼过来。我们就像当年那批莱夷人的后裔，不断退守，最后不得不失去这一小片海角……

天越来越凉。冬天快来吧，冬天我们要点上炉火，围坐一起讲述故事。冬天我们要关闭屋门，煮上一锅老茶，与外面的世界分开。

这一段来得最多的是那个女园艺师。她已经在做撤回城里的准备，百无聊赖，常常在茅屋里发出泼辣的叫声。有一次她说："让我找个老红军吧！"哪儿去找"老红军"？拐子四哥吸着烟，伸开大手把鼓额揽到自己身边。女园艺师一边嚷着一边往鼓额旁边挪动。鼓额像羔羊一样依偎在四哥身上，黑亮的大眼惊慌地望着女园艺师。

我渴望一场真正的冬雪。它下得越大越好。平原上需要覆盖的东西太多了，大地太干了。渴！渴——渴——午夜里野鸟因为焦渴难耐，一声连一声呼号。这呼号之声让人听了就再也不能入睡。

那场洁白的大雪迟迟不落。也许雪的品质太洁了，它开始厌倦平原……母亲般的平原啊，不要失望，该来的护佑总会来的……

[古歌片断]

……
相传百十年前，
从这里走开了莱夷之王。
一片樯帆兮遮天盖地，
甲胄刀剑落满冰霜。
黎明时分再无声息，
只余下空荡荡之古港……
从此良港、桑园、无边之稻菽，
皆落入狄戎手上。
长叹息兮百舸云集，

难回首兮鱼米之乡。

嬴政王登临莱山，

徐芾应召兮拜见始皇。

东巡车马浩浩荡荡，

旄旌节旗遮没了山荒。

始皇衣着黑衮服，头戴黑冕旒，

宝剑卢鹿兮放寒光……

问一声徐乡方士，

何日采来仙药献予始皇？

徐芾奏：水路凶险，

更有海怪大鲛阻隔重洋，

臣必得五谷百工弓弩手，

请得祭祀，重加犒赏，

三千童男女兮奉予海王……

再备楼船百艘，

好风顺水驶出黄水河港……

巧匠汇兮贤人至，

伐木锻造万民忙。

黄水河头悬灯万盏兮，

日夜打制龙骨赶做橹桨。

秦兵如虎似狼兮，

苦役无边泪水长：

徐乡里那个贤人兮，

长了何样心肠？

吞下莱夷之米，

服侍狄戎之王……

徐芾委屈无辩语，

咽下唇边之悲伤。

"快快挥动斧凿，

早日驶出东疆，
吾已看到三神山兮，
闪动着五彩金光……
吾皇赐福予东夷，
广播雨露予徐乡。"
白发掩住两鬓兮，
忧思入心不声张。
眼见得芦蒲茂长，
雨水滋润夏草如潮涨……

粮草入营，选男择女，
楼船满目兮旌旗飞扬。
东邻西舍泣哀哀，
生死别离断肝肠。
谁说两载采得仙药？
淼淼无边兮风疾浪狂……
徐乡里那个贤人兮，
长了何样心肠？
谁无妻儿子女，
谁无父老爹娘？
十五岁稚稚娇童兮，
再不见黄水河边稻米黄……
西风起兮百舸升帆，
斋戒息兮再祭海王。
俊彦义士充作百工，
只待一声号角兮起锚收纲……
乾山下祭奠三日，
父子揖别苦泪长。
忽有驰马飞至兮，
一道圣旨降到徐乡：

子不随父，妻不随夫，

乘风顺水兮快快划桨！

……

阴毒不过嬴政兮，

文臣武将个个是强梁……

泪水涨兮楼船浮，

一去无声兮海茫茫……

6

黄水河边那场撤离距今两千多年了。这是深不可测的遥远时光吗？就是这段时光的里程，竟使人类记忆模糊不堪，以至于围绕哪里才是启航地争执不休。人类有史以来一场至为重大的事件，竟如此容易地被含混。特别不能容忍的是在徐芾的故乡，人们的误解达到了异常荒诞的地步。他们宁可把如此杰出的一个人物看作热衷于膏丸石散、擅长巫术的江湖骗子……

人类就是这样遗忘着……

我多么憎恨"遗忘"。我认为这是人类最可怕的劣性，最可耻的瘢痂。没有了记忆，也就丧失了理性。一切丑恶与污浊都是在模糊的记忆之烟的遮蔽下肆意侵犯的。人类正在用遗忘扼杀自己的全部希望。

一个人对于自己的经历、自己的准确知晓、自己的记忆，必须反复探究、重复追寻；要讨论，要在相互的诉说中将其加固。这在现代人的生活中是至为重要的，简直是生死攸关。

实际上生活在不断重复——相对意义的重复。每一次重复都会留下沉沉的代价。如果人类能够战胜遗忘，就可以回避未来岁月中百分之八十的不幸。

就因为此，我才要寻找一个安静，并在这个时刻不断追问自己：母亲在世时都告诉了我什么？还有我的挚友、爱人、兄长以及敌人——他们都告诉了我什么？我在听到和看到的这一切中，坚定不移地把握了和认知了的，又有多少？这其中是否还存在误识？

这就是追问。对我来说，它的意义怎么估价都不过分。它将让我有可能清晰地注视自己的言行和思路，冲出迷茫。

人要战胜遗忘，首先要从对自己家族的认识上做起。一个人连自己亲人的得失经历都不能烂熟于心，还怎么值得信任！要充分地理解他们，他们身边的故事和历史；要公允地评判自己的亲人。一个家族的故事，它们发生的根源、结局的意义，都要从头问起——"为什么？为了什么？！"

我们作为一个后来人，需要走近自己的家族还是离开它？如果离开——如果走近——我知道这是人一生只有一次的选择。我只要一想起这种选择的严重性就不敢松弛了。

我不得不一次次想象离我并不遥远的历史和人物，比如父亲、母亲、外祖父和外祖母、林中老爷爷、父亲的叔伯爷爷，还有更近的人和事——大雪中死去的山地老师、我在〇三所的导师、口吃老教授……他们的行迹有什么不可磨灭的意义？他们生下来当然绝不仅仅是为了走进那样的一些故事，而是在认真地、一丝不苟地捕捉心灵中闪烁的光点。那才是某种永恒的东西，犹如从世俗尘灰中找出金属颗粒。就为了获得它，一个个九死未悔，历尽磨难。那真是以死相抵的一场场拼搏。

他们是各式各样的人，但都不约而同地追逐着自己的信仰，坚信它，依偎它，把终生的幸福寄托与它、抵押给它。即便是父亲的叔伯爷爷这样顽固的人物，也活出了一份纯粹。他面对着必将来临的死亡显得何等从容，竟没有想过乞求。

在我难以忘记的亲人和兄长挚友导师之中，只有外祖母和林中老爷爷是很少受过正规教育的人；其中老爷爷甚至一天书也没有读。令我感到惊讶的是，这竟然没有从根本上阻断和影响他的知性。他几乎是凭本能就抓住了善与恶的区别，一生都没有失去判断。

我相信他们在记忆中有个永不消失的印记：不仅记住了自己的，也记住了别人的；不仅记住了切近的，也记住了遥远的；他们将美好与丑恶、幸福与苦难一起记住了。于是他们对于各种各样的机遇——罪与罚、美与丑、宠与辱，对于这一切的演化和重叠，都有个预料。他们心底从来没有失去提防，时刻准备和背负着——背负着并不属于他们的责任和警惕，特别是人的罪愆……他们有一个沉重而至善的人生，直到最后还给自己一个完美。他们才像人一样活着。

当苦难之丝缠住他们的时候，他们也会努力挣脱，但挣脱的目的绝不是为了将这沉重卸下来加给别人。无法负起的沉重啊，如山石一样的沉重啊，直压下来，压了一生，把他们压进泥土——最后那一刻他们想得最多的，大概还是苦难的根源；他们仍然没有从追思和质问的立场上后退——这才是使人震惊之处。

我惊愕而崇敬地想着那些消逝的身影。赞美已经远远不够了。他们一生有失误，有缺陷，但他们的洁净不容置疑。我爱他们，我永远不忘他们给我的滋养。

7

那一切在逼近。园艺场的树木毁掉了一半，下一步呢？我不敢想葡萄园最终的破碎……为了阻止它，我们将付出最昂贵的东西。

我为心爱的葡萄园投入得太多了；仅仅是一些眼前的问题，我也不知该怎样应付。怎么安置小鼓额呢？这可不是一般的雇工，因为她已经把自己悉数交给了这片土地，几乎为它献出了全部；她不能失去这片园林……还有四哥夫妇，他们的家就是园中茅屋，早已做好了在此度过下半生的准备。

我们将不得不寻找新的土地和土地上的居所。我的跋涉会倍加艰难。我并不认为以前有过居所，那不过是风雨飘摇的驿站。愿那携扶一起的流浪再晚些来临吧；即便茅屋倒塌，我们不得不牵上大青转移的日子，也不会有什么愧疚。流浪也许是人生的另一种真实。

我试着问过鼓额：如果有一天葡萄园不在了，我们怎么办呢？

她眨巴着眼睛，反问：怎么办？

我可得好好想想呢。我后来说：无论怎么，我们大概都不会离开平原。

她脸上马上有了一丝轻松："就是说，你不会再回城里了吗？"

"是的。"

"是的！是的——那就好！我和四哥响铃，我们大家在一起，只要这样就好。我们不会挨饿，我们会过得挺好，是吧？"

她的兴奋感染了我，我也大声应答："是的！是的！"

她并未考虑将来的生活艰难与否，而是首先想到我们这些葡萄园里的人仍然能在一起——她关注和求助的是一份精神的力量。她企盼这个独特大家庭的扶助，害怕失去人间的温馨。她为此找了好久好久，最后在葡萄园里才算找到了它。这种人间温情那么强烈地吸引了她，她发现这有别于父母所能给予的，新奇又陌生……于是她紧紧怀抱了它，永不松开。

对未来的一切我尚无十分把握，但却不会因为返回平原而悔恨。我只有脚踏这片最初结识的泥土，给我生命的泥土，才会准确无误地辨识这个世界。我遥望那座城市，那座给我幸运也给我不幸的城市，一个念头从未有过地坚定了。

柏老、"瓷眼"和柳萌，他们代表的一切所能强加予我的，只是远离泥土的一场虚构，既丑陋又轻如鸿毛。当我动手和我的兄长一起去撕破它时，才看到了真实的土地。

我在泥土上汲取力量，就为了有一天能再一次伸手撕破。

不必存有幻念，这是早就开始了的一场拼争。多少人为此付出了血泪心汁，他们已经长眠不醒，却没人记起他们的光荣。

是的，这如果真的是没有回报只有牺牲，那就让我牺牲吧。

柏慧，你会体味到我在这场催逼下的心情。我从诞生的平原被驱赶到那片大山，像个野物一样被追逐；后来躲到了你的身边；再后来又被追赶，我找到了一个兄长；我们一起奔跑、跳跃，越过荆棘和地裂；最后兄长死去了，剩下我孤单一人跑啊跑啊，一直跑回这片平原——它是我最后一片大陆了，可它正在被掘空，很快只剩下一个小小孤岛。我现在就站在了这个孤岛上……

我迎着你投来的目光，感受它的温暖。这目光是不可替代的光，是带领我飞升的光，也是让人追忆长思的光。

我沉浸漂移在温柔的水流中，耳畔是哗哗的浪花抚岸之声。一天繁星映在水中，它们在注视，长发随水漂流。丁香是永恒的花，它浓烈的气味让人回到某一个起点，找回青春的勇气。是的，也许生命还依然新鲜，我要用这样的生命去对应这老朽的世界。我为我的葡萄树剪去苍苍枝条，等待春天的新生。

满园抽出的枝条翠绿簇新，蓬蓬勃勃，宛如少年那一头乌亮的毛发。多么好的青春啊！野生生暖融融的气息吹拂大地，绿色植物一夜间茂长起来。小甲虫忙碌异常，白色小羊在沙岗上甜叫。我走在新生的原野上，再一次感受你的目光。又一片绿色从脚下铺开，那是朝阳青茅；水潭里金光耀眼，细叶满江红密密铺展……你的目光望遍了这片土地，又在问我：这就是你的登州海角吗？是的！来吧来吧，在这儿你可以伸手迎接扑面而来的春风，一群群鸟雀和四蹄小兽都嗅着你的气息，簇拥着你，与你一起登上高高的沙岗。你用微笑安慰这片原野吧。

我把鼓额领到你的身边，你们紧紧相挨。阳光把你们映成了金色，连眼睫毛也像沾了荧粉一样闪烁。这两尊连体雕塑是属于荒原的，她将在记忆之河永不消逝……

围困迫近了。沉重的金属之声在夜色中响成一片。我听到鳗鱼在苇丛下恐怖地呢喃。一个笨重而结实的躯体即将碾轧过来。

8

我梦见了大青——它在葡萄园里跑来跑去，一会儿又消失在篱笆后头。原来外祖母在那儿摘豆角。我看见了她手里的白柳条篮子，泪水呼地涌出。我呼喊着扑过去，终于又见了自己的外祖母！

当跑到篱笆跟前时，什么都不见了。我兴奋得一身汗渍。

真感谢"梦幻"这个玩意儿，它可以在一霎时让时光倒流，再现出生动逼真的一切。梦幻的意义超越了世俗。

我再也无法平静入睡。回想刚才那个梦境——我甚至看到了大青鼻头上沾了一点土屑，它奔跑时脖颈那儿的毛皮一耸一耸；我甚至听到了那柔细的小孩子喘息似的声音。

思念铺天盖地而来，压迫得我喘不过气来。大青和它身边的一切存在于梦幻之中，原来它们的灵魂并未熄灭。几十年前那个夜晚又异常清晰地凸现：风摇树响，野鸡啼叫，死寂无声的小院。我又看到了新铺的一层沙子，外祖母和母亲坐在黑影里。父亲早已睡下了——他睡得着吗？

刽子手是在下午，天快黑时才来的。这之前是怎样难熬的一段时光。知道他们要来的，母亲和父亲守在大青身边。它不声不响地舔舔他们的手指，抬头看看天空。

来人是一个五十多岁的矮子，走路一绊一绊，肘上挂个筐子，筐里有一根绳、一根木棒、一把片子刀……他坐下抽烟，唉声叹气地捶腰。

这都是母亲告诉外祖母的……我不明白他们为什么不救下大青？肯定是父亲害怕了，妈妈会拼死护住大青。我不敢想，不敢想那天发生了什么事情。

看过大青那双纯洁的眼睛，一生都不会饶恕。人类如此残忍就不配活下去。这个角落的毁灭该是顺理成章的。

他们在杀死大青之前，还杀死过很多顽皮的、可爱如鲜花的儿童；还杀死过温柔美好的女性和无依无靠的老人……原来现在面临的仍然是一场生与死的拼争。只要屏息静气，就会听到呼号——那是午夜里手按创痛的长啸……别再呻吟了！也不能哀告，不要流泪。

谁为我的平原抵御那日益逼近的危难？

"是我们！"——哪些人又组成了"我们"？

平原上一连多少天都传递着可怕的消息，不得不瞒着鼓额他们。人好像疯狂了，好像因为垂死而残忍……一连好几个女初中生遭强暴后又被残害，丢弃在桥下和灌木中；老人被拦路抢劫者扼死在路边；大白天破门杀戮、奸淫……四哥脸色惨白地背着枪匆匆赶来，对我说："我发现那条恶狼了，追了十几里，还是让他跑了。我从后面打了三枪，没有打中……"

我毫不怀疑四哥会杀人，到时候他是绝不犹豫的。不过我又有另一种担心，那条恶狼是什么事情都做得出的。

四哥说他已做好了准备，拼上一死。

面对着这张坚毅和绝望的脸，我发不出一声劝阻。因为劝阻也没用。

一个人有时只想撞死自己，这样他才觉得完美——这个时候已经绝少找得到追求完美的人了。没有烈士，只有被折磨而死的人或失足落水者；更多的是苟活。

"我想在那条路上埋伏下来……他会出现；上个月有人就见他把车停下，然后往海上走……"

我一声不吭。

"打死他，我就走开。我不在园子里连累别人，你只把响铃照看好，让她做活吃饭就是了……我知道那些家伙会追上我，我就把枪口顶上去。我要问他们：这之前你们哪儿去了？你们也是杀人犯！我在开枪打死自己以前再杀死几个……"

想到不幸的响铃，我的心软了。我握紧了他的手，让他坐下，坐下……"怎么办哪？我的兄弟，就眼睁睁着他们伤天害理？天哪，啊哦——"

　　四哥被各种消息刺激着，又刚刚追赶那条狼回来，这会儿喊了一声，声音有点怪异，就像午夜大山里的猿啼——我一下想起了很久以前那个疯老妈妈的嘶喊……我的心像被搓过一样发痛。

　　响铃和鼓额都跑过来，她们呆望着，吓得大张嘴巴。

9

　　梅子和她的全家都在为我不安。梅子越来越牵挂我。她担心我会受不了，她太知道我目前的状况了。她总试图说服我。她不愿眼看着白发覆上我的头顶。而她的父母更多的却是懊恼。他们已经不屑于倾听女儿为我的辩解——我非常感激她为我所做的反驳，尽管这往往只是她的理解。两位老人，特别是她父亲，提到我就怒气冲冲，到后来干脆阻止别人提到我的名字，说："算了，以后别讲他了。"

　　梅子在冬天来临之前又来过一次。这使我们的葡萄园异常高兴。响铃倾尽全力招待她，四哥亲自到海边搞鱼——那些打鱼人越走越远，他们要躲开芦青河和黄水河的倾泻物，所以如今我们已经很难再吃到鱼了。

　　夜里我们大家一块儿到海滩上去，四哥背着他的枪，火药上膛。斑虎警觉地前后探索。月亮还是比城里清明，普照着平坦的沙地，有一种说不出的安逸。梅子看着这儿的一切都兴致勃勃，而且每一次都是这样。她不住声地说："多么好啊！多么好的地方啊！"——很早以前的海滩才算真正的美呢。满地野花熏人鼻孔，丛林一片片无边无际，鸟群五光十色像移来荡去的花束。这会儿荒滩上草木成片枯死，露出干裸的沙地；要找野花吗？连一蓬马兰都找不到了……到了海边，月色下看不清楚海水的颜色，所以那汪成一片的油污和变了色的水都不明显。哗哗的水浪拍在脚下，使梅子兴奋异常地躲闪着水溅。响铃在旁边端量着，拍着手嚷："大妹子哟，大妹子真好哩，小雀一样好哩……"响铃的话让大家都笑了。因为梅子长得小，这使她自己也不好意思了。

　　"我不能让你自己在这儿，我这次再也不让你一个人了……"我们稍稍离开人群时，她就这样说。我问：

　　"你下决心要来定居吗？"

　　"你知道我不会来——我是让你回去。"

我挽着她的手，她这时用力拉了我一下。

我摇摇头。

"为什么？为什么？！"

她已经这样问了多久……是的，为什么？……要说的太多了，这反而讲不清。简单一点说吧，我是害怕——离开这儿会死的。我不是一个人，尽管看上去很像；我的本质是一棵树，离不开泥土和水，我禁不住太多的流浪……我是一棵树，梅子你记住这一点，这也多少算是一个秘密。这个夜晚你才明白了吗？你明白了，就会明白关于我的所有故事以及我的怪癖……你就会明白我为什么那么喜欢各种动物——我让它们飞上我的额头，倚在我的腿边；我让它们在高兴时啄食我的嫩叶，我就好比用自己的乳汁哺养孩子的母亲，心里充满温情和自豪；它们毛茸茸的躯体挨到我身上时，我心中涌起的感激无法表述；它们对我没有任何秘密，当那些心直口快的小莺鸟、小斑鸠或一只小狐诉说不停时，我就轻轻抚动它们的毛发；我最喜欢动一动鸟儿们光顺滑腻的头顶，捏一捏四蹄动物热乎乎的小巴掌；猫儿的爪子当中有多么肥软的肉垫儿，它还有个圆鼓鼓的秀美的鼻子，我观察过的所有动物中，猫的鼻子真是数一数二；当那些令我烦躁的虫子爬上来时，总是那些鸟儿们来歼灭它们，它们那时忙着工作，就没有心思闲扯了……

我是一棵树，所以在这干渴的人间我越来越难受，总不能与那一群群人相处得亲密无间。人与树相安友好的时代早已经过去了，现在的人当中有很多伐木者，他们天生就是树木的死敌。我之所以至今还活着，那是因为我一直保留着人的外形；当有一天他们弄清楚我是一棵树，我很快就会被砍伐……梅子，这是真的，你听了后悔吗？我料定你一开始绝没有准备爱上一棵树的……

梅子惊愕地看着我，越来越紧地抓牢了我的手，她真的害怕失去一棵树。她喃喃着："不，你不是一棵树……不是。"

"我是……"

"不，有一次你碰伤了手指，我看见你流血了……"

"树也有树汁……"

梅子愤怒地跺脚。她好长时间再没说话。后来她严肃地说道："反正无论如何你要下个决心了，不能再这样晃来晃去……"

她说得多好！是的，再不能摇摆和流浪了，我已经太疲乏了，作为一个孤儿，我已经流浪得太久太久了。"是的，所以我渴望自己变成一棵树，找个地方扎下根脉，那时候我就结束了流浪。"

"……"

她长长地叹息，跺脚。后来她哭了。我无论怎么安慰都没有用，她感到太失望了。我可真不愿让你失望和如此伤心。可是你不知道我离开这儿真的会毁掉，我与你有多么不同。这种区别是来自血脉的，它强大无比，甚至连无坚不摧的爱情的力量都不能将其挪动一丝一毫。我流浪过了，我已经归来了。

我将牢牢地站立在这片土地上。

我的目光穿射了原野和时间的雾霭，最后击打在这个世界的另一端。

"你真的打定主意了吗？"

"打定了。"

"那……我走了。"

"回你父母身边吗？"

"不，回我自己的地方。"

"那就好……那样你还会回到我身边……"

梅子这次离去非同小可。我预感到有极其严重的后果。她大概真的把我的一部分带走了，让我坐卧不安。

我发现自己那么担心，总想象着她在那座乱哄哄的城市遭到了不测——那是个多么危险的地方啊！我怎么突然才想到一个弱小的女人独立生活有多么可怕呢？我知道我这个倔犟的小人儿说到做到，她真的不会回父母家去住的。

我于是赶紧赶回了城里，径直到我们的那个小窝里去。她上班了，屋里一切如旧，或者比过去更干净了一些。生活的气息很浓，她果然没有把这个小窝扔下，没有搬到父母那儿。那个小院子在这个城里可算个很棒的地方，比如院子中那棵黑苍苍的大橡子树……我一直等到天黑。我想象她会到那儿吃晚饭。但我一定要在这儿等她，我要自己做饭。

正在我动手找米的时候，外面响起了稍微急促的脚步声，接着是她有些惊慌的喊声。

她一掀门上的帘子看见了我，猛地站住。

她的泪水无声地流了下来……

我给她擦去泪水。她瘦多了。她的肩头往常软乎乎的，这会儿好像有些发硬。我突然记起她的年龄比我小得多，整整比我小七岁零三个月呢！啊，我刚刚发现这个似的，立刻觉得问题非常之严重！她还是个孩子呢，她在父母面前尤其是这样；她在我的面前也显得稚嫩难支，我这满脸粗壮的皱纹和黑硬的胡茬啊！更重要的是，我早已是个孤儿了，一个人在野地、山区和陌生的人流里闯荡，身躯与心灵都磨上了老茧。我这会儿觉得对不起她，觉得自己是个罪人，亏欠了她许多——而她是离我最近的、身边的人。我追求的至善与完美的结果，却是首先亏欠了她。

这一瞬间的领悟，使我很愧。我说："让我做点什么吧，让我来做吧！"

"你做什么？"

"我淘米——我做饭和……"我竟有点慌促地奔忙起来。

梅子笑了。她自己做饭，一边忙一边不时地看看我。

这屋里有一股多么熟悉的气味。我的书、桌子，桌上的一本字典像是昨天刚刚翻过一样……到处都收拾得整整齐齐，真是窗明几净，但那本字典没有合上。

我们整整一天多的时间没有讨论去留问题，因为都有意识地避开了。第二天，她的弟弟小鹿来了。这个梧桐苗似的小伙子与我从来关系密切，他兴奋得跳起来。我也高兴极了，我们好长时间里手扯着手。他说："走啊，到我们那儿去！"

梅子用目光鼓励我。看来我们只得去那儿一次了——不知为什么我对那个地方总有点惧怕。

除了岳母和小鹿给我亲密无间的感觉之外，其他都淡淡的冷冷的，比如说岳父，比如说有些宽敞的大会客室……岳母刚刚抱养了一只猫，它从那个小花圃中跑颠颠地进到客厅，几乎不假思索地一纵，跳到了我的怀中。它长了一张圆圆花脸，白鼻梁上有块灰色斑点，显得极为滑稽。它眯着眼看了看我，困困的样子。它浑身上下洁净得无一丝灰尘，伸出舌头时，露出了雪白的小牙。它胖乎乎的前爪搭在我的胳膊上，然后就呼噜起来。多么可爱的猫啊，我们与它们在一起，怎么会好意思做得太过呢？

岳母高兴了："别人来了它就逃，看吧，你是第一次见它，它就这么亲你。到底是自家人……"她说这话时胖胖的两手合在胸前。

岳母温和慈祥，而且年轻时极为漂亮。我无论如何搞不明白，她在当年怎么能容忍岳父那张干硬的长脸……

梅子看看父亲。这时他正用冷冷的目光看我怀中的花猫。我知道他从来讨厌猫狗鸟等动物，而这其中只有战马和军犬例外。听岳母讲，战争年代一只大灰马死了，他哭得吃不下饭——这个故事曾让我对他刮目相看。

"你爸最近不喜欢小花。小花跳到他写字的宣纸上，撕了好几张。你爸心疼……"

岳父哼了一声。

小猫结束睡眠之后，我走出了屋子。我扶着院中那棵大橡树站了好久。我真有点想念它。它可真壮，真旺盛。看来它的根脉很深，前一段干旱的天气并未影响它。它的叶子黑乌乌的，像要滴油。橡子树真是饱含油脂，记得小时候用火柴直接点燃过鲜绿的橡叶。

"他说自己'是一棵树'……"

我听到梅子小声对母亲介绍。岳母叽叽笑。

这棵高大粗壮的橡树啊，落生在这样一座城市有幸还是不幸？它历经了多少个主人？它看到的已经非常多了，它对这个城市一定十分厌倦了。它正想些什么？

伟大的橡树啊……

小花猫突然从屋里跑出，它目中无人地攀到了树干上，接着噌噌爬到高处。好一阵无声无息。小鹿过来，往上望了望说："小脸探出来了，还笑呢！"

从岳父家回来，梅子的心情很好。她咕咕哝哝："你知道我爸多么喜欢你吗？他想你，只是不说……"这显然是不实之词。她故意说父亲而不说母亲——岳母才真是爱护和关心我。我宁可相信梅子所有良好的品性都是从母亲那儿继承的。

"现在城里变化很大，到处都跟你走时不一样了。你们杂志社现在好热闹，成立了好几个公司。柳主编对爸爸说：如果他不走就好了……年轻人冲动起来没办法。不过他随时回来我们都欢迎。柳主编真是这样说的……"

我打断她的话："她为什么对我那么宽容？她是对你爸好——她对老干部个个都好。"

梅子立刻不语了。

我们在这个话题上真没有好谈的。她又开始说小鹿的体校、体工队——"他上次参加比赛得了个亚军，市里奖给他三千元。如果是冠军能奖一万元。还是这么小的比赛……"

我说："一切都指望小鹿了。以后他挣多了钱，我要借钱在园子里打一眼机井，现在水源不足……"

梅子叹了一声。

第二天一早门前就响起引擎声，梅子马上说一句："柳主编来了！"

果然，进来的人正是柳萌。她有些夸张地皱起眉头看着我，半晌才吐出一声："呀！……"

梅子去为客人端茶和水果，一边忙一边咕咕哝哝说客气话，偶尔还招呼我一声。梅子真有趣。

我问候了前领导，并握了手。她的手比以前更柔软，也更有力。这双手在这个时代会不失时机地抓住任何想抓住的东西。她说："你倒没显得老气。"

"你更是这样。你越活越年轻，就像恋爱中的女人一样，显得容光焕发……"

我的玩笑有点过了。梅子的眼睛扫过来一下。

柳萌笑得很厉害，用手指戳点我的前额。她以前经常这样。"大家都想你呀，都说你回来多好。喏，这是最近两期刊物——改革版面以后的。吓你一跳吧？群众评价很高。个别人，当然了，不管他……"

我绝想不到这就是自己以前服务过的那份综合杂志。它比我离开时走得更远了。封面庸俗而无耻，封二封三除了广告画就是道德败坏的女人照片；内文是一些奇闻怪见录、"企业家"事迹、征婚细目和气功介绍之类。黑白图片与文字占同样篇幅，有时气功师和女人、领导讲话照片占去半页或一整页，偶尔还占两页……我把它们推到一边。

"我知道你不会喜欢。我有时也不完全赞同。不过刊物要生存，就要顺应时代潮流。现在刊物本身发行可以赚钱，彻底扭转了局面……"

柳萌颇为得意，说话时嘴唇微微收束。

"那为什么还要再办那么多公司？看来这回要全力捞钱了，而不是为了把刊物办好——只要赚钱就行……"

屋子里一下安静了。梅子怔怔地望着我们。

柳萌咽了一下。后来她笑了："知识分子当然不会喜欢它，我说过，我也一样。不过群众喜欢——发行量就是最好的说明。群众喜欢，我们又算什么？"

我觉得一股血直冲到了脑门。

柳萌继续说下去："想一想，我们自己又算什么？我们的工作为了什么？说到底还不是为了给群众提供'喜闻乐见'的精神食粮？一想到这里，那点担心也就没有了……"

我极力想忍住，但还是问了一句："你说的'群众'指哪些人？谁代表他们？"

"就是大多数人呗……"

我根本就不想听她的回答，而是直接告诉她："你说的'群众'喜欢的东西多了。如果你们不拒绝，他们想看想要的还远远不止这些——你们有勇气一一满足他们吗？"

柳萌脸色有点变，"他们还想怎么？"

"怎么都行，你们琢磨去吧……就怕你们没有勇气……"

柳萌站起来，往梅子身边靠了一步，说："你听他怎么说我们……"

梅子附和着柳萌批评我："瞧你说的！瞧你说的……"

柳萌好长时间没有吱声，明显地不高兴了。梅子想说些愉快的话题，可对方就是不搭腔。后来柳萌又勉强待了一会儿，就告辞了……

梅子难过极了，"你看，柳阿姨好心好意来看望你，她关心你，她为你好……"

我心里很烦。我告诉梅子："算了，别说了。你把她看得太好了。她才不像你想的那样好。她还有脸说'群众'，她知道什么才是'群众'？她该到这座城市的小巷子里走走，看看那些一家三代挤在一间小屋里的市民和工人！她还该到山区，到那个平原看看，看看那些穷得连一件木头家具都没有的农民！去看看那些被抢劫的百姓、被杀死被糟蹋的女中学生和农民的女儿……现在这些恶性事故多得数不胜数，天黑了人都不敢出门……这些人才叫'群众'！他们手无寸铁！她是一个刊物的主编，她干了什么？她不过是用这个刊物给恶棍打气，把他们的邪劲儿煽足！简直和那些恶棍是一伙儿！"

"快别说了，你太冲动……"

"你看看她的刊物吧，她为'群众'做了什么好事？没有！她的刊物大肆赞扬的人中，明明就有我们大家都熟知的流氓恶棍——就为了几个钱。世上还有比这更恶心的事儿吗？"

汗水顺着我的两颊流下来。

梅子说："她说以前也有人提过这样的意见，她说刊物是正常经营，是在法律范围内……"

"那也是他们解释的法律，好多人屋里连一件像样的木制家具都没有，怎么会有'法律'？听她唬人……"

"她对爸爸说将来请你去最好的一个公司干经理，工薪也高……"

我打断她："我才不会去挣她的黑心钱。我现在的葡萄园赚不了太多的钱，可它干干净净。"

梅子流出了眼泪，"柳主编是看在父亲面上才关心你的，父亲知道了该怎么说呀！……"

……

梅子好长时间都在抹眼泪。她说大概柳萌再也不会原谅我们了，她甚至不会再到父亲那儿——"你心里完全可以那样想，怎么能面对面顶撞？你太缺乏修养了，我真为你担心……"

看着梅子难过的样子，我有点心软了。我告诉她当时实在不能忍受——那一刻我想得很多，想到了山区和平原上的人，还有鼓额最近受的伤害，还有死去的那些人……我稍稍说了一点，她立刻不吭气了。"不要担心，我们不需要她来原谅我们，相反我们倒要永远与她有个界限。她做的那一切细究起来是非常丑恶的……你说我修养太差，我承认；不过我现在担心的是'修养'太好的人越来越多，敢于说句真话的人倒越来越少。我最好还是别要这种'修养'吧……"

我们一直谈到夜色降临，都很激动。梅子并不认为我全错了，但对我采取的方式仍旧难以接受。她咕哝着："我好担心——担心这一辈子……我们怎么过啊？没人像你这样，我心里明白……"

"不，像我这样的人很多，很多很多；还有比我坚定和勇敢十倍的，很多很多。你不必担心。我明白你担心什么……我对你说过的往事——我们家的往事太多了。我说过，我们这一家人有很多失误和缺点，可是他们的不幸都是为了坚持做一个好人，为了自己的信仰才造成的。我常常叮嘱自己：你不过是这个家庭的一个后来人，就看能不能守住了。折腾到了你这一代，可不能再做另一种人。我们家遭难的人已经那么多了，他们为心里那块热辣辣的东西受的折磨已经够多了，我这个后来人可千万别溜掉，我得挺住。我其实一生下来就得接上去，这是我一点一点弄明白的，越来越明白了。梅子，看在我们这一家的面上，原谅我因为这对你造成的伤害给你的不愉快吧；请你相信我们家流血流泪都是为了穷人，为了要做个好人——有信仰的人才算真正的好人啊！请你相信我们家是无私的，我们至死都相信应该有正义——它应该是存在的……我如果今天稍稍一松弛就变成了另一种人，那么对于我们这一家人来说，就是前功尽弃了。我绝不敢也绝不能冒这样的风险，这太可怕了，这种背叛太大太大了……我就是这么前前后后想过了，我真的不能后退了……"

梅子在我急促的语气中一声不吭。她完全能明白我此刻的心情。她拥住我，用力吻我。她的泪水把我的脸都打湿了。我多么需要她啊，我们是不能分开的。

多久了，我们没有这样深入地交谈。她的性格决定了她的迁就、没有勇气、缺乏决绝一念。可她善良，明晰，能够辨别和判断。只要冷静下来，她极少把是非搞错。这并不容易啊，在如今这样极易被诱惑被混淆的时刻，她能做到这一点已经是非常难得了。

我在夜色中想看到她黑亮的眸子。我看到了。我说："你还像十几年前一样……"

……

最后令我失望的还是岳父。他让小鹿来喊我，急匆匆的。我知道柳萌已经详细向他汇报了。关于柳萌的任何争执都没有多少意义，但为了梅子，我还是去了。

岳父竟然劈头问我："你说他们杂志社'靠卖淫赚钱'——有这话吗？"

"没有。"

"这个同志从来不说谎！"

我笑了，"她的特长恰恰是说谎。我们在一起工作了那么久，了解她。"

"她喜欢打扮，也有些娇气，这我清楚；但她不会撒谎。"

"事实证明她会。你问梅子吧，她自始至终都在场。"

他转向女儿。梅子立刻站在我一边说：

"是的，他根本就没那样说过！"

　　岳父长长吐了一口气。停了一会儿又说："不管怎么，对人要宽容，要善于团结与自己意见不同的人……她对我们一直很好，你这样对她说话，没有考虑后果吗？你照顾到大局了吗？"

　　"你们是有友谊的。你们还是你们。"

　　岳父有些不自在，活动着，"这不可能不受影响。她会想……上一次她还带给你妈一包人参糖。同志嘛……"

　　我忍不住插一句："她不该把刊物搞得黄色下流，她做得太过了！"

　　岳母一直在旁边听，这时说一句："柳萌这个人太疯了！她家老于也真放心……"

　　"老于"就是柳萌男人。我和梅子都笑了。

　　岳父看一眼老伴，"胡扯什么！"

　　……最后他非坚持让我去看看柳萌不可——"也不一定是去承认错误，不过是表示个歉意；人在气头上嘛，说话难免出格。"岳母也赞成男人的话，催促我："去吧，去一趟吧；你不知道，柳萌找到你爸都哭了。她也不容易。她面子上过不去……"

　　回来后，我问梅子："我去吗？"梅子说："去吧，我和你一起。"

　　我心里明白：我不会去的……

　　这是一座焦躁的、让人无法有片刻安宁的城市。我们的小窝本来很偏远，可是如今已经被彻夜不息的喧嚷吵闹包围。离我们不足三十米的人行道旁竟然有两三处卡拉OK厅、一家咖啡馆、两家服装店和一家舞厅。它们一律安装了大功率喇叭，而且午夜两点仍在啊啊大唱。那尖利利的、狼嚎般的、哭泣一样的、跑音走调的……各种喊唱和哄闹让人完全陷于绝境。无论怎样把门窗关闭，各种声音还是钻挤进来。

　　我问梅子："很长时间一直是这样吗？"

　　她说是的，"以前有人出面找过有关部门，可后来见没用，只得忍着。"

　　梅子也常常吃安眠药。她习惯于这样的生活，说大家都吃安眠药，听说也没有什么副作用。

　　我不得不加大安眠药的剂量，不然就别想安睡。不仅是这些音响设备，还有各种车辆的高音喇叭、半夜里的窜跑和追逐打斗——几乎每个晚上都有一伙打架的人，围着上百人观望。有一次打斗持续了四个多小时，在人行道上留下一摊摊鲜血：那天有一群穿铁钉衣的家伙窜来窜去，个个都骑了大摩托。事后有人说，两伙人在酒馆里干起来了，都有来头，结果各自都用无线电话召唤人手……

这儿不是居民区，而像豺狼的巢穴。

这儿正以空前的速度恶化。午夜，躺在窄窄的床上，听着一片交织的嘈杂，犹如置身恶涛汹涌之中，小床就是一只单薄的小船，顷刻间会被劈个粉碎……我夜间刚刚吞下大剂量安眠药，问梅子："就这样挨吗？"她眨巴着眼，"习惯了会好一些。你别想它，越想越烦。你别想，这样一点点就安静下来了。你试试。"

天哪，条件是"别想它"！

别想是不可能的，因为各种声音主动送入耳膜，无可回避……

好不容易挨过了一个夜晚。半上午时分有熟人来玩，闲谈中得知，我们以前那些朋友——大多是一起毕业的，已经有好几位患了不治之症……这消息使我久久不语。我不敢回忆他们的音容笑貌。真是令人沮丧极了。我感到奇怪的是现在还有那么多兴高采烈、神气足壮的人——他们或者是不知忧愁的傻大胆，或者干脆就是些特殊人物——比如柳萌之流，已经不知第几次搬家了，他们早已从喧嚣烟熏的闹市搬到了郊外山中……那儿的夜晚尽是小虫的鸣叫。

来人临走还告诉一个讯息：〇三所的人正在给"瓷眼"加紧筹备一个"三十年学术活动庆祝研讨会"……见鬼了，一个江湖骗子、双手沾满学人鲜血的家伙，这会儿要庆祝自己"三十年学术活动"了！而且很多著名人物届时要亲自到会祝贺，眼下正征集贺词贺电……见鬼了！有关部门为这次研讨庆祝活动拨了专款，再加上企业赞助，可望汇集五十万；用不完的留下来，继续搞一点什么，争取成立一个以"瓷眼"命名的"学术基金会"……真见鬼了！我从未听说这个城市为一些真正优秀的学人，比如我的导师，还有那个死在窑场的学界泰斗开过什么"研讨会"……

我对梅子说："我必须尽快回到葡萄园了。真的，必须马上就走。"

她望着我。

我亏欠她的太多了。我挽住她的手，对着她耳朵上小声说了一句："嫁给我的平原吧——好吗？"

我第二天即启程了。

10

……真是无法表述此刻的心情。好像只有被"归来感"笼罩下的我才有如此的感激……真庆幸自己有这样一个出生地。

今天看，母亲和外祖母从那座海滨小城走开真是再好也没有了。如果当年她们一直待在那儿不走，等到父亲归来，那么大概我们至今还会踯躅在熙熙攘攘的街巷上。当年显然是一个预感帮助了她们。她们很快明白，这一家人必须离开了；在这座胜利的城市中，我们一家是失败者。于是她们雇了一辆马车，去荒原上寻找那个老爷爷了。

老爷爷——荒原的奠基者！当我回忆我们的家族，展望我们全部的幸与不幸时，总是首先记起了您……我深深明白，只要记住了您的目光，记住了您的笑容，一个人就不会走入迷途。

我也许正像当年的母亲和外祖母一样，是在您的指引下走到了这片葡萄园中。我甚至幻想着，您是神灵派到人间指引我们一家人的……

在平原上度过的这些年中，我有机会常到那座海滨小城里去。很久以来，我多少次像被磁石吸引着，不自觉地就走到它的身旁。记得我在那所地质学院时，假期里背上背囊，总是匆匆地穿过南部山区踏上平原。我在小城四周徘徊，远远倾听着码头上的巨轮昂然鸣叫，然后才无声无息地走开……

我的出生地，准确点说是那座小城中的一个大宅院。我曾两次返回那个地方，伸手抚摸过颜色发黑的砖墙，看过遗留下来的几棵白玉兰树。那个大院当时一半被拆毁，一半改成了仓库和兵营，还有一个角落被圈进了博物馆的高墙。

看着屋顶上长出的肥胖的莲座瓦松，不禁想到这座古宅所蕴藏的丰富养料。它神秘地存在了几百年，而且还可能继续存在下去。外祖父死后，这儿就失去了生气；后来父亲被捕，女人们简直就没有力量支撑它了。它太阴森太沉重，已经不是一个普通家庭所能承担的一座建筑。它沉淀和凝聚的东西已经太多……母亲和外祖母毅然决定出走，肯定是某种灵感在起作用。

其实早在她们决定搬走之前，宅院的一大部分已经被封了，理由莫名其妙。住进荒原小屋中，母亲还偶尔牵挂城里的这个大宅院。随着日子越来越艰难，母亲终于想起它的所有权，就想卖掉一两幢——可小城里早有几个机关把宅院占据了，他们怎么也想不到会来一个讨房子的妇人，大吃一惊。才刚刚过了几年时间，这儿竟然没有几个人能讲得清这房子的来历以及它与当地一支望族的关系了。可怕的遗忘啊！

母亲看着这些长了青草的石板地，靠南墙那些高大的玉兰树，哭了又哭……她正式提出处理自己的房产时，有人才恍然大悟，急急报告了有关方面。不久传下一句可怕的斥责：反攻倒算！母亲可没有被吓住，她多么顽强，指出这座宅院的真正主人是外祖父——"他已经牺牲了，你们总不该没收先烈的遗产吧？！"

那些蛮横的家伙被噎住了。但不久他们又想出新花招，说外祖父逝去之后，这个宅院就由父亲继承了；而父亲的财产，当然是要没收的。母亲告诉他们：外祖母还活着呢，老人理应继承丈夫的遗产……

就这样，他们被迫还给了我们两幢房子，是最破的两幢。

母亲要卖掉它们，以解燃眉之急。可占据宅院的人不准其他人来买，又故意把房价压得奇低。没有办法，我们就以极低价卖掉了这两幢房屋……眼下这个古老的宅院竟没有一片瓦属于我们了。

我们终于在小城失去了最后的立足之地。这对于我可能又是一个幸运：先成个无产者，然后才有决绝的勇敢。就这样，我找到了自己命定的葡萄园……

斑虎疯迷一般围着我跳，两爪用力搂住我的腰。这样它差不多站得与我肩部同高，伸出长嘴触动我的脸。它全身颤抖，每一根毛发都流溢着激动。我试图抱起它来，发现它可真沉。我们被一片兴奋的目光包围了，鼓额、四哥夫妇、那个小伙子，都站在旁边。鼓额一声不吭，只有瞥来的目光热烫灼人。响铃喊着："哎哟，可回来了可回来了，想煞斑虎了，哎哟……"

四哥背着枪，含着大烟斗微笑。他咕哝："再早回一天，你的朋友——那个酿酒工程师还没走哩……"

响铃嚷着："领来大妹子多好啊！怎么不领来大妹子？"

我问四哥那个朋友的情况，他摇着头："不中用了。这一回来了，眼神尖亮，说话东一句西一句。脑子浑了，人不中用了……唉，都是那个狗女人给整的。她把个好人给耽误了……"

我能想象出那位朋友的状态。看来他这一次非进精神病院不可了。我恨那个高个子女人了。看来她和她们一伙儿——我总觉得这个世界有一批美丽而无耻的女人——非要把好人逼到绝路不可。我那个忠厚的朋友啊，就这么眼睁睁地给毁了。你可以美丽加无耻，可是别来毁坏我的朋友！在大城市那些高级酒店里，美艳逼人的贱货太多了，她们像高傲的老鼠一样在铺了厚羊毛地毯的走廊上找食儿，可她们从来没打谱毁坏汗流浃背的劳动者；她们压根就没那个兴致。她们将来是因为下贱而死；而劳动者将来是因为饥困而死。

我因那位朋友的悲惨处境而无法高兴。他们都试图让我忘掉他，但我怎么能够？那个女园艺师穿着奇装异服来串门儿，走起路来摇摇晃晃。她既然已经不对自己的园艺事业抱什么希望，所以就有了闲情逸致。她涂了眼影儿，学说地方话，跟四哥要酒喝，还逗那个身材细长的小伙子——我发现她对他有些偏爱，装作一个老大姐，嘲笑小伙子已经发黑的小胡子，刮他的鼻子……这可不是什么好兆头。我绝不希望这时候的园子再让人打扰。

女园艺师走后，四哥马上说："这一段她老来这儿。那个园艺场不行了，她的心不在那儿了。"响铃说："这姑娘不孬，大双眼儿。就是脾性太泼了，一口气能亲斑虎十几下……"

四哥不知从哪儿搞来一条二尺多长的大鲶鱼。很久没有吃到这样的美味了。响铃又做了几个野菜，四哥提来了酒瓶。这顿晚餐真是愉快极了。月亮眼看圆了，茅屋和小院被映得一片光明；小甲虫在地上行走，斑虎不时伸出爪子触它一下；但斑虎从不无缘无故伤害它们。牵牛花从篱笆上探出脑袋，它的四周都是鼓胀胀的豆角。那些像拇指大小的鸟儿一个个嗅过了喇叭花，又飞到篱笆的另一边去……

随着一阵西北风吹起，我们都听到了一阵二胡的声音。月色下这琴声让人怦然心动。我们一动不动地谛听。海潮声不太重，只有这琴的倾诉。那是一曲《二泉映月》——多少年前那位盲人艺术家阿炳的杰作。这位无望而坚毅的天才在这个夜晚又一次感动了我们。他的激情啊，像大潮大涌一样弥漫过来，把我们裹卷了。我们被满溢的浪头和白沫水溅一块儿给覆盖，忍受着无所不在的冲撞涤荡，全身灼热。这冲撞时而猛烈时而柔细，这是一次淋漓尽致的洗涤。渐渐过去了。潮水不可避免地消退。它化为一片涌动连接的大水，在夜色中回旋不止。它回旋不止……

我一直闭着眼睛。多么感激夜色里的琴手。他和他的琴，今夜都成了天赐之物。这是神灵赐给整个平原的。我感激他。在这个归来的夜晚，我第一次听懂了这首曲子——它原来在讲一个决绝和忍受的故事。

曲子消失时，大海滩上再无令人神往的声响和事物。所有人都默默的。我睁开了眼睛，接着大吃一惊——四哥紧闭双目，泪水溢满了每一条皱纹……

我屏住呼吸，仰脸去看满天星辰。

我相信盲人阿炳的倾诉引起了四哥一生的回忆——怎样离开平原去东北讨生活，怎样不幸地伤残了一条拐腿，接着就是拖了一条拐腿，在芦青河两岸长久流浪……

葡萄园里响起啪哒声，是露水在滴落。我们都能感到这是平原上最好的夜晚之一。斑虎爬起来，自觉地到园里巡逻去了。大约有半个多钟头，它又重新卧到了刚才的地方。它昂着头，月光下它的鼻头闪亮，那是被园中露水弄湿的。这样的时光永驻该有多好啊……

真不敢想象我们大家会失去这个葡萄园。一想起四哥将重新拖拉着那条拐腿游荡，我心里就一阵撕痛。

11

……不知这是怎么一回事，有时暗自寻思会觉得吃惊：怎么四周有那么多朋友遭到了厄运？真令人不寒而栗……我并未与其他人讨论过这个感受，也许一经交流大家的印象都差不多。如果真是如此，不幸的人就太多了。可是我们分明又看到有那么多欢天喜地、情不自禁的人……必须去看看那位酒厂工程师了，他现在到底怎样了？

过去他是著名的酿酒师，搞出了两种名牌酒，还有一个了不起的老婆、一副强健的体魄和宽敞的住房。那时他才四十二三岁，黑红色的脸膛，高鼻梁，一头乌黑的鬈发。一切方面都让人嫉妒。他带着得意的美酒走遍了欧洲，几乎一天到晚穿着笔挺的西装。现在他四十六岁，很快就要年过半百，突然又把老婆丢了。

她是他的珍宝。

他很快添上了白发，饮酒不断过量，手指常常颤抖。他把那几间宽敞的屋子搞得乱七八糟，所有带花的衣服都被他锁起来，还把爱人戴过的一顶彩色斗笠悬在墙上……他的神经开始不正常。

人们这才突然发现他是一个非常可怜的人，原来还是个孤儿！

他从二十多岁毕业分配来东部城市工作，至今没有挪窝儿。后来就是恋爱结婚，事业发达，被人羡慕。没想到他的幸福竟是如此脆弱。眼下他无依无靠了，老家在几千里远的一座山城，父母早已过世，唯一的一位堂兄去年也去世了……他现在是真正的单身汉。

我直接去了他的宿舍，门锁着。问了一下，说是住进了精神病院！

"他病情发展很快，已经不可收拾。没办法，只得找人把他捆起来，用车拉到了那里……"

"捆起来"三个字差点让我流出眼泪。我忍着，再不想看这个地方一眼。这儿到处都是令人作呕的酒精味儿。

赶到那个精神病院，好说歹说才被应允探视。好像那些大夫的神情也不太正常。

那地方简直像个牢房——有带铁棂的窗户。所有重病号都住这样的屋子。他隔着窗子与我相见，两手紧紧握着铁条，摇动着，想一口气把它们折断。他肯定认出了我，一动不动盯了十几分钟，哗哗流下了泪水。整个人瘦得吓人，本来就很大的眼睛显得更大了，神情呆呆的。我好不容易才忍住，没有哭出来。我叫他，他不吭声，只是流泪。我按到他的手上，他就把额头抵到上边。他喃喃着，仰起脸来，"……那个大头目的狗儿子来参观，一眼看见了她……后来用车拉她去钓鱼，再后来……"

这些话不会错的。我相信这时候他很清醒。我对他说：

"你振作起来吧，别丧气！你还有多么重要的事情要做！那样一个女人有什么可惜的！你比她重要一万倍！你明白吗？"

他摇摇头，"我不重要……她才重要——你不知道她！她才重要……"

还有什么可说的？我见过那个女人不止一次了，我敢说那是世界上最疯浪的一个女人。她长了副曼长脸儿，眉眼鼻梁多多少少带点异族人的味儿；人显得很年轻，多少年下来没有一点变化，几乎不会衰老。那时她还多么爱我们的酿酒师啊，大家正一起玩着，她一转身就亲起他来。"她受不住，她就这样！"酿酒师对朋友带着歉意解释。

也许这时发生什么都不该吃惊……不过总该有谁来教训一下横行无忌的流

氓吧。

他继续摇动铁棍，摇不掉就大喊。这声音粗哑骇人，像山洪之声。他完全失去了控制，大吼大叫。一会儿有几个人咚咚跑来，粗暴地赶开了我……

最后那一幕永远留在我的脑海。我明白，在强烈的刺激下，一位天才可以变成一头狮子……

我又一次无可奈何地看着一位不幸的朋友。不记得这是第几次了，也不知道还会有多少次。我相信这样的经历不会有助于我——每一次都必须用尽全力抑制住什么，不让悲愁无告的情绪把我淹掉。

我因为被这样的心情搅住了，难以入睡，就索性坐起。我只有把一切讲出来才会好受一些。偶尔我在灯下翻一翻那些古歌，让思绪飞到几千年前。可是这最终还是无济于事。

走出去，走到黑魆魆的葡萄园中，让冰凉的风吹一吹……

我伫立在一棵葡萄树下，马上听到了海潮的声音。奇怪的是今夜的风非常弱，夜潮声却很大。那种低沉的声音说明它动荡翻涌的源头在辽远的地方，在靠近一道深渊的地方。这种声音比起狂风卷起的浪头噗噗摔碎在沙岸上更为可怕。我从小就听熟了这种隐隐的、潜伏着的钝钝潮声。平原上的老人对这种看似平静、却能把潮声传递到远处的海象叫作"发海"。他们吸着烟听一会儿，然后断定说："今夜发海……"

天空是纯粹的黑蓝色。星辰灿烂。正北方的北斗显得那么淡弱。我遥望它，不禁又想起徐芾东渡的船队。他和那个大王的故事，在这片平原上已是支离破碎。我着迷于它所有的细节，并以此来战胜自己的遗忘。而这一切，只能求助于流传在民间的古歌了……好久没有自己写下一行歌子，因为它比起我搜集整理的这首古歌，已显得苍白无味。我咀嚼着永久的传奇，想象着默念这些古歌的人和他们奇特的心情……

如果有一天能出版这些古歌，哪怕印一本小册子，我想都是极有意义的。古歌记载的可不是俗人们嚼烂了的那个故事。

在这样的夜晚，我不禁想象起这片葡萄园几千年前的模样。它当年是宫殿之一角？是一小片桑园？是士兵的营帐？那个"千古一帝"东巡是否走过这儿？他在这一带的海上射杀过大鲛吗？

［古歌片断］

......
百艘楼船兮驶入茫海，
日夜兼程兮，
寻瀛洲方丈蓬莱。
寻觅日出之地兮，
水天交融闪烁五彩。
何处渺渺神山兮，
锦绣乐园藏于天外？
橹桨折兮汗如潮，
樯帆碎兮桅杆裁……
桨手卷入浪涌，
丧生鱼腹悲声哀。
十日狂涛兮风暴雷吼，
众跪伏兮焚香祭海……
秦兵欲抛童男女，
徐芾夺儿护入怀。
"莱夷根苗乃臣之眼珠，
吾之性命兮与其同在！"

二十日暴雨浇淋，
再不见日月星辰。
百工损兮楼船折，
壮士一去兮无音讯……
悲兮弓弩手，
伤兮莱夷人！
叫一声徐乡之贤士，
悲泣四起兮于心何忍？
只怕今生不见三神山，

葬身大海无茔坟……

"男儿虽死犹生，

尔等不可辱没莱夷英名！

砥志砺心兮，

虽九死未可抛却根性。

茫海兮再埋忠骨，

路遥兮但求德功。

先人伟绩永垂兮，

共赴危难乃不变之约定！

誓旦旦兮必达彼岸，

感上苍兮顺水好风。

观星相辨潮涌不可稍息，

同心合力兮一呼百应！……"

风暴逝兮困荒岛，

落荒凉兮路遥遥！

桨手百工染顽疾，

童男童女长号啕。

三日兮断炊，

十日兮绝水。

寻清泉空走岩岭，

求雨兮夜夜祈告……

聚露滴兮以止渴，

采百草兮以为药。

五日突起狂飙，

黑魆魆无数海妖……

众惊恐兮呼喊蹶地，

数秦兵剑戟全抛……

"三千童男女快快献出，
此为海妖觅取之犒劳。
外加精粮脂膏，
遍撒海中兮平息怒涛！"
秦之督阵恶声急，
妖孽兮阵阵狂噪……
徐芾登高拔剑兮，
令弓弩手奋起杀妖。
箭矢纷纷如疾雨，
巨妖母兮洞府狂笑。
妖母黑爪粗如桅，
碎船断绠折铁锚。
喷浪如虹泥沙起兮，
蟹兵大鲛荡怒潮……
危急兮楼船，
惶惶兮臣僚！

徐芾穿上先王之甲胄，
操起祖上遗赠之利剑。
指定领班，交付铜玺，
嘱其不可毁伟业于一旦。
揖别众人兮一心赴死，
壮士入海兮难以生还！
一声怒吼震若霹雳，
勇士持利刃跳入狂澜。
大潮如泣似沸，
妖孽惶惶隐涡漩。
挽弓兮抽刀，
助水中勇士斩妖挥剑……

徐芾穿越万丈波涛兮，
置生死于天边。
挽狂浪兮如揪青鬃，
踏巨涌兮如坐铁鞍。
骏马长啸声震川谷，
茫涛踏遍万仞山峦……
密密兮青林，
层层兮藤帘。
毒枭长号兮，
恶鬼踞巉岩。
黑森森水洞凉刺骨，
深渺渺曲折千回转！
老虾精挺矛直取咽喉兮，
挥利刃削去矛尖。
巨章缚壮士，
徐乡人兮陷入危难。
章索紧缠颈欲折，
勇士拼力将巨索咬穿。
章魔颤抖一刹那，
宝剑兮劈入心尖，
勇士跃起再拼刺，
毒墨染兮海不蓝……

巨妖母藏身九曲洞，
呼吸推动万丈波澜。
石府水宫阔如厅，
食尽生人是美餐……
黑爪生满脓包疮疥，
目烁烁宛若灯盏。

紫鳞下滋生毒虫无数兮，
眼睑大如一只铜盘……
妖母嗅到章墨之腥膻，
又见甲胄亮闪闪。
呼啸而起拍巨爪兮，
勇士腾挪快如电。
咔啦啦妖母扫断巨石，
击落鳞片点点……

妖母欲将利刃拍折，
岂知这是先王之神剑！
刺穿如铁之鳞片，
又削去一只眼睑。
妖母喷沙水击倒徐芾，
勇士跃入两爪之间。
双手挺剑兮直捣胸脘，
鲜血如潮兮四下飞溅！
顷刻间波涛遍染，
凶残海妖兮气息奄奄。

声声呼唤徐乡之勇士兮，
一轮朝阳冉冉升天。
浴霞光兮甲胄生辉，
美徐芾兮捷登沙岸。
风息浪止，
号角鸣奏兮楼船扬帆……
……

12

……四哥说他听到了隐隐约约的炮声。我们都没在意。一天半夜我刚睡去，四哥就推门进来，揉着眼睛说："我又听到放炮了……"我坐起来，从窗上往外望。四哥摇头，"不，地底下，是下面传来的。"

我屏息静听了一会儿，什么也没感到。我想这可能是他的错觉。

整整几天斑虎都显得烦躁不安，时不时就要吼几嗓子。园边通向海岸的那条柏油路车辆空前增多，喇叭声嘟嘟乱响。有人把车子停在路边，溜溜达达往葡萄园走来；有的干脆破门而入，斑虎就毫不客气把他们赶走。

几个打扮得花花绿绿的女人互相推搡着走来，见了震怒的斑虎就说："哎呀，多大脾气呀，主人呢？"四哥背着枪过去，木着脸问一句，"嘭"一声关上园门，"一边去吧，这里不接待生人哩！"

"一回生两回熟嘛，对女士要……"

四哥摘下枪怒喝："滚你娘的！"

她们"呼"一声跑走了。

四哥再不像过去，敏感、焦躁，动不动就发火，有时对响铃和斑虎也不耐烦。自从我认识他到现在，还从未见他这样。以往他对于任何困苦和煎磨都能笑脸相迎。他是个经多见广的人……当然，他的恼怒事出有因，不过有时仍觉得他在变，变得与往日大不相同了。

我发现从海边那些看渔铺子的老人撤离之后，他的脾气就大了。缺少了互道衷肠的老友，这对于他是个不小的损失。但无论如何他还不算孤单。

我想该与四哥深入地谈谈了。他一个人唉声叹气时，我就走过去。我的兄长满面愁容，这让我极为难过。四哥的愁肠会迅速感染整个葡萄园，使每一棵葡萄树都变得无精打采。

他说："我一直想问你哩，这是怎么回事……"

他一口一口吸烟，皱着眉头。我期待他往下说。

"过去我也经了不少事儿，都不害怕。觉得反正咱能抵挡过去……这一回不行哩，实话实说吧兄弟，你四哥心里发怵了，知道作难哩。这是怎么哩？是不是人老了？人老了胆子就偏小……"

四哥自语着，琢磨着。我明白他为此困惑了许久。

怎么回答？看着他两鬓密密的白发、驼了的后背，真不忍说下去。他显然感到了我们所面临这一切的严重性：我们处在了一个即将失去的园林中。

未来会是一次有希望的迁移吗？也就是说，这片平原上会有地方安放一个如此美丽的田园吗？

这些问题长久以来缠住了他，也缠住了我。

我想说：不是他老了的缘故，而是我们面临的问题的确非常严重，它真是空前的。它难以抵挡，这是真的。这一次我们面对的侵犯特殊而又广泛，它几乎从一切方面来围困和粉碎我们——逼迫我们放弃这片园子。问题真的复杂了。

面对着这场侵犯，我们几乎不可能取胜。这就是四哥隐隐感到的那种恐怖。他丝毫也没有错。这是非常清楚的。剩下可以讨论的，只是——我们将怎么办？

有几种可能：拱手交出园子，投诚，并忍受一切难以忍受的屈辱；拒不交出，决不放弃，坚持到最后一刻；即便园子失去，再也找不到任何立足之处，也要在心中渴望它，守住它；最后是为保住这片园子冲上去，撞碎自己……

四哥站起来，紧紧握住了枪杆。他盯着南部的雾霭，"那我就走最后一步了。这才合我的脾性哩。"

我握住了他的手臂，"我们在一起吧，四哥！"

热辣辣的什么在心中涌过。斑虎无声地走来，贴紧在我们腿上……

四哥走开时，小鼓额来了。她热汗涔涔，不吭一声。我知道她有什么重要的事情，就鼓励她说。

"你和四哥商量大事了，我在架子那边听了……"

我点点头。

"你们有一天要离开吗？"

我没有回答。

鼓额哭了，"我听出来了，你们说有一天会走的，园子会没有的；我害怕了。别丢下我。我不会添麻烦的，我到哪儿都会用劲儿干活，听话——我听你们的话……我要不停地做活！我跟响铃婶学会了做饭、缝衣服，她会做的我都会做。我不怕吃苦，也不为钱。我只想跟你们在一块儿……"

我安慰她，并向她保证：我们必尽一切努力保卫园子。如果要走开，就必在一起……

这是值得纪念的一天。因为在这一天，我与四哥和鼓额吐出了心中的淤积。我们在如此重要的问题上取得了共识，这多么令人鼓舞。在我们面前，那繁复琐碎的所有纠缠都一下变得简洁明了。是的，它不过是内心里的一个决定。

女园艺师仍然来园子里玩。她变得更为轻松，心情好极了。据她自己说，反正是做不成母亲希望做的那份大事业了，愁也没用，不如玩起来看。"人这一辈子啊，哼！"她噘噘嘴，皱皱鼻子——我注意到她有个细长微翘的鼻子，而且精心地抹了白粉。我向她建议：既然园艺场要转产，那她是否可以调到别的园艺场？

她笑了。一边笑一边转脸，只用眼角瞟着我——以前我可没见有谁这样看我。她说："哎呀同志！你真有意思，你让我年轻轻这样折腾啊！到哪儿搞园艺也是受气的，这就像农民一样，从古到今，只要是沾土的人就得受气。要调走，干脆就回城里。我妈是个园艺师，几大本子著作，可她主要是搞教学的，她是个女教授。她受尊敬主要是因为这个！……"

这种奇怪的理论透着过人的聪明，关于"沾土"那一套我还从来没有想过！

我问："你主要为了受人尊敬吗？"

"嗯。不过只要快活，不受尊敬也行。当然了，最好还是受人尊敬……"

"你这可是不太好的世界观。"

"我才不管呢。屁世界观！多少年的词儿啦……"

再不想说下去。我想的是在生活中，在历史上，多少人宁可忍受误解，最后在误解中死去，从来没有人尊敬他们，他们也没有想过……比如外祖父，比如我的父亲。我再无心说一句话。

女园艺师在屋里转来转去，自言自语："反正都得改行，不管你愿不愿意……煤矿大面积开采以后，这儿就塌了。没听见放炮吗？地下放炮声已经听得见了……"

这让我想起了四哥说的事儿，"那么远能听得见？"

"夜里静，仔细些听就能听得到。"

我明白了，四哥说的是真实的。

13

我们那个小伙子越来越频繁往园艺场跑。他显然是去找女园艺师的。我们的这个小伙子还完全是个孩子呢。我有一次对他说：还是少去一些园艺场吧！小伙子直着脖子说："我压根儿就没有耽误活儿，再说这是我的自由……"

是的，这是他的自由。真难想象前不久他还是一个说话不敢抬头的毛头小子，如今穿上了牛仔裤、方格衬衣。谁能想到他与鼓额来自相同的地方？他们竟如此不同……但我要容忍他。

女园艺师来玩时，我很想委婉地说她几句。我差一点没有说出：你身边那些小伙子够多了，干吗要来骚扰我们葡萄园哪！我们的园子已经够可怜的了！再说我们将来要还给他父母一个健康的好小伙子！……

她咕哝着："到处都那么让人烦。这一周遭就剩下你们这个好玩的地方了……斑虎！斑虎！"

斑虎一下子站起，两爪搭在她的肩上。她的手立刻扶着它的前爪跳起舞来。斑虎每逢这时愉快极了……

对葡萄园的打扰日渐增多，这终于变得不堪忍受。

这一天我们在小城的一位"朋友"来了。因为上一次四哥的事情麻烦过他，所以只得招待。他尽情吃过葡萄，喝了很多酒，临走时说："有事尽管说，我的哥们儿多！我什么哥们儿都有，我要把他们领来……"

我送他走出园子，千叮万嘱：千万不要为我们介绍那些朋友，我们是种葡萄的人，我们害怕和生人接触！他听了一愣，大笑，伸出食指点划着：

"真能逗啊！真能逗啊！……"

几天之后，他果真坐着一辆白色轿车来了。车子一停他就跳下来，喜笑颜开，"伙计，你知道我给你把谁带来了？"

我摇摇头。

"喀，猜一猜！连这个也猜不出？"

怎么能猜得出？这一点也不幽默。

一个肥肥胖胖的家伙从车里钻出来了，笑着，一手收起黑眼镜。有点面熟，仔细看了看，认出是我在杂志社工作时熟悉的一个作者——他在一个企业工作，后来专门写一些"企业家报告文学",再后来听说调到一个部门搞专业了。他老远伸出胖手,"啊哟嚄想不到吧?想不到在这里也能找到你!啊哟嚄想不到吧?"

"想不到!"

他指着小城那位"朋友","幸亏他呢!我在一个宴会上随便提到你的名字,他一拍大腿,说你在这儿搞一个葡萄园呢。我说我们可是老朋友,我得去看看,说什么也得去看看!嗯,嘿嘿,谁想得到你能在这种小地方猫下?家属来了?没有?我就知道没有……老伙计,让我好好看看你这个地方吧!"

他的话可真多,满嘴酒气。我发现四哥夫妇和鼓额都吃惊地望着来客——他们也弄不明白我与他到底有多密切,但我知道他们不喜欢他。

斑虎注视着,偶尔看看我。

胖子对小城"朋友"笑着,还过来拍拍我的肩膀,然后不请自进钻到房间里去——他们走进了鼓额的宿舍,鼓额跟在后面。胖子又转出来,冲鼓额笑笑,"是'女秘书'吧?现在都兴这个……多大了?嗯?很好嘛。工作多长时间了?哪里人呀?嗯?很好嘛!"

鼓额退开,一句话也没说。

胖子的目光在找我,见我还在刚才的地方站着,就不高兴了,"哎呀伙计,你对远道朋友就这样呀?不往屋里让,也不倒水,你看,啧!"

我走进自己那间屋子,他们跟进来。这时响铃端来水果,又回头拿了香烟。

胖子背着手在屋里踱几步,看看土炕,又看写字台,嗯几声:"不错。很有乡野气呀!不错,我以后脑子累了也到你这儿住住,不错。"

他咕咕喝水,又抽烟。小城那位"朋友"一直傻呵呵地看着。

胖子上下打量起我,"看样子你也不太顺畅?有什么难处就说……这一回来得值,别看是个小地方,有几个企业家还是有点意思喽。这一回最有来头的两个都见了,其中一个还答应让我给他写写……我准备下个月动笔。动笔前还得来一趟,先来看你!干我们这一行啊,嘴懒腿懒都不行……"

他伸长脖子看看窗外,看到了鼓额,"嘿,你那女秘书不声不响挺有意思……"

吃了一会儿水果,他突然低着嗓子问:"你是怎么从那个杂志社离开的?有人说你辞了,我不信。那儿经济情况不错嘛。我估计是柳萌那个臭娘们儿狗眼看人。我最知道那娘们儿的底，别看打扮得人模狗样，其实是个骚臭玩意儿……哼哼……"

我觉得他该离开了，就站起来。

他从怀中掏出一张名片，上面密密麻麻印了一串头衔，有好几个"国际""全国"之类的字样。

他拍着胸脯："赶明儿我写写你的葡萄园……"

我再未说一句话。他们终于有些尴尬。又待了一会儿，两个人对对眼，爬上了轿车……鼓额笑了。

四哥把我扶到屋里。我觉得头有些涨。那家伙吵得我好累……四哥说："我知道那人不叫人喜欢哩……"

我很疲乏，躺到炕上，倚在了被子上。

四哥坐在炕边。我说："我躲了这么远，可是……"

四哥叹息着，吸着烟。

这天我没有出工，就一直躺在炕上。四哥怕我得病，直到半夜了还陪在旁边。

14

……也许只有这儿的不眠之夜里才有一种温馨的感受，这与其他任何地方都是不同的。在这平原的风中追思和畅想，不能不说是一种幸福。

我想了很多很多，过去，未来……我很清楚——我已度过了半生，那么再度过半生也没有什么了不起。我知道我眼下面临着特别复杂又特别简单的问题——一旦决定了，全部烦琐就化为了简洁。人只要有勇气决定就行。是的，真是这样。

大概对于你也是一样。

柏慧，这是个怎样度过下半生的简单而又复杂的问题。剩下了一半，不多也不少。

人站在时间的对折线上都会感慨万端。我想起了各种各样的人……一个污浊的人即便在最后时刻都不敢面对真实。人在这时候的可怜才是真正的可怜。

——面对着一次判断，我任何时候都不忘诘问自己：是这样吗？我真的同意这样吗？我从心灵深处欣悦着赞同着吗？如果不呢？

是的，在任何时候，我都不能做精神贱民。

柏慧，想起你明亮清洁的目光，我充满了感念和宁静。我牵挂你又企盼你。你告别了他们，柏老和小提琴手，这显得太迟了又太早了。你立刻会面对一种挑战性的生活——你可要挺住啊！

我对你眼下的选择有多么矛盾：我等待这种选择许久了，我曾多次赞美过决绝和无畏；可是当它真的在你身上发生了时，我又一阵担心。

你一个人，怎么抵御那非同一般的寒冷？

多保重吧，我的朋友！我的永久的挚友！

你多么坚毅多么刚强，我深知这些；可我更多地记住了你的温柔、你的慈爱……你的目光无所不在地普照别人，它的光源就来自你的心灵。我们会一起保卫你的心灵。

……

我走在迅速改变的荒原上，耐心地寻找。当我终于看到一株昨日的马兰和一条昨日的小路时，就急急奔到它们面前。它们的顽强存在使我至少想到这样一个问题：平原不会完全失去记忆。要紧的是我们活着的人要牢牢抓住它，让它闪耀，让记忆的光照遍大地……

马兰啊，你浅蓝色的形状特异的花朵正向我娓娓诉说。那场淅淅沥沥的小雨我们都记得，泥土给雨水击打出一股燃烧的皮革味儿；后来这气味又被远处飘来的合欢花味儿漫过了。一只翠鸟飞来，它把又硬又尖的嘴巴蹭在你的叶片上。那华丽的服装太惹眼了，雨点溅在上面，它就小心地一抖。一会儿又有鸽子和花蝶飞来。翠鸟带着歉意离去。花蝶对你吻了又吻。鸽子咕咕叫，它在这雨天感到了舒适和幸福，依偎在你的身边很久很久，直到外祖母走来才飞开。她是拣干柴顺便来领我回茅屋的……鸽子飞走了，外祖母看着它的背影说：我们也养两只鸽子吧！

我们不仅养了鸽子，还养了花猫、刺猬、兔子、乌鸦……它们都能和睦相处。小花猫被外祖母告诫过：不要欺负其他的朋友，不要咬它们，也不要伸出你那只小巴掌打它们——听见了啵？花猫对这多余的叮嘱有些烦了，眯着眼睛点点头，困下了。

我跟上老爷爷到沙岗时，母亲总是叮咛这样那样：别爬太高的树，别惹老爷爷生气，别乱跑碰到棘丛……如果什么都听母亲的，那就趴地上别动了。老爷爷采摘蘑菇或金针菜，我来帮他。更多的时间是自己玩。从热乎乎的沙岗南坡闭上眼往下滚动，是世上最神秘的快乐！长长的南坡全是细沙粒，干净得没有一丝灰污，温热得就像母亲的肌肤。我每滚动一下，脸颊就能贴近它一次，心里也暖融融的。有一次我爬上一棵高大的橡子树，躲在了密密枝叶间好久。谁也看不到我。我巧妙地仰躺在吊床似的枝丫上，颤动着身子。突然我听到了稚嫩的鸣叫，心上一跳；终于在离我几尺远的一个枝杈上发现了一个鸟窝——多么精致的一个小草窝啊，里面有三只长齐了羽毛的鸟儿。我知道它们很快就会飞了。它们一点也不怕我，张大嘴巴呼叫。我凑上去，感觉着它们稚嫩的小嘴在亲吻。它们软茸茸的小身体，小巧的双翅，光滑如丝的羽毛，粉色的小巴掌……整个一件艺术品！我想它们真是人世间最了不起的存在之物了，是完美的、会飞的鲜花！给我类似感觉的还有小兔子、小羊。那些洁净的小羊盯着你看，会让你心里发颤。我长时间搂住它们，学它们不知所云的叫唤……

午夜里看着一天闪耀的星星，常常想这是几十年前的那片星星吗？它们照耀下的这片平原还是外祖母和老爷爷的平原——这样的一片平原难道真的会被改变吗？

不，平原是永远不可以被改变的！

我也是永远不可以被改变的……

15

我从未像现在这样清楚：一场陌生的、难以言喻的什么即将开始了。它隐隐地合拢，传来若有若无的声音……一切都在告诉：它即将开始。

仿佛很久以前就有过这个预感。也许就为了这场迎接，我来到了登州海角。站在这儿可以望见无边无际的波涌——它在更早的时候竟是一片陆地，是没有发生陆沉之前的老铁海峡……不知时光是否让这片结实的、富含铁质的大陆断裂的那一刻上了大悲悯？它毫不留情地扯断了一类人的退路。于是当年的莱夷人不得不死守海角，浴血求生……

我把关于海角的历史轻轻掀开一角。于是你有了想象的依据。你对我的所有期待和想象都不会落空。我在你的目光下终将走向遥远——走向那个高原。

它是我们梦想的高原。在那冰雪莹亮的洁地上，雪莲花粉茸茸开放。让我去为你采来那至尊的花朵吧。

梅子牵挂我的伤痛——我每一次受伤她都看在眼里。作为一个"异类"，我流的血太多了。我记起外祖母在这儿的丛林中采过一种止血草药，于是我就匍匐在了这片土地上。

我小心地裹伤。梅子，我小心地裹伤。

最值得庆幸的是我有拐子四哥、响铃和鼓额……他们与我相濡以沫。我于是成为一个幸福的人，感激着快乐着，像个得到呵护的婴儿。我的心灵又苍老又稚嫩，面对着一个古老生鲜的平原，一会儿感奋，一会儿沮丧。是你，是我的这些挚友叮嘱我，搀扶我，饲喂我，我才坚实地挺住了。

你们用目光引导我，你们指给我看那片高原。我在心里一千遍默念着你们的名字，开始了并坚持了我的长旅。

我必须寸步不移守住平原。因为它通向高原。故地之路是唯一的路，也是永恒的路。我多么有幸地踏上了这条路啊。我永远也不会退却。我的伤口在慢慢复原，渐渐已能站立。我又看到了蓬蓬长起的绿草……

一匹三岁红马在原野上奔驰。它嘶鸣着，长尾飘飘，如闪电一样跃过沙岗，消失在无垠的绿涛之中。

漫过老铁海峡的那片苍茫巨浪，动荡不休，发出一种撕裂般的声音。这声音从这一端传到那一端，平原在它的震撼下微微抖动。

我看到那匹马——真的是一匹马，归来了；它的背上正坐着外祖父。我从未见过的老人，原来如此之英武神奇！他冷峻的目光扫视这片原野，最后才落在我的脸上。我往前走一步，渴望伸出手去，我想他会把我扯上马背。可就在犹豫的一刹那，他的目光又转开了。

红马嗒嗒飞奔，一会儿就消逝在平原的另一端。

我呼喊着——没有回声。我只能寻到一溜长长的、没有尽头的蹄印。

……我在寻思，父亲和母亲呢？还有外祖母、老爷爷？我猜想他们都在红马奔驰而去的前方；不仅是他们，还有我的导师、口吃老教授、大山里的老师……他们都在一起。

这个结实有力的猜想太重要了。我终于突然明白自己要走向哪里。感激的泪水糊住了双目，我默念着什么，急急奔跑起来……

　　我是这片平原的儿子。我懂得它并记住了它，也只有这样才会穿越这片苍茫。

　　旅途之中，我唯一担心的是离开你、梅子和老胡师。我一想起离你们越来越远，心里就一阵疼痛。不，我们是永远在一起的，永远永远，正像我会永远与鼓额、四哥夫妇在一起一样。

　　斑虎在前面声声吠叫。我登上沙岗。啊，一眼看到了它、它旁边的人……我的目光一遍又一遍寻找另几张面孔。我多么希望看到你们啊！没有。我想当我登上另一座峰峦时，一定会看到你们。

　　朝阳升起，彩霞映得大地一片火红；那在一片朝晖间发出声声呼唤的，不是你们吗？

　　"我来了！……"

　　"我们来了！……"

1994 年 8 月 22 日改写于枫庐

夜　思

让我来告诉你，也请你来告诉我。这是一场互相诉说。这会使我们真的弄懂绝望和希望，弄懂什么是幻觉，什么是奢望，而什么才是结结实实的泥地。

　　……

又一次走进了午夜。漫漫长夜，无论醒着还是睡着，我都在倾听自己的呼吸，将围拢来的赶开，又追逐飘逝的……

一

……只有你才能听到我的心音。我有时想，世上的一切都非常简单，它并不玄奥，也不复杂。所有的纠缠、烦琐，长长的过程，都不过为了结出一个果子。

因为它才有四季，才去经受。也因为它，才把人鼓舞得浑身灼热，有打发不完的激动。

凝视着你，不停地叙说，却在自己的语气中轻轻战栗；无声的黑夜中，借温暖的追忆安慰自己，却使一片心情更加冰凉。春天的丁香，初秋的玫瑰，一切美好和温馨都在提醒……我接着想那片平原，平原上一切的生灵，无边的丛林，月光下的海浪。

我今夜特别思念你。

二

我想领你走开，到很远很远的地方去。真的要离开这片平原了，开始跋涉——看到那一溜黛色山影了吧？要向南，一直向南。我会把糙食留给自己，把剩下的一点精粮交给你。旅途太长了，你要接着走。到了那一天，我倒下了，你将继续往前，并且想念着我。这世界上有几个人真正配得上怀念？我因此也该深感欣慰了。

行前只是舍不得孩子。夜里，抚摸着孩子鼓鼓的小手指甲、软软的小巴掌，就得用力忍住什么。

三

我曾盼望有一所小房子，简朴得像土地。我们住在里面，种菜养殖读书……彻头彻尾的老路子，也是唯一健康和医治的好路子。我们将同时感知和回避，也借此来一个总结；更重要的是，我们会看住飞快流逝的生命。

看住它，即看看它是怎样渐渐变得老旧、一点点地抽走——像抽丝一样？我不想让频频的侵犯把它的形迹遮住，而需要一个冷清之地。于是就想到了那样一所小房子。

——难道就此退却吗？退却又是不是背叛？如果是，那么它大概也是所有罪愆中最轻的一种了。

我背向了一片平原。但我将从此守住什么，一刻也不松懈——这样行吗？

这样又失去了"目击"的可能。很久以来我就渴望做个记录者、目击者，因为这是最起码的。可是我被逼到了一个小屋中。这其中的悲哀谁说得清。这样一种感觉长时间压抑着我，使我不停地迟疑。风雨敲打在屋顶上，从此将是山地的风雨。我闭上眼睛会梦见妖魔，我在小小庭院中栽下花卉，却要迎接严霜之后的凋零。我在两难的状态中徘徊，已经很久了。眼看着有什么最可宝贵的东西被耗干了，没留一点声息痕迹。

四

你的鼓励我会深深地记住，永远地感谢你。你要跟随我去那个小屋，去种植、迎接一生的冷淡和艰辛。我们甚至讨论了怎样采蘑菇和黄花菜、怎样包装销售的细节，还有栽培养殖的关键技术问题……未来怎么办？我们问这片平原。我们都知道它没有太多的未来。如果说我们的未来还有一座小屋的话，那么这片平原连座小屋也不会留下。一切都会荡然无存。

我们互相注视着。

五

你真实地哺育我、饲喂我。我一生都将牢记我承受的、我享用的、我拥有的。我相信当初有神灵轻轻地推了一下，我们才抬起了眼睛。淳朴得像土上的一株艾草，清香久远。不认得艾草的人永远也不认识原野，觉悟不到土地的存在。

我跟随着你像跟随真理。我的忠诚经受了检验。一个当代人怎样才算经过了洗礼？我不知道，但我算是这其中之一。我面对着原野，没有茫然失措。很亲切，很本色，我们相互体贴。你哺育我、饲喂我，你不朽的青春光芒四射。

由于那个不幸的童年和少年时代，我变得沉默寡言。可是你打开了我心的闸门。也由于类似的原因，我不会泣哭。当面对同一个场景，众人号啕之时，我却是木然。但面对你的温厚和无私，我却难以忍住。脸上没有滴落，心中泪如泉涌。你的手挽住了我，我们向前走去，直到溶解在天际。那一片橘红色的云不是被太阳点燃的，而是一个奇怪的预兆。你哺育着我。世上再也没有比你更善良的人了。

你的手挽住我。诅咒和颂赞轻得像一片鸿毛。去哪里？向南，一直向南。

六

有时我也于心不忍，真想说一句：走开吧，走向你自己的来路吧。我不敢再让你陪伴。我深知这有多么危险。这是一种可怕的牺牲，虽然并非不值。我不久就需要一个拐杖，因为不想让人搀扶，只想自己走下去。没有人比我更喜欢玫瑰，可是我只能面向荒芜。这是我的命。

你是新来的，走开吧，离开吧，趁着还有一点食物和水。不要再往前了，不要在乎别的行人，因为他们都心怀一个理由。他们有一种血脉一个经历，拗得像战士，不，比战士还要顽强。

仅仅用战士来比喻这些人是不够的。战士有时是中性的、单薄的。而他们是殉道者加战士，是金属中最硬的合金。你在了解了这一切之后仍然愿意往前，不再犹豫地迈出了一步又一步。可因为我是个兄长，还是要对你说一句：离开吧，离开我吧。

七

人的心中该有一颗种籽，它埋下了，在温湿中胀大萌发。它留在了心底，人就会坐卧不安。人与人的命不一样，有人就是被播下了一粒种籽。这一籽埋得好深好深，它绝不会风干，也不会腐变发霉。随着它的胀大，将在心里压得沉沉的。

我不知该怎样对待给我播下种籽的人和岁月。我只是有了无尽的遥想。那个人远去了，像任何无望而热烈的人一样，走得如此简单，差不多连送行的人也没有。

如今我一眼就可以把大街上的人分辨出来：谁心里有个种籽，而谁没有。世界靠没有种籽的人去充填，但世界却不会由他们创造。种籽长成了那天，他开始有力量，他让它在世上缓缓开放，吐露芬芳；最后是结出果子，赠给一个个张开的口。种籽也会在心中变质吗？当然会。那一天才是非常可怕的。

八

我听到有人讥讽和谩骂他自己不幸的父亲，心上立刻一紧。我警惕地看着，觉得陌生而神秘。只是后来想想原因也很简单：那时这样对待父亲是一种时髦。

我却由此而倍加怀念自己的亲人，无论他是有幸还是不幸。当然他只能不幸。我不记得很早时他的模样，也不记得他的声音。因为我们相识已经很晚了。乌黑乌黑的一个晚上他回来了，瘦骨嶙峋。他没有力气，没有声息，刚躺下歇息又被人揪起。他不会做当地的活儿，于是被赶到海上，从此就伏在了长长的网绳上，随着拉网号子移动、移动。

我像被吸到了海边，一天到晚卧在沙滩上看。号子声，叫骂声，海上老大的呵斥，还有挥动棍子的嗖嗖声。海浪为什么不能将一切淹没？那个人，那个与我不能分剥的人，这时正在用力地拽着死沉的网绳，双手流血。

一网一网的鱼上岸了。有一种皮肤粗韧的鱼，有人就剥下皮来，用来蒙鼓。从此我和伙伴们敲起了鱼皮鼓，不停地敲。那又闷又沉的鼓声密集痴狂，撒在了浪尖上。旁边的人又叫又跳地敲，只有我一声不吭。我只敲给一个人听。

九

无论是睡着还是醒着，有一点永远不会改变，就是对那片原野的留恋。我对它寄托了全部热情。我一生的跋涉，只为了它。这也是能够证明能够接近的具体事物。我常常幻想着这世上还有一种力量能够把它复制出来。尽管它今天已不复存在，也因此造成了我深深的忧愤、我的恨。它的昨日如同梦境，一闪而过。

那片原野连接着大海。它的最南端是一溜黛色山影，西部和北部都是茂密的丛林。丛林深处的一些村落甚至以树命名。那都是引人遐想的美丽名字。就因为这样一片原野，我有时竟要奇怪地发出感谢，感谢那些强加给先辈的苦难——没有这些苦难，我今生就无缘结识这样一片原野。它拥抱了我，使我真正领略了什么才是永恒不灭的美。

我喜爱那里所有的季节，包括最寒冷的冬天。那是真实无误的冬天，不像现在，在隆冬季节突然下起了毛毛雨；那里的冬天冰封河渠，甚至是一大片海滩。雪岭一道道像长城一样，都是罕见的大风搅成的。一个人想顺利地踏过雪岭是绝无可能的。冬夜，所有的农家、林场工人、牧者，都不忘准备一把铁锹放在门侧，以防一夜袭来的大雪堵住屋门。

那时的冬天是真正严肃的日子。我们在岁月中不能少了严肃。一年四季的不冷不热是歉收和疾病蔓延的原因之一。正因为有那样的日子，原野上的人才备柴、狩猎、制厚重的棉衣皮帽，还造出矮小温暖的土屋，造出火热烤人的大炕。窗上结满冰花，用嘴呵出一块光亮，望外面的雪枝悬冰、银山银岗、冻得飞跑的雪狐。对春天的怀念何等强烈，这种怀念像火一样炙人。岁月在冷与热、忙碌与消闲的巨大反差中变得多情多趣，也耐过得多。它绝不像今天，一晃就是一年。岁月的消耗把生命磨钝了，磨得庸常麻木了。那时迎接一个春天多么隆重，不要说人，不要说一些大动物，就是小小的沙地蜥蜴也要一蹦三跳，就是那些麻雀也要连唱三夜。河冰裂了，渠水响了，小狗跑到雪岭后面小心地侦察季节，兴奋得一声不吭。

柳树最早激动，接着是白杨、杏树，再接着是壳斗科植物。一点点渗出的绿色、红色，那一片斑斓，与各种欢腾不息的动物交融一起。你倾听苏醒的喧哗和变奏，这时才会理解春天为什么被千万遍地歌唱描叙而不至让人厌烦。春天太活了，太亮了，太安慰人了。噜噜响的河渠留下了半边绿水半边冰凌，有多少鱼在青青的水草下窥视。太阳把田野晒得水雾蒙蒙，牛的叫声从世界这一端传到那一端。

春天的喧闹过了许久，惹人注目的道道雪岭才开始慢慢融化。从岭顶淌下的小溪越来越欢，它把搅在一起的砂与雪分离开来，冲刷得清新分明。被雪水洗过的沙粒多么干净，一颗是一颗。每到了傍晚溪水就和缓下来，融化的速度放慢了。接着是一夜沉默、小声私语，都是关于冬的回忆。

雪岭一扫而光之时，才是夏天的开端。初夏的平原上稚果与鲜花数不胜数，让人想到那个富丽堂皇的秋天无论多么棒，也要感谢火爆的夏天。夏天从一开始就不同凡响，华丽得令人瞠目结舌。自然界走入了最随意最洒脱的季节，一切都在尽情地生长和繁殖，绿色像大海的浪涌一样铺满泥土。下雨了，一场豪放的冲刷洗涤，天晴之后又蛙鼓齐鸣，庄稼、丛林，一切绿色的生命都闪闪发光。

盛夏的火热让人难忘。在最热的那十几天里，海滩上的沙子像被烧过一样，谁赤脚踏上去就要大呼小叫。在这样的烘烤烧灼下，各种果实都在加速成熟。谁敢在正午的烈日下跑到太阳下徘徊？除非是海边上那些拉大网的人，除非是这些身黑如炭的人。就连狐狸和兔子、野鸡和鹰也找荫凉去了，它们在等待一个月夜。

河湾里的荻草蒲苇茂盛得难以想象。真正是密不过人。谁都会相信，在这重重叠叠的绿海中正孕育潜藏了无限的隐秘。浓绿从近岸浅水长起，一直长到深处，把水道逼成了又窄又急的一道。夜晚站在堤上，听水鸟嘎嘎大叫，听大鱼溅水的声音，再迎着满河道的南风，会多么快意。在海滩下乘凉的人点起驱蚊的艾草，大仰着，一边看天上的繁星，一边讲如真似幻的故事。有人还不断地起身到堤下的野地里摘一些不太成熟的果实，聊胜于无地咀嚼着。他们在提前品咂一份甘甜。

就这样，平原等待的秋天终于挨近了、来临了。富足宽容的季节里，不要说果园和庄稼地了，就是在丛林中，那些野生的浆果也采摘不完。野葡萄野草莓、悬钩子……动物和人可以一块儿享用，简直用不着节俭，因为反正吃也吃不完。秋天过去就要埋在雪中了。有一些动物就在冬雪中扒出它们，把仍然鲜亮的冻果咬得喷喷有声。秋天的蘑菇长在松下、合欢树下，长在柳条棵子中，甚至长在大树的半腰。它们是泥土生出的另一类果子，神秘而又美丽，让人们在劳动间隙里一低头一仰脸就拾起一个欣喜。蘑菇汤，秋天平原上才有的纯美清爽，恰好冲淡了收获季节里餐桌上的肥腻。

收来浆果、坚果，收来粮食和菜蔬，从一处处村落到林场园艺场，个个都忙。庭院里的蜀葵败了，木槿却开得正旺。当年育成的鸡膘肥体壮，光滑得像养分充足的大娃娃。狗随主人到田野里忙秋了，留在院里的是温柔顽皮的猫。猫与鸡、鸽子和猪逗玩，互相追逐打闹，而且乐此不疲。所有的家养动物都胖墩墩的，皮毛闪亮，像抹了一层油。那些野生的动物，如一只黄鼬，有时也并无恶意地从墙头上探一下脑袋，立刻引起院内一阵慌乱。可能是芦花大公鸡首先发出威胁的尖叫，接下是猫儿嘴里严厉非常的一声"哧——！"不速之客无踪无影了。

秋天还是老人们提着马扎、互相交换烟叶的日子。他们一边吸烟一边数念旧事，高兴了就骂骂老婆子和当年的伪军什么的。"你知道河西头那个炮楼是怎么端的吗？"一个黑脸老人抽出烟嘴大嚷。旁边的人都不吭。"是穿花褂的四奶奶捣鼓的，她通队伍！"他用烟锅比画着。这个秋天哪，果实和传奇一块儿丰收了。

十

林场枫树旁的小路还有吗？那一地火红的枫叶，那一对对身影。那时揥枪的老猎人心慈面软，他们只为了过一份伴枪牵狗的传统生活。他们亲手推动了那个平原上多少婚姻，只一眼就能看出林子中的哪一对有点意思，然后设法去撮合。那时的人纯洁又含蓄，远不像现在这样泼辣得野蛮。他们先是注视，默默的，怦怦跳动的心脏轰击了肉体好几个月、好几年，才逐渐敢于交给对方一幅绣花手帕。

下班了，姑娘抱着猫，小伙子领着狗。太阳光把脸抹红了，再有自家动物相伴，这才有勇气走到一个寂静的地方去。他们先说借书的事。猫在狗的盯视下从怀中逃开，狗也跑了。"今年河里的鱼真多啊。"男的说。女的抬头瞥一眼，"天说黑就黑了。"这样的约会不知多少次了，终于有一天他们在树下轻轻地拥抱了。他们周身抖动，眼含热泪。其中的一个说："谁比你好才怪了。你最好最好——啊？"

林子里的歌声起起落落。那是在远处，另一些欢乐的人发出的。幸福有个浓度。每个人都会在某个时候获得它。但是幸福有个浓度。有人在它面前失去了任何办法，想哭、想歌、想在沙子上滚动，想跳到河里去。

他识不了太多的字，可是他一连多少天琢磨写一首诗给她。写成了，不好。后来他干脆抄了一首唐诗，夹进一本好书交出去了。她为他织毛衣，织成了又拆了，天天织，一直织到秋末。

掮枪的老猎人哪去了？他转到林子北方，又到那些拉大网的人那儿去了，有时一待就是半天，晚上还要留下来喝碗鱼汤。可是老人答应下来的事儿呢？他忘了告诉她什么了，忘了替谁跑一趟远路。汪汪的狗叫此起彼伏。让热心热肠的好老人回来吧，尽快。

十一

没有绝对凶猛的动物，平原上的动物与远方动物一样，基本上是和气一团的。那时人们不太像后来那么恨狐狸、狼和黄鼬，因为它们做下的坏事实在不多。沙地狐狸、银狐，那张脸谁离近了注视过？没有。仔细看看吧，很美很美。狼也仪表堂堂，勤奋并且勇敢。黄鼬主要捕鼠，而且一张小脸生动无比，圆圆的大眼美丽绝伦。还有遭人贬斥的乌鸦、猫头鹰、貉、花面狸，哪一类不是生动活泼，精巧完美得像件艺术品？

多姿多彩的鸟、小兔子、小刺猬，它们更是让人感到了生的多趣和温暖。它们太完美、太个性，真是到了妙不可言的地步。羽毛丰满的小鸟、刚会奔跑的小兔，常常让人想到人的童年。原来任何生命都有童年，而童年的可爱直逼人心，让人疼怜得心上抖动。抚摸它们，就像抚摸自己的孩子。手掌下的光润滑腻来自一个与我们迥然不同的生命，它活着，居然独自处理了一切，与这个世界结成了自己的关系。我们人不也是一样吗？

如果平原上的动物离我们太远，那么就随便抱起鸽子和猫注视一下吧。猫是美与温柔的代表。它的眼睛多好，还有耳朵。它的鼻子小巧精致到了极端，圆鼓鼓的，小鼻孔是粉红色的。我相信凶狠的人要改造自己，按时抚摸一下猫的鼻子也会有好的效果。再说猫耳——据说最早的时候，猫的耳朵像人一样，也长在脸庞两侧；造物主看了，觉得这神气太像人了，就动手给它搬到了头顶上。我想如果造物主最早动了人的耳朵，我们相互看多了也会习惯。关键是个习惯。人类什么时候才能习惯地将它们视同朋友呢？动物的脸、神情，只要看一会儿就会让你疼得慌。我的平原，丛林田野上的各种生灵，你们今在何方？

十二

我们分手了，匆匆的没有来得及好好看一眼。那是个漆黑的夜，只有弯弯去路闪着淡淡的白光。从此我有了孤独的白天和夜晚，一颗心亲近着星空。我回忆你、你的一切。人不能没有回忆。

我仿佛听到了你的呼吸，你的笑语和歌声，还有你的低低抽泣。随着时间的流逝，你也会老旧，布满皱褶。可是你永远在心的中央，你是缔造者、是一片圣土，是光荣和骄傲，是永生不灭的希望。有了你就有了一切，有了一个回路、一个家、一个归宿。

今夜如同十几年前的那个黑夜一样。你在哪里？你的思绪飘向了天边，拂过了站在山地冰霜上的儿女。我却感到了你的手掌：粗粗的，温温的，上面沾满泪痕。我不知该怎样呼唤你的名字，只是遥望北方，分辨你在黑夜中的身影。

只能为你祝福。你的淳朴永恒的丰采，你的青春，是这世界上最后的一个留恋。

十三

几十年的时间一晃就过去了。一条黑色的、散发着恶臭的河挡住了我的去路，使我不能继续往前。没有桥，也没有舟，甚至看不见一个人影。我只得沿着河堤往前踟蹰。

就这样我到了海边，却没有看到一片丛林。没有当年那些小动物了，一只也没有，连猫和狗都极少见到。倒是有一些老鼠在芜草中出没，大白天发出吱吱的吵叫。平展展的原野变成了坑坑洼洼，枯草在污水边腐烂。大海就在眼前，可它不是蓝色的，而是像醋和酱油的颜色，发出一股浓烈的碱味儿。没有白帆，没有渔人，往日的拉网号子永远地消失了。

我站在大海滩上张望，仍然想寻找我的丛林。取代它们的是开矿者挖出的矸石山，是一股股粗壮的黑烟。由于所有的树木都剥落了，一个个村落就赤裸在那儿，瘦小得令人生怜。

我最后转到了大林场旧址，同样没有见到丛林。它化成了一些大大小小的水坑，恶臭扑鼻，水中看不到鱼，也看不到一种水生植物。那些气泡在阳光下闪动，像一些可怕的眼睛。我急急地逃开了。

你在哪里？我毫无目标，也无力呼唤，急躁和绝望使我两手攥出了血。

十四

你死的时候就躺在路边。那一天太阳出得早，你的心情被透过窗棂的阳光抚慰着。你起来漱洗。你上路了。太阳刚刚升起。有一辆笨重的大功率汽车在后面吼叫，它吐出的黑烟老远看像恶龙的长爪。你小心地闪开。这条路尽管布满了坑洼，可是它足够宽了，直通向一个市镇。那辆大功率货车本来很容易就能通过，可是它三颠两颠竟然把你撞倒。你喊了一声——这是撕心裂肺的喊声啊——它的后轮又压到了你的左侧。

满脸油污的驾驶员从车窗上探头瞥了瞥，然后加足马力急驶而去。太阳刚刚升起，路上行人稀疏。你呼叫着，想挣脱。你眼看着自己的左侧往外流血，一会儿就把一片土末染红了。你呼叫着。你的声音越来越弱。你朦朦胧胧感到有一二个三五个人低头看了看，议论了几句，又匆匆地上路了。他们都急于到那个市镇去，没有驻足。你最后无力呼喊了。血继续流着。

　　太阳升到了半空。路上行人越来越多。这时你已剩下了最后的一滴血。

十五

　　这不是泣哭的年代。已经没有工夫泣哭。我没能亲手把你掩埋，却要就此离去。我的背囊里还是很久以前装进的几件东西，如今已经派不上用场了。

　　婶子大娘、大爷大伯、林场的老工人、猎枪锈住了的老猎人，你们都看到了吧？你们看到了，合手站立，目光冷冷的。我穿过人群，身上印满了目光。我突然一阵饥饿，一边走一边掏出变硬的干粮。身后传来了隐隐的哭声，我停住了脚步。原来一位老奶奶双手掩住了脸，我奔到近前，想扳下她的手，可她紧紧地掩着。

　　那是你的母亲啊。我伏在了她的怀中。

十六

　　母亲说：你知道这是第几个吗？我摇摇头。她说出一个数字，我呆呆地看她。我明白了，怪不得那些两眼像黑葡萄的姑娘再也没有了。

　　我从此懂得了什么才叫仇恨。那个伟大的身影啊，他在倒下前的最后时刻里，有人曾向他谈起过饶恕的问题。他回答说：我一个也不饶恕。只有在我归来之后，只有今天，我才明白了这句话意味着什么。

　　不会仇恨的人就谈不上善良，更谈不上宽容。我终于知道了谁更宽容。那些伪君子把宽容挂在嘴上，一天到晚装成和事佬，暗地里却总是顺应着丑恶。他们一旦面对了别人的信仰，宽容早飞得无影无踪。我要对这些伪君子说一句，是你们的近亲把她给害死在路边的。

十七

　　那些小念头和乖巧我都有，可是归来之后我才觉得它们太不值。抛弃了，剩下的只是愤怒和困倦，是激越和冰冷。我无法忘怀，我只得纪念。那些口口声声要宽容的人，竟然残忍到不允许我去纪念。于是他们就是我的敌人。

一场连一场的争议过去了，我觉得太亏。在流动的鲜血面前，一切议论都显得太不着边际。实际上只剩下了两种可能：沉默和怒吼。沉默是熬煮，是用心汁浸那支长矛。而怒吼就要破了喉管。血又出来了。

我开始曾惊异于这样一个事实：他们真好脾气，真有容量，也真麻木。后来才明白，失去至亲的人与他们是不一样的。他们除了自己之外再没有亲人，所以也就永远不会失去。人不一定都是母亲生的，我懂得这个道理可惜太晚了。人在现代高科技社会里，也可以是合成的。人可以是用石化材料合成。合成的人就没有亲人，所以也没有情感的重负。

而在现代生活中，隆隆的竞争和角力之中，一个有情感重负的人注定了要失败。这种人开始走入了全面挣扎和退却的时代，尽管他们个个都不想放弃。但也正因为如此，一场壮丽的、亘古未见的大拼搏开始了。这是一场合成人与有生母的人的最后决斗。这场决斗也许要进行很长时间，但结果是可以预见的。

我将站在失败者一边。

合成人在战斗中损伤的只是元件，它可以更换；而有生母的人却要流血。

流血也不能使人退却。因为这是最后的机会了。所有热血沸腾的人必须团结一心，迎击一场侵犯。这场侵犯的残酷性极为罕见，它将使我们失去仅有的一片田园。就为了生存，为了一个希望，为了一种报答，让我们奋起向前吧。已经没有什么退路，也不必幻想。

我默念着你的名字拿起了武器，加入了真正的、二十世纪末的义军。这是精神的义军。在决斗的一切间隙里都未曾忘却你对我的恩情，你的容颜，你的饲喂。我在梦中与你吻别，踏着霜雪走了。催促的号子一声声逼近，我走了。

有时我又想，因为你在远处射来的目光，我是不会失败的。我们都不会失败。什么比爱、比这一切相加的爱更有分量呢？根据伟大而古老的原则看，我们有了这样的支持，将是些不败者。可是一转念，又不禁重新哀伤：时代变了，一些原则也在变。那么我们就将在没有立足之处的荆丛中作战了。

为我们祝愿一下吧，这是我和同伴小小的、也是重要的一个请求。

十八

一切被预先告知了结果的战斗都是极其惨烈的。竟然走进了这个战场。这是生前注定的还是生后选择的？我反复追思推理，后来才明白是一种注定而不是一种选择。选择是移来的根，而注定是固有的根。

如果没有什么希望，那么斗争本身也就是希望。如果有了希望，那么长久的松弛也会将其丧失。世界上的事物在组合形成之初是非常奇妙的。天不亮，征衣上霜落一层，战士一睁开眼就被"希望"二字缠住了。可见这是怎样严酷的一个处境啊。

回想那年秋天，我们对这些还全无预料。于是只顾得忙秋，干活，劳动的汗水把衣衫都湿透了。我们一起把捡到的橡实装到筐里，直到攒起满满一囤。浆果做成蜜膏，干果留给来年。晒干菜、蘑菇，用破碎的瓜干造烈酒，用野葡萄造甜酒。还有招待老人的烟草，一捆捆扎好放在搁棚上，采了很多的艾叶，晒干，又拧成火绳，留着夏天对付蚊虫小咬、给吸烟老人触烟锅。

那些温煦的、果香四溢的夜晚啊，我们讲故事，依偎一起。红军的故事，某司令的故事；还有传说，神奇的林仙。我们差不多没有言及的一点就是：惨烈的战事都属于过去了。我们现在只是品咂秋熟的甘果，听听美丽的传说。我们站在过去与未来之间倾听，你讲一个我讲一个，享受着黄金般的时光，直到午夜还不知疲倦，林中和秋野的各种四蹄动物与飞禽一起，不时传来它们的响动。小鸟的午夜尖叫是唯一令人不安的了，我们担心它遭到夜袭。劳动真使人愉快。在今天回顾劳动，更能感受和认识劳动的幸福的本质。劳动只有靠紧了人生的目的，才散发出芬芳。当一种袭击逼迫得我们不得不放弃劳动而投入迎击时，回忆劳动也变为了一种福分。我们今天算是真的理解了"保卫我们的劳动"到底是个什么意思。那是个权利，是个福，它不是被人自己放弃，就是被另一种人给剥夺。

现在是不是不放弃的时刻。现在是奋起迎上的日月。是的，如果这一来能够赢得一场劳作的机会，那么一切也值了。

十九

　　我无数遍地想象你的目光。那双眼睛啊，我说过它黑如葡萄。这句俗而又熟的比喻一再提起，是因为它难能取代。那个平原孕育了这样一双眼睛，真是含义深远。这双眼睛望着原野、母亲般的丛林和大地，逐渐蓄满了柔情。很显然，这举世无双的美目是这片田园滋养出的。田园的所有特质都从它的一闪一盼中映照出来。于是它有魅力，它使人魂牵梦绕。

　　同样容易解释的是，这样一双眼睛不可能是为今天准备的。一片沉沦荒芜的平原会让其不忍注视。或者是田野焕发生机，或者是它自己永远地闭上。当然，是它永远地闭上了，长长的睫毛合到了一起。

　　它在最后时刻看到了什么？它摄下了那张在车窗前一闪而过的脏脸吗？它记住了刽子手的模样吗？那天的太阳缓缓上升，照不穿浓稠的雾霭。直到最后一刻，大地还昏昏沉沉，天际泛着酱色。长长的睫毛合到一起，像一排茁壮的青杨。你的血正一点点渗出，汇成山泉一样流淌。大地真渴，大地等着喝一口汁水。大地很快就收回了她的全部，从肉体到灵魂。多好的一个儿女，苗条而丰腴，特别是长了一双惊魂醒世的美目。

　　太阳隐入浓云，大地开始祈祷。风停了，四周寂寂。

二十

　　你那时候会多么痛苦。一种无法忍受的折磨竟然加在了一个少女身上。事后人们发现你身上有三道压伤。钝钝的车轮、凶暴的车轮、愚蠢的车轮，就是这三个车轮割开并撕裂了你完美无瑕的肌肤。血是一点一点流光的，没人去救起你。从流血到死去足足有两个多小时，而且你躺在通向市镇的大路上。

　　我手指扎了一根刺就感到钻心的疼痛，可是有三个轮子碾压了你；我生病时，两分钟的肌肉注射让我捱着忍着，可是你从流血到迷去足有两个小时。

　　我愿意舍上所有去赎回，尽管这不可能。这一次我不需更重大的经历就懂得了终点上的什么。我懂得了一种性质。从此我再不抱幻念，一丝也不抱。我干干净净地走开，心凉得像冰。你躺在那儿，用躯体指示了一个方向，划了一条线。这是拒绝的线，是分别的线，是不容迈过不容混淆的线。

难道那三只轮子碾到我的身上才呼号吗？不，它碾过了，已经碾过了。行了，就这样吧，开始吧。

那双美目闭上的一刻，大地一片昏暗，光源顿失。它消失殆尽之时，我就永远地沉入了黑暗的深渊。从此将不会有四季，不会有果实，不会有明天。总之，有人以神的名义所预言的那一天真的来了。

二十一

让我们最后一次怀念那个可爱的冬天吧。一场大雪下了三天三夜，门封了，全世界都蒙了白绒。家家出门都要铲雪，铲一条通向柴堆的路，铲一条通向街巷的路。那个小院拥满了雪。于是出门时不得不挖一条"地道"。这"地道"蜿蜒往前，黑黑的暖暖的，适合少男少女玩耍。有一次你从"地道"里出来，用力地擦嘴，大人问为什么？你说有个男孩吻了你。所有人都笑出了眼泪，只有一个人的眼里闪过一丝恼怒。

不知过了多少天，大雪地可以走人了。我们一起去丛林。林场老场长让我们小心，说野地里有雪封的井，有伏下的狐。他是一个退伍老兵，玩枪弄棒的好手，一直背着枪走在不远处，说是要保护大家。老爷爷一喘气就是白白的两道，多么可爱。可是我们当时一直想的就是甩开他。

后来我们成功了，一口气跑到河堤上。小心地溜下堤坡，落到又硬又滑的河冰上。严冬的河只能这样，像一面宽大的玻璃盖住了河床。你把耳朵贴在上面，说要听冰下的水声。没有，只有鱼的咕叽声，你一说大家都伏上去了。

我们用茅草推开积雪，推出一片长条形的冰面，然后就滑起了冰。冰面越蹭越滑，一队飞人。正滑着你喊了一声，大家立刻看到了远处河面上有三两个人在搞什么。我们欢叫着跑过去。

原来那是几个老工人在凿冰捉鱼。冰被一个又沉又大的钢钎戳着，一戳一溅，冰凌飞起一丈多高。就是不透。他们骂着，狠劲地干。原来河冰结这么厚，捣开的茬儿足有半尺了。又是一顿猛戳，扑通一声，透了。奇怪的是冰下的水冒着热气，摸一把也是温温的。大家欢呼着。

那天捉鱼捉到天黑。我们随着老工人往回走，到了老场长家门口，他出来一吆喝，都进去了。接上就是摆桌子、烧鱼、弄酒。谁也不准离开，老场长下了命令。一桌热腾腾的烧鱼、鱼汤什么的。大人们喝酒，喊的笑的声音很大。不知喝了多久，突然老场长一把将你抱到膝头上，说：来来小仙女，爷爷喂你一口酒。你笑吟吟地喝了一口，立刻辣出了眼泪。大家都笑了。

外面的狗不停地叫。是家里大人寻我们来了。天哪，外面的月亮真亮。

二十二

嘿，这个地方，美女如云哪！那些轻薄的小子走到千疮百孔的平原上，常常这么呼叫。他们除了吞咽食物和狂饮之外，几乎不懂任何事情。他们是超生的时代结出的果子，由于没有及时地存放处理，已经烂成了空心。这是时代的错，更是他们的错。他们在平原上胡窜，一双眼睛滴溜溜转，很快瞄上了也成功了。

但既与他们这些污烂糟混到了一起，就绝不会是美丽的姑娘。她们只是一帮戴着金器，用脂粉覆盖了苍白面孔的假处女。淳朴是美丽之根，而她们呢，从母亲那一代起就开始虚荣了，假惺惺的。如果有个记事的老人坐着马扎快言快语一通，你就会知道她们逐渐败坏的家风。

这些已经无须叹息。伤残比比皆是。如果一个人与这样的环境相处还能平安无虑，那他一定是心汁枯干了。只有恶少才如鱼得水，那些冒牌美女、黑道上的轿车和酒，都是为他们准备的。伴随着耸人听闻的故事的，是他们父辈亲朋怎样升迁，怎样为不会说普通话而苦恼，以及学开车轧伤行人的一沓子杂事。这就是日常流动的真实。

如果说这一切只是泡沫，那么水流呢？它何时带走泡沫并冲刷大地？现在还能找到一方碧绿的晶体般的水吗？会有的。那就期待吧。我在这期待中两眼混浊，白发丛生。

二十三

你久久地望着我，看我花白的鬓发。我知道你想说什么又忍住了。你怜惜中掺着悲愤，就是没有一丝伤感。没有那样的心情了。铅压在那儿。你在回想我青春欢畅的年纪，回想伴着那个时代一块儿消逝的苦难和繁华。大地褪下盛装，留下光秃秃的一片，迎接那三只轮子碾过来。

我的平原裸露着胸部，你看到了。这亘古未闻的巨大牺牲为了什么？这是一种祭吗？她已贡献了自己，那么谁在后来为她而祭，谁？

这一切都不是为一双善良的眼睛准备的，可是它们只能残酷地罗列开来。你就在这样的季节里变得坚强起来，像大地一样褪下花衣，换上了单色土布衣衫。可是另一种美和芬芳弥散开来，更长久也更本色。我们开始胆战心惊地互告：既然大地把自己祭上了，那么将来为大地而祭的，只能是整整一个时代了。

我们都生活在这个时代里，擦干泪痕，含笑等待吧，这就是命运。只要在这个时代里的，那么不论是龟壳里趴的，轿子中抬的，还是码头上的苦力、洞子里的掘进工；也不论是道德家、放浪形骸的恶少、专打异性主意的色痨、娼妓、"四有青年"，还是玫瑰和毒菇、鸽子和田鼠、大象和臭虫……只要是属于这个时代的，都得悉数押上。

那时候连个为我们叹一声的人都没有，因为她也跟了去。

二十四

就因为我属于这个时代，所以我不可避免地要经受那个结局。与所有的一切一起舍上、献上、祭上，而且不可能换取一丝光荣。这不过是一次抵偿。面临着这一场，一己的恐惧过去之后，就开始依偎两个人了。

一个是母亲，再就是女儿。一个是生我的，另一个是我生的。我爱你疼你就像对待那片平原，你们分别是我来到和离去的守护人。也是我生的根据，是我的全部希望。

母亲，为了伏在长长网缆上、脚踏银霜的父亲，我曾疯迷般地敲响了自制的鱼皮鼓。敲啊敲啊，是我为绝望的父亲献上的。它好比我捧出的两粒食物。我长大了，母亲，看着你的满头银发，我能给你什么？

在这样的时刻，我能给母亲什么？

如今已经没有一枚浆果得以保存。可食的茎块烂掉了，连微甜的蒲根也不剩一株，留下来的都是最苦的。我在腐土中挖个不停，磨得指甲脱落，想找到哪怕是细瘦的一截薯梗。我的手滴着血，最后仍然掌中空空。

如果吟唱也可以抵挡饥饿，如果我剩下的只有它了，那么就让我放声吟唱吧。我闭上眼睛，把思绪深深地埋下，难以抑制的倾诉啊，如同山洪一样流泄。我永无休止地唱给你，唱得忘了等待。直到我听到那慈爱的声音：停下吧孩子，它像泣哭一样。这样我的歌才戛然而止。

回头看稚嫩的女儿，牵上她又软又细的手，不忘回避着热烈纯洁的眸子。这是我刚刚长到三岁的孩子，会背诵十首童谣。她曾问我：奶奶说这儿以前有百合花，是吗？当然，很多很多。家家都有美人蕉、有蜀葵，是吗？当然，差不多家家都有。

在这样简略而单纯的一问一答中，她很快就睡着了。

二十五

让女儿在梦幻中变成一个骁勇的骑士吧，可以呼唤雷霆，可以抽刀断岭。你凭你的正义和童心，无可匹敌地护佑着这片平原。那时你说：应该有百合，于是杏红色的百合花纷纷开放；你还说应该有蜀葵，于是蜀葵花茂盛得盖住了庭院。

你所向披靡，因为你携带了少年的闪电。我们为大地整整祭上了一个时代，我们终于得到了报偿，同时也感动了神灵。你是他们派遣来的，平凡无奇中隐下了最大的神秘。你划亮的电光驱尽了黑暗，震惊了山雨，洪水终于开始洗涤。在两个世纪的接缝处，它反复涤荡，弧光照射得一片通明。

你没有牧过羊，你也不是圣女。你只是一个开山石匠的孩子，先解开了拴绑父亲的铁索，然后又登上山巅。你离宇宙之神近了，咿咿呀呀的稚声逗乐了他，他就交给了你至为重要的东西。从此你做的一切都在改变历史：平原的历史、人的历史。

这仅仅是梦幻吗？是童年的编织吗？不，这是真正的人的期待。

二十六

我咀嚼着那个梦想，明白要赎回什么，仅仅使用一般的善是远远不够的。它从过去到现在都是苍白无力的。

……遥望北方星辰，扔下往昔的虚念，实打实地起意。我思念你骏马一样的身躯、武士一样的长须。这个夜晚你在备鞍还是冥思？我知道两件事同样重要。因为两千年的思绪乱成了麻，你要默默地用它搓成绳子。你做的一切都是坚定不移，如有神助，快如疾风。关于你的消息从古城传到高原，又传到俺这平原。你的音讯都盛在穷人的小盒子里，用新纺的土布包了，藏在一个角落里。这样的情势之下我当然再不犹豫。独自一人的时候，我会用思念打发时光，怀着感激。我记起那深情的饲喂，这就够了。世界真旷，也真大，这时候啊，记忆中的人影不再拥挤。把先生和小姐们一个一个赶开，剩下的就全是同志了。

人要有个兄长，有匹马，有个爱人，也有子女，这就是平常说的拉家带口。要是个集体，要有同样的精神。间隙里抱抱孩子，给她讲个什么，也让她传个什么；需要驰骋的时候就牵过那马，好马让人两耳生风；爱人给我温存，给我力量，她瀑布般的长发掩住我受伤的面庞；兄长呢？是商量事情的人，也是榜样。我要常常和兄长在一起，胜利紧握手中。

二十七

人守住了内心的某种严整性，始终如一，真是一场苦斗和拼争。能做到的不过寥寥。我把严厉的状态留在身边。我不该怕什么了，我的亲人都先自倒在路边。

你看到了吧？你如果只为自己和自己的血脉揪心，那么你也该记住什么了。当肮脏和谎言一块儿抛撒，可爱的孩子埋得只剩下脖颈之上这一截了，你还在那儿恍惚？孩子没有呼救是因为已经无力发声，孩子闭上了眼睛也不是安详地睡去。为了孩子，来吧。深冬季节，雪野里没有青草，连孩子也四处觅食。我们顶着寒风为了什么？我们保护下来搭救下来的，其中也包括了你的儿女。孩子，你活着，就要记住、守住。不要含着眼泪，要刚强如先烈。不要听人蒙骗，听我再说一遍，先烈真的有过，不久以前还有过哩。

严冬深入了。枯坐三九可不是人受的罪。但这地方分明是留给咱的。

这催促我们也提醒了我们。究竟面临了什么？男女老幼坐在一起。因这特殊的境遇而无声无息。男童的双目黑亮黑亮，望遍茫野，又看爷爷的满头白发。离黎明还有一段时间，有人央求爷爷讲个故事。老人声音低低：在这同一片原野上，几十年前有一场厮杀。人们用鲜血沃肥了这片原野。当然，留下了好多使人心烫的故事。

爷爷的目光移向儿子和孙子，那分明在询问：这一次呢？

二十八

母亲头发雪白；女儿的头发刚刚长起，就像淡黄的玉米缨，嗅一嗅也有甜丝丝的气味。还有那个躺在大路旁的……永久地闭上了黑葡萄似的眼睛。我扶着她，牵着她，念着她，再没有任何退路。我双拳的骨节生疼，牙齿开始破碎，喉咙也肿起来。我听到的是无声的吩咐，是无从更动的指派，走上去吧。

那三只轮子日夜碾轧，尖利刺耳的声音传遍四野。无遮无拦的凶暴直逼过来，我的身后只剩下平原一角。我失去了亲人，失去了至爱，我没有了哀叹和悼念的时间，也没有了诅咒和怒斥的话语。我只剩下了我的身躯。

万分焦灼中我的目光荡起火焰，烧去了自己的衣饰。我把四肢、把周身都涂满了泥浆，与之混成一体。我恨不得化进这片大地，当凶兽恶鬼踏上我的胸口，我就伸长两臂把它按入土中。我相信要战胜不可一世的敌手也只有依赖泥土了，让泥土去腐烂它们，埋葬它们。

我安静而又暴躁地躺在泥土上，翻卷的泥流中我只是一朵浪花。从地心里涌出的一股力量使大地轻轻抖动，然后又是一阵波荡。大地变成了黑褐色的海，泥土掀起了大潮大涌，有了呼啸之声。泥土的激荡波澜壮阔，每一滴溅泥都有力量。那声响不是水的脆亮，而是土的钝音。这如同一面沉沉的鼓被擂响了，把一切都震得不能站立、不能悬挂，于是哗啦啦倒下来、掉下来，埋进了土中，又被土磨碎。

我在翻卷颠簸的泥流中狂舞，伸长了两臂。我的手抚摸着挣扎逃亡的恶鬼，死命地将其揪住，让其淹没。我感到了在泥流狂涛中飞翔般地自如和迅疾，我在暴怒的大地之上穿巡。我是个被母亲和爱人信任的目光抚过千万次的人，大地识别了我并馈赠了我。大地此时与母亲同在，她们已经不可分离，同心合力。

二十九

我问大地：当我按照母亲的指引，当我把一己融进你的心中，经历了那一场激荡之后，算不算是一次祭呢？如果算，那么能不能赎回？你说算的，但由于是一个人，还不足以赎回。你这是在告诉我：我需要寻找他们。

那是不言而喻的。这场由来已久的分辨和寻找，是我全部辛苦和执拗的一部分，也是伴随一生的无悔事业。不屈者，不败者，他们都在大地上。我要走近他们。我们之间常常隔着汹涌的水流，我要抓住一只舟。

亲爱的同志，我有一个故事真切动人，就发生在自己身边，请相信我，让我讲给你。你不可再犹豫，再怀疑。让我来告诉你，也请你来告诉我。这是一场互相诉说。这会使我们真的弄懂绝望和希望，弄懂什么是幻觉，什么是奢望，而什么才是结结实实的泥地。让我们互相包扎割伤，并相挨着等待。我们都是平原上生的，都有个母亲，有个心爱，也有个未来。而另一类是没有这一切的，因为他们是合成人，没有热烫的血脉，更没有生母。尽管看上去都差不多，都有眉眼四肢。辨别的方法就是看其有没有体温，有没有脉动。

因为你，我将倾尽所有。这不是恩赐和赠予，这是共有和共享。当那一天来临时，我们就手挽手地涉河，去寻找盛开的玫瑰，去看百合和蜀葵。那一天会有吗？会的，对于我们而言，一定会的。

三十

我们一起出发了。我们的目光交换着幸福，眉梢闪动着冷峻。来自哪里、走向哪里，我们都装在了心中，不言一声。霜沾在脚上，亮如荧粉。最后一口暖身的酒递过来推过去，天亮了。

怀抱着一个梦想，用微笑安慰左右。黑云从天际四面合围，隐隐的雷声也听到了。远处的烟尘腾到了半空，与黑云相接。阳光一霎时给遮住了，一片阴影落在身上。这是那个时刻的前夕。我们就这样走近了。怎么如此地寂静啊。

你多么瘦小，我曾经赶你走开，因为我于心不忍。此时看着你弱小的身躯被稍大的戎装包裹了，心中一阵自豪和爱怜。好了，既来了就承接吧，我们一起。

这个时刻因为太静，我一闭眼就能看到那条泥路上倒下的身躯——合上的

眼睛——长长的一溜睫毛像栽下的一排青杨。一双美目闭合了，它拒绝再看一夜
个世界。今后呢？如果我们驱散了雾瘴，如果玫瑰和百合重新长起，谁能还我思
一双美目呢？

我跟随着你的目光，踏着它照亮的道路走上一生。我将永远不背弃那个誓言，直到最后的时刻——那个时刻在逼近，让我再看一眼你的目光。

三十一

对于无边的销蚀和磨损，一场激越的誓言毕竟太短暂也太简略了。我深知这一点。我们期待的是决斗，而对应的却是消磨。旁边有人失望地跌坐下来，大放悲声。我无言以对。

我想看着他自己缓缓站起来，并且不再倒下。那些虚幻而可怕的什么在荆丛中游荡，隐着形影。人无法捕捉充斥在空气中的磷火，又不能在冷寂中让它焚化。这种罕见的对峙让人几度绝望，沮丧的空气蔓延到远方。我们的呼唤虽没有山峰阻隔，可是很快被一片大漠吸尽了。困在饥饿无援的空地上，没有人迹，没有草，没有水，更没有道路。

我们背负着走下去，如果这力气一年还没有耗尽，那就两年、三年。时间几乎是无边的，大漠也是无边的，我们就背负着走下去吧。

耗尽了吗？

走下去吧，时间几乎是无边的，大漠也是无边的。走下去吧。

三十二

可是我们不会屈服。这一点也不奇怪。我们永远追赶，永远怀念，永远感激和仇视。因为你我都有生母，有脉搏，都是用下肢站立的人。

我们永远是我们。

1994 年 1 月 1 日